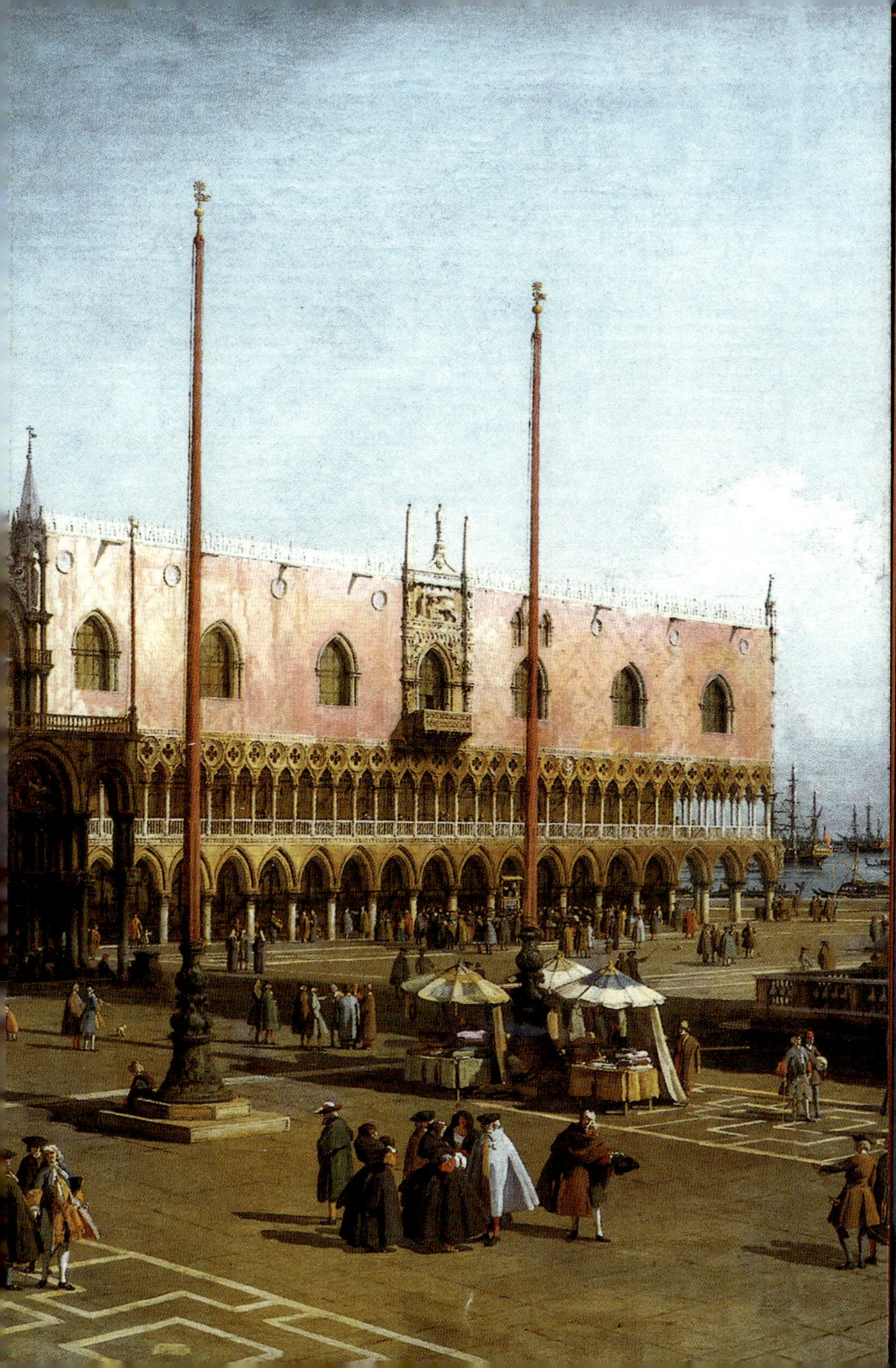

30 岁

提香,《拿手套的男子》
卢浮宫博物馆藏(巴黎)

40岁

提香,《圣殿上引见圣母》(局部)
威尼斯学院美术馆藏(威尼斯)

国营造船厂

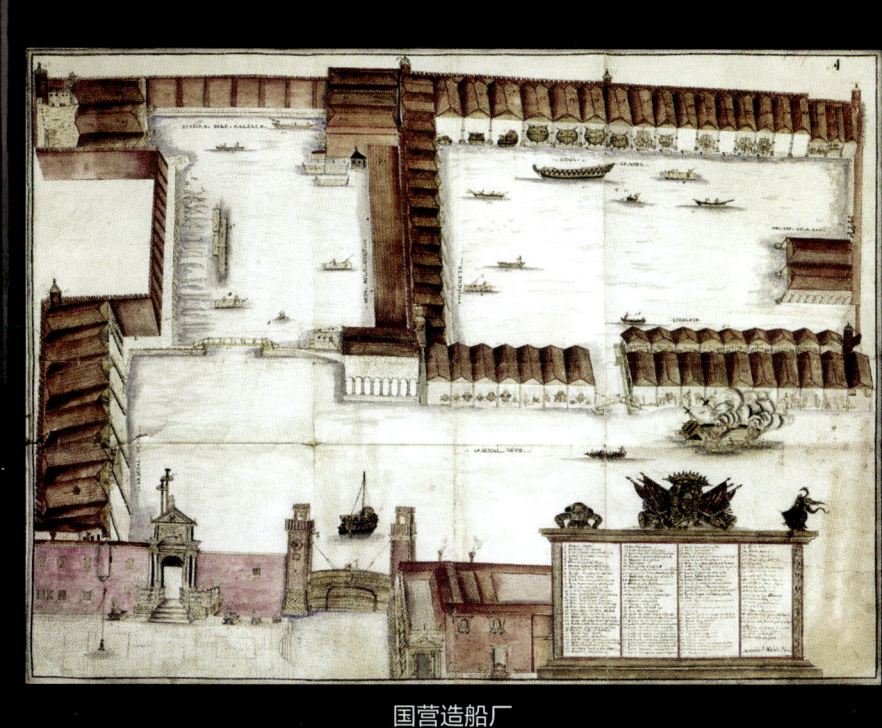

威尼斯财富与力量的发源之地

安东尼奥·迪·纳达利

科雷尔美术馆藏（威尼斯）

乔凡尼·贝里尼,《列奥纳多·洛雷丹总督肖像》
英国国家美术馆藏(伦敦)

提香,《安德烈·古利提总督肖像》
华盛顿国家美术馆藏(华盛顿 D.C.)

提香，《英国青年》
乌菲齐美术馆藏（佛罗伦萨）

洛伦佐·洛托,《青年肖像》
威尼斯学院美术馆藏(威尼斯)

乔尔乔内,《沉睡的维纳斯》
历代大师画廊(德累斯顿)

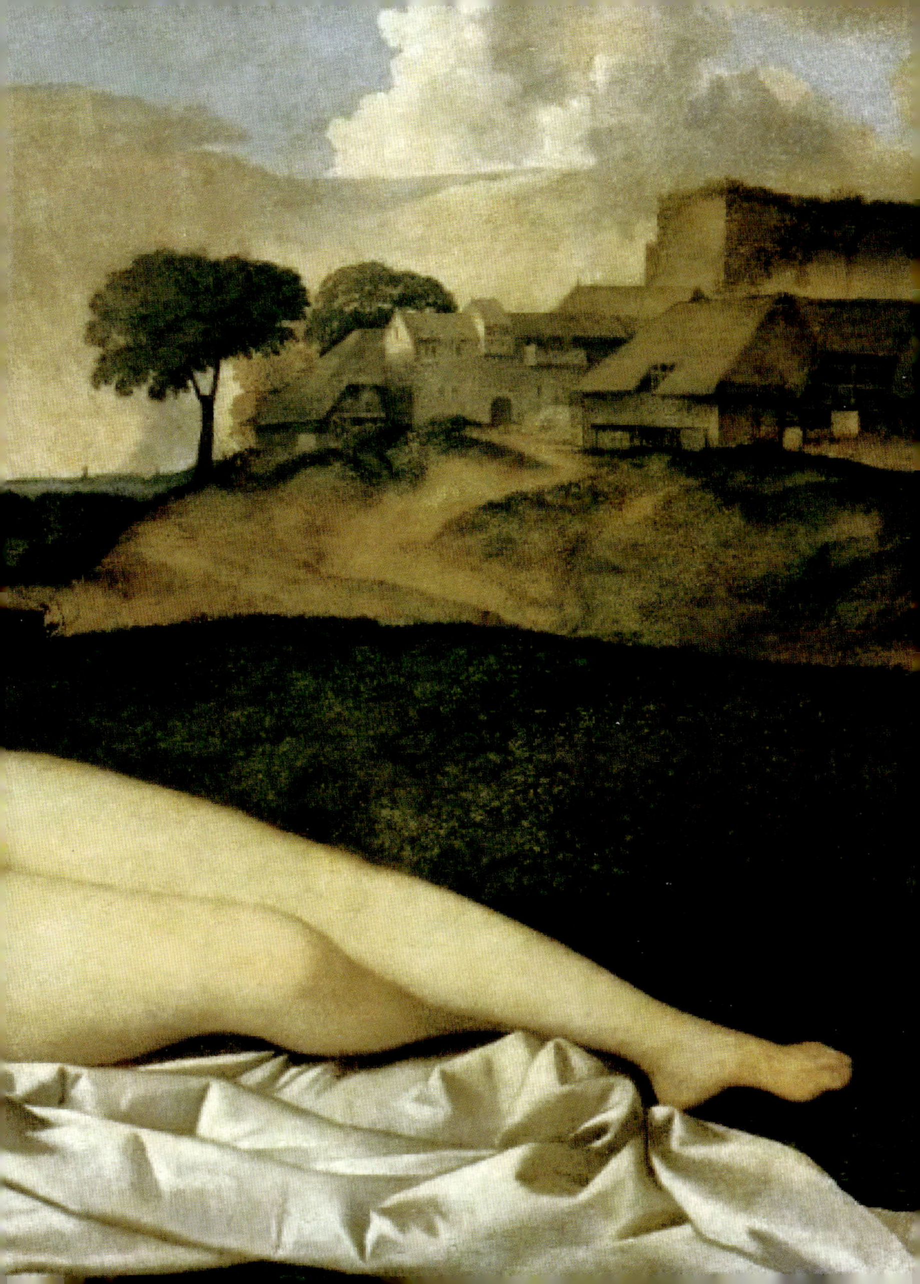

提香,《芙罗拉》
乌菲齐美术馆藏(佛罗伦萨)

盐野七生

文艺复兴小说

威尼斯的抉择

［日］盐野七生 著
俞隽 译

中信出版集团｜北京

图书在版编目（CIP）数据

威尼斯的抉择 /（日）盐野七生著；俞隽译. -- 北京：中信出版社，2022.3
（盐野七生·文艺复兴小说）
ISBN 978-7-5217-3720-2

Ⅰ. ①威… Ⅱ. ①盐… ②俞… Ⅲ. ①长篇小说-日本-现代 Ⅳ. ① I313.45

中国版本图书馆 CIP 数据核字 (2021) 第 220457 号

SHOSETSU ITALIA RENEISSANCE I VENEZIA by Nanami SHIONO
Copyright © Nanami SHIONO 1993
All rights reserved.
Original Japanese paperback edition published in 2020、
2021 by SHINCHOSHA Publishing Co., Ltd.
Chinese translation rights in simplified characters arranged
with SHINCHOSHA Publishing Co., Ltd., Tokyo
Chinese translation rights in simplified characters
copyrights © 2022 by CITIC Press Corporation, China
本书仅限中国大陆地区发行销售

威尼斯的抉择

著者： ［日］盐野七生
译者： 俞隽
出版发行：中信出版集团股份有限公司
（北京市朝阳区惠新东街甲4号富盛大厦2座　邮编　100029）
承印者： 北京中科印刷有限公司

开本：880mm×1230mm 1/32　印张：9.5
插页：10　字数：200千字
版次：2022年3月第1版　印次：2022年3月第1次印刷
京权图字：01-2021-6230　书号：ISBN 978-7-5217-3720-2
定价：49.00元

版权所有·侵权必究
如有印刷、装订问题，本公司负责调换。
服务热线：400-600-8099
投稿邮箱：author@citicpub.com

目 录

"黑夜绅士团"	003
"耻辱乞讨者"	014
总督古利提	025
来自罗马的女人	036
舞会	047
起航	058
CDX	068
地中海	080
君士坦丁堡	092
贝约格鲁	102
从奴隶到宰相	112
苏莱曼大帝	123
两张图纸	134
后宫内外	145

俄国套娃	156
祖母绿戒指	166
抉择初年	177
海上修道院	187
迷宫	198
谋略	209
金角湾的夕阳	219
悬崖	229
东方之风	239
柳树之歌	250
归乡	261
牢狱	271
狂欢节的最后一夜	282
尾声	293
图片来源	294

主人公　三十多岁的年纪

"黑夜绅士团"

踏入圣马可广场的瞬间,冲击性的一幕映入眼帘。

钟楼下挨山塞海般的人潮忽然从中间分开,四个男人从人潮的裂口抬出一副担架,向钟楼下方的小路走来,马可正好沿着这条小路来到广场,双方就这么迎面相遇。

直到视线落在担架上的那一刻,马可才停下脚步。他认出了躺在担架上的人,那是一张熟人的脸。抬担架四人组中的一位也是他的旧相识。这人似乎认出了他,在擦肩而过时对马可说:"这人从钟楼上摔下来了!这可是头一遭,只盼着今后别三天两头发生这种倒霉事儿。"

那人的声音随着脚步不停前行而变得越来越缥缈,最后几个字仿佛是担架上那位死者游荡在阴阳之间的自言自语。直到担架消失在钟楼下方小路的尽头,马可才想起,自己刚刚居然忘了同这个相熟的巡警道一声早安。

然而，时间不等人。威尼斯共和国的政府机关对随意迟到这种行为有着极其严厉的惩罚措施。根据法律规定，如果在缺乏充分理由的情况下缺席会议，缺席者必须支付巨额罚款，据说罚款的金额超过了一名普通百姓整整两年的生活费。

一想到这里，马可·丹多洛不由得加快了脚步。走过圣马可大教堂往左拐就能看到总督官邸的大门，还没等门口的守卫听清楚"早上好"的尾音，声音的主人已经迈着大步越过了大半个内殿。

马可穿过石板铺地的内殿，三步并做两步走上巨型阶梯，转眼就把五十多级台阶抛在身后，面不红气不喘地来到了二楼。马可在两个月前刚刚庆祝了自己三十岁的生日，此时的他年富力强，爬个楼梯对他来说是小菜一碟。

马可走过的这段阶梯因其上方天花板精美绝伦的装饰雕刻，被威尼斯人誉为"金梯"。在他担任共和国国会议员时，只要走到这里再往右转，就能抵达国会，不过马可现在还得再爬一层楼。登上三楼，穿过好几个满是华丽壁画的房间，元老院的大议事厅终于出现在他眼前。

从天花板到四周墙壁，元老院的大议事厅同样被精美绝伦的壁画包围，这些壁画描绘了威尼斯共和国极具纪念意义的历史事件。事实上，总督官邸内所有的房间莫不如是，威尼斯画家最重要的金主就是他们自己国家的政府。

约两百人的元老院元老几乎悉数到齐,众人自然而然地聚在一起高谈阔论,大议事厅中随处可见由人组成的圆圈。这是会议开始前常见的景象。今天早晨的焦点话题,自然是刚刚发生的那起坠塔事件。

马可是一名初出茅庐的菜鸟元老,几乎没什么人会主动跟他搭话。这倒是正中马可的下怀,他本就不是那种爱出风头的性格,因此常常在圆圈外围转来转去,用心聆听同僚们的谈话内容。

而今天早上,每个话题圈子都认为警察的坠塔自杀事件是共和国的污点。甚至有人对此相当愤慨:一个拥有稳定地位和丰厚收入的人居然选择自我了断,他绝对是疯了!

家喻户晓的圣马可钟楼是威尼斯最高的建筑,而钟楼的主要职责自然是报时。一天之中,楼顶的大钟会数次响起,提醒威尼斯市民时光匆匆。与此同时,它也是圣马可大教堂的附属钟楼,但凡这座威尼斯最负盛名的大教堂举办典礼,钟声就会响彻云霄。此外,码头就在不远处,每当舰队起航或是入港,钟楼也会敲响祈愿胜利的钟声。

钟楼在夜晚也完美地发挥了灯塔的功能。待夜幕降临,钟楼上会燃起火把,人们只要抵达利多的外港,就能看到圣马可钟楼上闪烁的火光。

钟楼顶部承担着报时和照明的功能,可谓威尼斯人日常生活中必不可少的一部分。不过，很少有人知道，它的内部其实还藏着一座关押外国政要的监狱。只不过此刻牢房中空空如也，并未关押任何人。一条螺旋状的阶梯如缝线一般穿过监狱，要到达钟楼顶部，必须耐心攀爬这长长的阶梯才行。

功能繁多的圣马可钟楼守备森严，禁止随意出入。即使是政府高官，未经许可也无法进入。

毕竟，只要站在楼顶就能鸟瞰整个威尼斯，连国营造船厂这种重要的军事设施也能被一览无遗。要是让伪装成观光客的外国间谍偷看到国家机密，可就大事不妙了。

不过，"黑夜绅士团"可以自由出入圣马可钟楼。名号听起来略显浮夸的"黑夜绅士团"由行事老练的威尼斯警察组成。他们之所以可以自由出入圣马可钟楼，主要是因为楼顶用火的安全管理属于警察的职责范围。

在执勤的过程中，一名警察的内心发生了某些激烈变化，从钟楼上一跃而下。事到如今，谁都无法判明死者究竟遭遇了什么。

时辰一到，总督和六位辅政官在议事厅正面的高处就座，今天的会议也准时开始了。

今天的议题围绕着利用排水造田拓展本国耕地面积展开。威尼斯所需的小麦主要从奥斯曼土耳其帝国控制下的黑海地区进口，然而威尼斯与奥斯曼土耳其帝国在东地中海地区存在利益冲突，把自家最重要的口粮问题全权托付给有矛盾的邻居，这实在不是明智之举，要想个办法妥善解决。威尼斯原本也可以从意大利南部进口小麦，可现在那个地区已经被西班牙控制，神圣罗马帝国皇帝兼西班牙国王查理五世吞并整个意大利的野心昭然若揭，威尼斯的处境可以说是前有狼后有虎。俗话说，求人不如求己，扩大排水造田的范围，提高本国生产力，才是最靠谱的办法。对此，在场无人提出异议。

设立专门的委员会负责这一项目的提案以多数票赞成通过，五名新委员也同时在推选下走马上任。这一天的元老院会议不到两个小时就宣布散会了，工作效率相当高。若是议题换作元老院比较重视的外交或军事问题，不吃不喝一直讨论到天黑也是家常便饭。

早早结束工作的马可离开总督官邸，不知不觉就走向了钟楼。想要从四周观察这座高塔，就必须在圣马可广场上绕行一周。

此时此刻的广场已经恢复了以往的模样。不久之前曾与人类肢体剧烈碰撞的铺路石也被洗刷干净，不留一丝血迹。

这座威尼斯最著名的广场与市内其他广场一样，周围有许多小路与其他道路相通。对于在此生活的人们来说，方便通行是这些小路最基本，也是最大的功能。

这一带是政治与宗教的中心，总督官邸集中了共和国大部分行政立法机关。而总督官邸对面就是停泊军舰和商船的码头，来自五湖四海的形形色色的人在此熙来攘往。

人们对此也早就见怪不怪了。没人会觉得东方旅行者头上五彩斑斓的头巾有什么稀奇，操着希腊口音的船员们在这里聊天，一口德意志腔的商人也从那里走过。在广场的角落，只会拔牙的牙医支起摊子，隔壁的理发店生意兴隆。

年轻的元老院元老怅然穿行在这一片烟火气十足的世俗喧嚣中，无人留意他。虽说供职于元老院，但他的穿着打扮并未刻意透露身份的尊贵。如果没有特别的职级，元老们一年到头只穿黑色长袍，即便季节转换，也只在衣服的面料上稍做调整，改成质地轻薄的袍子或是加上皮毛衬里。这副打扮在威尼斯几乎是医生、贸易商和教师等脑力劳动者的标配。

马可一面绕着钟楼打转，一面时不时抬头望向钟楼顶部。他的脚步不停，思绪也不曾停止。

那个人真的是自杀吗？还故意选择了一种前无古人的死法——跳下圣马可钟楼。

尸体的脸没有特别损伤，不像是从百米高处坠落的样子，不知道后脑勺的情况如何。

马可认识那位死者，不但认识，甚至可以说是熟识。六个月前，马可·丹多洛任职于"黑夜绅士团"，而且是领导警察的治安官。当然，治安官不止他一人，总共有六人。换句话说，马可曾是"黑夜绅士团"的一员。

在威尼斯共和国，贵族的嫡子到了二十岁便能获得共和国国会的议席，但三十岁之后才能加入真正拥有立法权的元老院。人们认为，未到而立之年的人不够成熟，不足以担当国政大任。

说到国政，其实除了决定国家走向的关键决策，还存在着诸多急需人手的工作，其中之一就是治安。一位未满三十岁，却已经在国会占据一席之地的年轻贵族是"黑夜绅士团"完美的候选人。从另一个角度来说，这样的岗位安排也是贵族子弟精英教育的一环——未来掌握国家命运的人，必先了解民间疾苦。

"黑夜绅士团"的任期是一年，由共和国国会决定人选。威尼斯城在行政上被划分为六个区，国会从每个区选出一名出身于本区且符合条件的贵族青年，总共六人。

马可曾两度被选拔为治安官，还在海军司令部工作过。在丰富的工作履历及耀眼成果的加持下，他幸运地刚满三十岁就位列元老院。威尼斯共和国政府的重要职位大多由元老院元老担任，元老院的席位就是年轻人政治生涯的起跑线。

在由六位年轻贵族担任领导的"黑夜绅士团"中，除了为首的治安官，下面还有实际参与案件调查的警察，警察下面则是协助他们工作的巡警。

如前文所述,六位治安官的任期只有一年。而且在威尼斯共和国,要再次担任同一职位,任期之间必须间隔一个与任期时间一样长的休职期,否则没有资格再次参选。

这一规定的初衷是为了防止一个人因长期任职而产生的权柄过大、政商勾结等问题,但短短一年的任期也让官员的业务能力无法得到锻炼。为了平衡这一点,政府让警察和巡警的工作成了铁饭碗,拥有威尼斯市民权的警察和巡警可以在这个岗位上一直干到光荣退休。如此一来,即使治安官每年一换,只要下面的人不变,基本出不了什么乱子。

从钟楼上坠亡的男人是一名警察,抬着担架、对马可说话的男人则是巡警,曾两度成为"黑夜绅士团"一员的马可不可能不认识他们。

如果死去的不是那个人,而是别的警察,马可也许不至于如此在意。他太了解死者的为人了,实在难以相信这个人会主动寻死。

首先,自杀对于基督徒而言,是一件几乎无法想象的事。教会视自杀为禁忌,自杀者不能在教堂里举行葬礼,也不能被葬入教会管辖的墓地。

其次,死去的这位老兄不是省油的灯。威尼斯大大小小的旅店和妓院都归"黑夜绅士团"管辖,死者在这些行业内风评奇差，直指他的匿名投诉信绝对不止一两封。马可在任上也曾暗中对他做过调查，可惜当时并未掌握确凿的证据。

组织里的其他警察都恪守威尼斯的严苛法令（但凡与贪污受贿沾上一星半点就是死罪），马可从不用操心他们会在背后搞什么小动作。可是，这个男人身上的问题实在太多了。

时间在马可左思右想中飞快流逝，钟楼上的机械人偶在齿轮的运作下敲响了正午的钟声。

马可朝圣马可广场西侧的道路走去，与他早晨来时的路线正好相反。早晨他走过的梅切利亚小路直通里亚尔托桥，一路上行人众多。饥肠辘辘的马可不想再忍受拥挤，所以宁愿绕远，也要挑一条清净的路回家。

走进小路，广场上鼎沸的人声瞬间变成了一场幻觉。丹多洛家的宅邸坐落在里亚尔托桥前方下游的大运河畔，马可此刻沿着小运河往家的方向走去。

走到小运河渡桥的位置时，马可敏锐地察觉到有人在背后盯着他。

马可并未停下脚步，很快就来到了半月形拱桥的最高处，把全身暴露在对方的视野中。他佯装不知情，一闪身钻进了与渡桥相连的巷道，后脖颈处皮肤的异常感觉忽地消失了。可是当他穿过小巷进入圣路加广场时，这种感觉又一次强烈袭来。

"我被人盯梢了。"马可暗想。

"黑夜绅士团"

穿过圣路加广场后，只要再过一条街就能到家了。广场上满是急着回家吃午餐的行人，想要知道是谁在跟着自己，在此行动最合适不过，而且这也是最后的机会了。

正巧，照顾单身汉马可日常起居的老仆夫妇的侄子正从对面走来，应该是刚刚探望完叔父叔母，正走在回家的路上。还没等马可主动打招呼，这名忠厚老实的年轻人已经向他弯腰致意了。马可一边回礼一边佯装与他交谈，顺势观察背后的情况。

在广场上，除了琳琅满目的货摊、购物的妇女、行色匆匆的路人，还有一个乞丐。他浑身漆黑，拿着一只形似牛角的容器，猫着腰向行人乞讨。马可用余光扫过广场周围的七条通路，并未发现可疑人物。他停止观察，朝着直通宅邸的小路走去。

就在他刚刚走到小路中段时，再一次感觉到了背后异样的目光。这种不爽大于恐怖的感觉，让他不由得头一次加快了步伐。

这条小路通往一个小型广场，广场正面就是丹多洛家宅邸的临街大门。比起面向大运河的水上正门,这个门的使用频率要高得多。

走到家门口,马可终于转过身去,一眼就看到了那个即将走出小路的黑衣乞丐。

附近没有其他人。马可堵在自家门口,牢牢盯着那个乞丐。奇怪的是,那人居然毫不退缩,甚至一点都不像是个真正的乞丐。眨眼间,那人忽然挺直了一直卑微蜷曲的身体,威风凛凛地大步走向马可。

"耻辱乞讨者"

"耻辱乞讨者"一词在意大利语中直译过来是"耻辱又可怜的人"。在文艺复兴时期的威尼斯,这个群体得到了政府及乐善好施者的特殊照顾,没有人会把他们当作普通的乞丐。

这些人原本都是贵族。即使不是贵族出身,也曾经体验过堪比贵族的富裕生活。然而命运让他们起朱楼,宴宾客,又让他们的楼塌掉,如今沦落到沿街乞讨的悲惨境地。

威尼斯共和国是一个诞生于海上国际贸易的城邦国家,发生在这里的悲惨故事大致有三种走向:拿全副身家投资的货船在暴风雨中沉没,孤注一掷的远洋航行因海盗袭击血本无归,把父母留下的巨额财产挥霍一空。他们的结局大多是穷困潦倒,流落街头。

当然,除了赌徒和败家子,"耻辱乞讨者"中也不乏有头脑、有勇气的英雄人物,可偏偏倒了血霉,精心打理的产业在战争中化为乌有,从此失去了一切。

以威尼斯和佛罗伦萨为代表的意大利文艺复兴时期的城邦国家，凭借大胆的自由经济体制获得了巨大的发展。既有人在此白手起家，创建财富帝国，也有人一蹶不振，血本无归。

所幸，威尼斯人对成功者从来不惜赞美之词，对不幸的人也怀有宽容之心。现今的威尼斯依然留存着用于存放食物和钱财等施舍物的布施箱，上面还镌刻着"致可怜的乞讨者"。

佛罗伦萨的主要贸易市场是陆路直通的欧洲，而威尼斯只通过海路与地中海世界做生意。相比之下，威尼斯人的人生风险系数要高得多。在威尼斯共和国，出于这类原因产生的乞讨行为被完全制度化，满大街安设布施箱就是为了满足他们的日常所需。

一般的乞丐爱穿什么没人管，可是"耻辱乞讨者"却有着严格的着装要求。

他们必须穿全黑的长袖布袍，下摆垂至脚边，不能佩戴任何饰品，也不能系皮带。此外，还要搭配包住整张脸的黑色头巾，只在眼睛的位置开两个洞。这套"制服"只有得到官方机构"没落者应对委员会"认可的乞丐才有资格穿。

一旦穿上这身衣服，再也没人能认出你是谁。"耻辱乞讨者"可以看见路人，路人却无从得知"耻辱乞讨者"的样貌。

政府规定"耻辱乞讨者"可以用肢体语言乞求施舍，不必开口说话。这是为了防止他们因发出声音而被熟人认出来。向"耻辱乞讨者"施舍零钱的人也不能和他们搭话或要求他们开口，默默地把钱放进"耻辱乞讨者"手中的牛角形容器里就行了，"耻辱乞讨者"则可以用肢体语言表达感谢。

不过，政府及社会大众对"耻辱乞讨者"的这份关怀，实际上并不完全是同情。

在自由经济的环境中，市场的活力与经济繁荣息息相关。16世纪的威尼斯遍地黄金，到处都是咸鱼翻身的机会，昨天的"耻辱乞讨者"摇身一变就成了今日的富豪。为了让一部分有可能东山再起的人不因曾经的耻辱岁月承受心理压力，守护"耻辱乞讨者"尊严的社会公序应运而生。

当然，此时此刻的"耻辱乞讨者"，只是一群没有名字的人。

"耻辱乞讨者"迈着坚实的步伐向前逼近，毫无沉沦者的萎靡气息，这令马可不由得紧张起来，下意识地往后退了两三步。可"耻辱乞讨者"也紧随他的动作加速靠近，故意压低声音说道："快让我进屋，这里太惹眼了。"

熟悉的声音穿透耳膜，十年前令人怀念的时光瞬间充满了马可的脑海。他极其自然地掏出钥匙，打开了宅邸的大门。

运河对岸鳞次栉比的房屋将阳光反射到河水中，再经由运河水面折射到屋内，二楼这间面朝大运河的起居室因此无比温暖而明亮。

直到走进起居室，"耻辱乞讨者"才摘掉了黑色的头巾。还没等脸完全露出来，马可就叫出了他的名字："埃尔维斯，你什么时候回威尼斯的？"

展露在黑色头巾下的那张脸笑了起来。这人正是马可从小玩到大的好朋友——埃尔维斯·古利提。

还没等好友回答，马可又开口了，语气显得有些无奈："你看看你，堂堂总督公子怎么穿成这样？"

话音未落，埃尔维斯哈哈大笑起来："卑躬屈膝装出一副可怜巴巴的样子可不是一件容易的事儿！真是累死我了。"

埃尔维斯三下五除二脱掉了黑衣，露出穿在下面的衬衫和紧身裤，双手举过头顶，舒展了一下筋骨。他用小孩子搞恶作剧时的狡黠眼神看着依旧站在原地的马可，开口说：

"我在圣马可广场就看到你了，但我这副打扮不方便跟你搭话，只好一路跟着你回家喽。"

马可家的午餐一向由老仆夫妇中做厨娘的妻子准备，管家丈夫则负责收拾餐桌及上菜。好友二人仿佛回到了十年前，狼吞虎咽地吃完了午餐。

饭后，两人来到楼上马可的房间。埃尔维斯自然而然地打横躺在了土耳其式样的矮背长椅上，马可则让身体深深陷进一把土耳其式样的安乐椅里。十年前，两人也常常以这样的姿势共度下午时光。

马可·丹多洛和埃尔维斯·古利提八岁相识，一直是知心好友。

八岁那年，教授语法、算术及拉丁语的私塾来了一名新同学。这个名叫埃尔维斯的孩子出生于奥斯曼土耳其帝国的首都君士坦丁堡，并在那里度过了大半童年时光。出身威尼斯的父亲希望儿子接受正统的威尼斯式教育，因此把他送进了这间私塾。

当时的埃尔维斯是个古怪的孩子。他会说希腊语和土耳其语，意大利语也相当流利，插班上课完全没问题。然而他给人的感觉，却与其他的威尼斯孩子截然不同。

埃尔维斯的父亲当时虽然尚未登上总督之位，却已经是威尼斯政界响当当的人物了。老师和同学对这位大人物的孩子自然青眼相加。在学习上，埃尔维斯算不上成绩突出，却能时不时说出一些独特的见解，震惊四座。

不过，这个来自东方的男孩对同学们的幼稚游戏并不热衷，也没有称霸学校之意。一种尊贵的疏离感从他的骨子里透出，如不可名状的烟雾一般围绕在他的身边。如果说私塾师生对他的最早关注源自他的身份（他父亲可是人称"威尼斯灵魂人物安德烈·古利提"的大人物），在与他熟悉之后，这个有一半东方血统的男孩在有意无意间流露出的神秘异国气息，才是让人们忍不住另眼相待的真正原因吧。

马可与埃尔维斯在脸蛋圆圆的童年时代一见如故。随着岁月流逝，即使面部轮廓在成长中变得棱角分明，两人的友谊也一如他们的发色和瞳色，不曾改变。

埃尔维斯·古利提一头栗子色的卷发，鼻子生得像希腊人一样又高又挺，好像从宗教画上走出来的美男子。他的眼珠在侧耳倾听时展现出美丽的蓝色，宛如色泽清朗而深邃的海蓝宝石，在发表意见时却近似于翠绿，像是闪耀着光芒的祖母绿。他的皮肤是古铜色的，一个纯粹的意大利人无须努力日晒就能拥有这种天赐的肤色。在个头方面，埃尔维斯从小就比马可高大。

其实马可·丹多洛也是个高个子男人。乌黑的头发以流畅的卷曲度垂至脖颈，深茶色的双眼让他显得沉稳冷静而又活力充沛。马可自小成绩优异、举止端庄，绝对是家长眼里标准的"别人家的孩子"。

当两人还是圆脸小毛孩时，埃尔维斯就常常跑到马可家里蹭饭，还时不时留宿。

埃尔维斯把马可的母亲当亲生母亲看待，温柔的丹多洛夫人是他童年时代为数不多可以撒娇的对象。他的亲生母亲一直留在君士坦丁堡，没到威尼斯陪伴儿子，而父亲安德烈·古利提当时出任威尼斯海军提督,必须常驻海外,整年不见人影。马可的父亲则在他四岁时战死沙场,那场战争的敌对方正是奥斯曼土耳其帝国。因此,马可成了丹多洛家唯一的嫡子。

"这道菜还是以前的做法,可是与母亲在世时相比好像还差了点什么。"

"厨娘还是妈妈在世时雇的那一位,只不过妈妈会在起锅之前亲自试味道。"

"我之前听说了她老人家去世的消息,具体是什么时候的事?"

"一年前,当时我还没进元老院。"

"我差点忘了,你现在可是威尼斯共和国元老院的元老大人了。"

两人一边吃一边聊家常。餐后的一杯酒,更让这次暌违十年的重逢变得亲切。

十四岁那年,两人不约而同地选择了大部分威尼斯上流家族子弟都会走的路——成为商船的石弓箭手。

当时的商船在出海时基本都有战斗人员随行,这不仅是远洋航行的安全防卫需求,也是遵从政府规定。出身优渥的年轻人因此登上商船,开始学习战斗及航海所需的必要技术。此外,除了船长之外的所有船员都可以携带货物到目的地自行售卖，年轻贵族也能通过实践，从中学到贸易的技巧。

不过，让这些年轻人真正踏上他国土地，亲身体会外国的风土人情，增长见识，拓宽视野，才是威尼斯共和国对未来的国家栋梁的真正期待。这背后的深远含义，使得培养石弓箭手成了国家的一项制度。

出于上述种种原因，志愿成为石弓箭手的年轻人经常会跟随不同的船只出海。为了节省成本，商船的航线基本都是固定的，比如前往埃及的商船一般都会把目的地设定在亚历山大港，只要没有战争等不可抗力因素，威尼斯的船队每年都会固定在亚历山大港靠岸。所以，乘同一艘船的人一般只能去往相同的目的地，难以达到长知识和积累经验的目的。

马可与埃尔维斯深知这一点，出发前也相互商量着每次都要乘坐不同的船，尽量去往不同的国家。他们随着风帆远行，足迹遍布整个地中海世界。

设有多个大型商会的埃及亚历山大港是威尼斯在东方的重要贸易据点，几乎每一个新石弓箭手都会到这里报到。归属土耳其的叙利亚也是必经之地，他们到访大马士革，还去了威尼斯商会所在的阿勒颇城。

他们在北非踏足了突尼斯和阿尔及尔，在那里同强悍的阿拉伯人做买卖。

有时，商船会在西班牙各地暂时休整后继续向西，穿过直布罗陀海峡，一路来到英国的南安普敦。船上满满当当地装载着塞浦路斯的高级葡萄酒、扎金索斯岛特产的黑科林斯葡萄干，以及来自威尼斯本土的精美纺织品。威尼斯人不远千里来到伦敦销售这些奢侈品，再将低价买到的英国羊毛线带回本土。在威尼斯及佛罗伦萨匠人的巧手之下，本来平淡无奇的原材料变成了色泽艳丽、精美绝伦的高级工艺品。威尼斯商人载着这些货物再次出航，将它们卖给德意志人、法国人及英国人。

比起坐在课桌前枯燥听讲，长达四年的航海生涯才是使马可真正成长的无与伦比的时光。对于他来说，这四年既快乐，又学到了任何一本书上都不曾记录的宝贵经验。当然，马可的快乐也有一大半来自埃尔维斯的陪伴。在这所海上学校，埃尔维斯才是当之无愧的优等生。

石弓箭手时代的回忆是此时已经步入而立之年的两人怎么都聊不完的话题，因为那是他们人生中第一次离开家独自闯世界，一切都是那么新鲜。那个年纪的男孩充满勇气和力量，无论多么辛苦都能咬牙坚持。

说着说着，马可突然想起了某件事。

"说起来，那个土耳其男孩怎么样了？"

"他在我回君士坦丁堡之后就来找我了，之后一直留在我那儿做事。"

那是他俩搭乘的威尼斯商船中途停靠西班牙阿利坎特时发生的事。一艘来自奥斯曼土耳其帝国的船在附近海域沉没，船上只有一个男孩拼尽全力游了出来。这个可怜的男孩还没来得及庆幸自己大难不死,就被岸上的西班牙人逮住,嚷嚷着要把这个信奉真主安拉的异端送上火刑架。

埃尔维斯救了他,用一路上赚到的全部钱财把他赎了回来。

男孩对埃尔维斯感激涕零,表示愿意做埃尔维斯的奴隶,一辈子侍奉他,但埃尔维斯对此不以为意。当船回到威尼斯时,正好有一艘前往奥斯曼土耳其帝国的船即将起航,埃尔维斯就把男孩送上了船,让他回国好好生活。此后,男孩大概是听说了埃尔维斯回到君士坦丁堡的消息,不但再次见到恩人,还如愿成了他的侍从。

埃尔维斯·古利提就是这样一个内心无比柔软的人。可是与此同时,他也有着极其冷酷的一面,马可对此深有体会。

被船员们戏称为"连体婴少爷"的两人在结束航海生涯、进入大学后仍然形影不离。他俩不但同样选择在帕多瓦大学法学部学习,还成了合租室友。

在课堂上,马可始终略胜一筹,可一旦走出校门,埃尔维斯才是绝对的赢家。当时的大学生脑袋里只有两件事:赌博和女人。在这两件事上,非但马可比不过,甚至整个威尼斯都没人是埃尔维斯的对手。每次看到好友在赌桌上大杀四方,或是轻松抱得美人归,马可丝毫不觉得糟心,反而总是忍不住感叹埃尔维斯真是太厉害了。

  时间如白驹过隙。转眼间,这对好朋友走出校门,来到了二十岁的当口儿。他们从八岁起一直并肩前行的人生,自此转向了完全不同的方向。那一年,马可得到了共和国国会的议席,而埃尔维斯的手里空空如也。

  自那一年至今,已经过了十年。

  忽然,埃尔维斯仿佛想到了什么,开口问道:"你今天上午在圣马可广场一个人走了很久,边走还边看钟楼,莫非你认为早上的坠塔者并不是自杀?"

  一句话瞬间把马可带回了现实,他不由得定睛看向面前的好友。

总督古利提

马可·丹多洛是个沉着稳重的人,不但别人如此评价他,他自己也是这么认为的。然而,只有在面对好友埃尔维斯时,他才会忍不住把心中所想脱口而出。

"我怎么都无法相信那是自杀。我认识死者,他绝不是一个会自我了断的人,而且还选了这样一种特别夸张的死法。选择这样去死,背后的原因绝不单纯。就算从死亡方式本身来看,这个案子的谜团也多得过分。"

埃尔维斯眼珠的颜色变成了幽深的祖母绿,他的语气有些冷淡:"但是,'黑夜绅士团'已经以自杀结案了,也没有任何后续调查,尸体已经被抬到无名者墓地埋掉了。"

埃尔维斯说的都是事实,马可无言以对。他也没有确凿的证据来证明自己的观点,只是这件事以自杀草草收尾,令他无端心生疑惑。

面对有些沮丧的马可,埃尔维斯恢复了以往的亲切口吻,安慰他:"好了,这事你也别多想了。你现在是元老院的重要成员,可以去操心的事多得很。不,应该是必须你去操心的事成千上万呢。"

听了这话,马可只能强压下心中的疑惑,不再多提。

除了这个案子之外,久别重逢的好友之间还有太多太多要聊的了。结果他们一整天窝在家里没有出门,马可还特别为埃尔维斯准备了小时候常吃的菜式做晚餐。两人一直聊到深夜才终于回到各自的房间就寝。埃尔维斯入住的客房在马可卧室的隔壁,正是十年前他留宿时常住的那一间。

可是,次日清晨,等马可从睡梦中醒来,埃尔维斯已经离开了。埃尔维斯托老管家告诉马可自己还会再来的,厨娘则略显嫌弃地向马可告状:那位公子走之前又换回了"耻辱乞讨者"的衣服。

马可在床上茫然地躺了一会儿,这时他才意识到,虽然昨晚两人说了一宿话,可是细细想来,埃尔维斯对他的提问没有做出任何答复。

所以说,马可既不知道好友返回威尼斯的具体时间,也不清楚他为何要假扮成"耻辱乞讨者"。

而且,马可想,阔别十年的埃尔维斯,可能已经不是自己记忆中的那个人了。

也许是因为他蓄起了胡子吧。那胡子从鬓角延伸到下巴,让他的脸部轮廓反而变得柔和了一些。另外，这位十年未见的好友还把自己的小胡子修剪成了土耳其式样，这大概也是让真人与记忆无法贴合的原因。他们之间毕竟横亘着长达十年的空白时光，随着年龄增长，埃尔维斯也从单薄的少年变成了力量感十足的成年人。

马可的身体也比过去更加健硕，只是还没能蓄出一把那么漂亮的胡子。想到这里，马可哑然失笑，觉得对好友的猜忌实在没什么必要。

当然，埃尔维斯确实变了。如今的埃尔维斯无论笑得多开心，眼底总有一道暗影，像是从他内心深处散发出来的漆黑光束。

马可之所以产生这种感觉，也许是因为现在他时常能接触埃尔维斯的父亲，于是不自觉地将父子二人做了对比。

从埃尔维斯父亲的眼睛里也能看到光，不过，那是一道明亮的光。

在马可看来，再没有人比总督安德烈·古利提更能代表这个在经济实力上称霸16世纪上半叶欧洲大陆的威尼斯了。不光是马可，神圣罗马帝国皇帝兼西班牙国王查理五世、奥斯曼土耳其帝国的苏丹恐怕也是这么想的。

已经七十二岁高龄的总督古利提身材挺拔、精神矍铄，丝毫不见老态。他身上那套仅威尼斯共和国总督可以穿着的

安德烈·古利提

奢华衣袍，更是将总督大人衬托得神采奕奕。

其实，历任总督并不会这样打扮自己。倒不是为了省钱，主要是他们中的一些人缺乏对美的感受力，而另一些人缺少一副能把衣服撑起来的好身板。古利提总督总是根据时间和场合更换衣饰，每当他现身人前，那些精致奢华的服饰总让人舍不得挪开眼。如马可一样见识尚浅的年轻元老见了他，更是忍不住发出惊叹之声。

无论是金光璀璨的襕带、雪白丝绸上的银线刺绣，还是随着光线变化会反射出七色幻彩的丝绫，只要被古利提总督穿上身，衣服就鲜活了起来，仿佛正在向全世界宣告如今威尼斯共和国的伟大和繁荣。总督本人似乎也很清楚自己在这方面的惊人天赋，所以无论服饰多么昂贵，只要足够华美，他都会毫不犹豫地将其收入囊中。

总督生着一张威尼斯贵族典型的容长脸，丰沛的胡须将皮肤衬托得更加白净。近似于鹰钩的大鼻子让这张脸的主人看上去积极又强势，可是只要他一笑，脸上又荡漾出温柔，刹那就能渗入对方的内心。

在威尼斯共和国，无论国会还是元老院都没有所谓的讲台。想要发表意见的人往往会走到一排排座席当中的通道上，边走边演说，即使是座位设在高处的总督及总督辅政官们亦如此。

古利提总督在这条通道上来回踱步演说时，身上宽大华丽的斗篷总是随着稳健

埃尔维斯·古利提

的步伐和极具张力的肢体语言飘扬在半空，散发着令人心驰神往的力与美。年轻的马可也曾在可容纳两千人的国会议事厅一角，用眼神追逐着总督的举手投足。

如今，马可进入了元老院。元老院议事厅的议席数量只有约两百个。随着空间缩小，马可和总督的距离也被拉近了，他甚至可以在总督演讲时看清他华服上的花纹。

无论总督是不是自己好朋友的父亲，对于这位宛如太阳神一般向周围散发着明亮光芒的人，马可心中满是尊敬，或者说，是憧憬和崇拜。

安德烈·古利提出生于1455年，是威尼斯贵族古利提家

的嫡子。

古利提家族虽不如马可出身的丹多洛家族历史悠久，却也是组成威尼斯统治阶级的名门世家。安德烈·古利提的父亲早亡，他由祖父抚养长大。

安德烈·吉利提念完中学后，祖父带他前往任职地，让他在当地继续接受教育。担当外交官一职的祖父曾赴任英国、法国和西班牙等多国，年轻的安德烈·古利提跟随祖父，每到一地都能切身感受到他国和他民族的风土人情。祖父似乎对自己这个孙子的才智和见识非常有信心，时不时与他探讨政务上的困扰，这让年少的安德烈在实质上积累了作为外交官秘书的工作经验。结束了与祖父一同走南闯北的少年时代，安德烈进入帕多瓦大学，主修哲学。

安德烈·古利提在语言学习上也颇有建树。意大利语不消说，当时欧洲的通用语拉丁语、法语、英语和西班牙语，他都十分精通，甚至希腊语和土耳其语也难不倒他。

除了才华出众，安德烈·古利提还生了一副好皮囊。他形容俊美、身材健硕、精力充沛，而且一辈子很少被病痛困扰。

然而，这世上并不乏貌美才高之人，却不是人人都能登上高位，获得成功。除了上述这些优点之外，安德烈·古利提最厉害的地方，恐怕还是他牢牢抓住对方内心的能力。

安德烈·古利提曾在率军出征时被敌军将领特里乌尔奇

奥生擒，本是有去无回的死亡之旅，可古利提偏偏能迅速获得敌对方的信任，没过多久甚至成了特里乌尔奇奥将军的座上宾，最后趁将军对他放松戒备，一举逃脱，而特里乌尔奇奥在发现古利提逃跑后居然连追兵都没有派。

古利提在落入法国国王弗朗索瓦一世手中的时候也如出一辙。国王对他一见如故，两人的感情迅速升温。弗朗索瓦一世不但还他自由，而且请他为自己刚出生的小公主取名。不夸张地说，当时整个威尼斯共和国的外交关系，全是靠安德烈·古利提的个人魅力支撑起来的。

西法战争期间，弗朗索瓦一世被俘。西班牙国王派遣特使来到威尼斯恩威并施，一面强调西班牙实力强劲，一面怂恿威尼斯放弃法国，转而加入西班牙阵营。

对此，古利提总督如是说："两位国王都是我的亲密好友，这让我的内心无比煎熬。我所能做的，仅仅是为庆祝胜利的国王感到高兴，与悲叹落败的国王一同哭泣。"

这真是一段教科书级别的外交发言。威尼斯共和国也因此在之后的很长时间里得以保持中立。

不过，出类拔萃到了安德烈·古利提这种程度的人反而很难被普罗大众理解。他那比贵族还贵族的气质与普通老百姓心里的"好总督"形象着实有些差距。大概也有这个原因，总督选举时，他的得票难以与竞争对手拉开差距，总共经历了三轮投票才最终当选。不过，古利提本人对此并不在意，他说:"比起登场时的鲜花和掌声,我更想做一个退场后还令人念念不忘的领袖。"

这话看似傲慢,但真正理解他的人都知道,这出自他对祖国那份无可比拟的热爱,以及由热爱而发的危机感。而马可·丹多洛觉得,自己也是为数不多真正理解他的人之一。

安德烈·古利提的人生与这个动荡的时代紧紧贴合。放眼整个威尼斯,没有人比他更能明辨裹挟着共和国的重重危机。

在他出生的前两年,也就是 1453 年,君士坦丁堡沦陷。在过去一千年间守护欧洲不被东方势力侵扰的东罗马帝国彻底覆灭,奥斯曼土耳其帝国称霸近东的时代拉开帷幕。这个从遥远东方一路厮杀而来的新兴帝国对被誉为地中海女王的威尼斯来说,无疑是史无前例的危险劲敌。

1470 年,安德烈·古利提 15 岁。就在那一年,位于希腊东部、威尼斯的内格罗蓬特基地被奥斯曼土耳其帝国攻占。在过去两百年间,这里一直是威尼斯重要的军事及通商重地。也正是在这一次威土战争中,奥斯曼土耳其人第一次展露出他们对地中海地区的勃勃野心。九年后,威尼斯与奥斯曼土耳其帝国签署了和约,威尼斯共和国保全了自己在内格罗蓬特基地的自由贸易权,代价则是永远失去了这块海外殖民地。

就在威土和平条约签署后不久,时年 24 岁的安德烈·古利提来到了奥斯曼土耳其帝国的首都君士坦丁堡。这次过来是为了做生意，另有一位出身威尼斯豪族凡朵拉明家族的贵族是他的合伙人，古利提的第一任妻子同样来自这个家族，但当时她已经去世，临终前为古利提诞下了长子。

安德烈·古利提在经商这条路上如有神助，很快就在君士坦丁堡扬名立万。这位来自威尼斯的商人说得一口流利的土耳其语，他奇特的个人魅力连信奉真主的穆斯林也招架不住，苏丹巴耶塞特二世、宰相阿默德纷纷加入了他的朋友圈。作为一个年轻英俊的外国富商，古利提的女人缘也是没得说，他在君士坦丁堡与一名希腊女子一连生下了三个男孩。埃尔维斯·古利提正是他的第三个儿子。

就在安德烈·古利提的君士坦丁堡生活即将迎来第二十个年头的1499年，第二次威土战争爆发。这一次，奥斯曼土耳其人把利刃伸向了希腊南部伯罗奔尼撒半岛的威尼斯殖民地。

战争在瞬间摧毁了平静的日常，滞留敌国的普通民众的人身安全毫无保障，生活在君士坦丁堡的大部分威尼斯同胞只得低调度日，一心只想咬牙熬过这场疾风骤雨。然而，古利提却活跃了起来。当时，君士坦丁堡一处军用造船厂遭人纵火，军方怀疑正是由他所领导的一个威尼斯人团体所为。古利提遭到逮捕，被判处死刑。

可令人大跌眼镜的是，此时宰相，甚至苏丹本人都站出来帮古利提说好话，整个奥斯曼土耳其宫廷都对这位敌国人士极有好感。来自帝国上流社会各个角落的抗议之声的确发挥了作用，安德烈·古利提逃过一劫。

非但如此，苏丹还下令释放了安德烈·古利提，甚至为了尽早与威尼斯交涉和谈细节，把他送回了威尼斯。

威尼斯与奥斯曼土耳其帝国能够在三年后成功签署和约，安德烈·古利提厥功至伟。如果没有他频繁往来于两国之间，从中斡旋，战争的走向将不可控制。那一年，古利提48岁。

对于旅居的威尼斯人来说，君士坦丁堡再次成为他们可以安心生活和赚钱的地方，可是古利提却再也回不了他在君士坦丁堡的家了。威尼斯政府不会放任这样一个外交奇才去过老婆孩子热炕头的小日子。国家需要他。

此时的威尼斯虽然暂时解除了战争危机，但代价也是惨痛的——每一场战争都让威尼斯痛失海外殖民地。接连失去了在过去两百年间被称为"威尼斯双眼"的伯罗奔尼撒半岛南部两大领地，等同于失去了近海的制海权。奥斯曼土耳其帝国通过两次威土战争掌握了地中海地区的主动权，而原本以海运立国的威尼斯反倒处在了被动挨打的位置上。

安德烈·古利提比任何人都清楚自己一手促成的这场和谈的实质究竟是什么。这件事后，他自己也决意放下商人的身份，转而从政。

他将自己在君士坦丁堡打拼多年的生意交托给长子和次

子，把容貌和脾性都酷似自己的埃尔维斯带在身边，让小儿子接受威尼斯的教育。

说是带在身边，实际上这对父子甚至连见一面都很难。回到威尼斯的安德烈·古利提被威尼斯政府指派出任各种要职。眼看陆军参谋长的任期将满，一纸调令让古利提无缝衔接来到海上，作为海军提督率领舰队出征。等到战事平息，他又被提拔为海军总司令。甚至在重要军职的任期之间，他也连续被委任其他机关部门的要员，一刻不曾停歇。

就在他几乎把威尼斯共和国政府的重要岗位干了个遍，接下来无论做什么都已经了无新意的时候，他当选威尼斯总督，成了共和国第一人。这一年是1523年，安德烈·古利提68岁。

安德烈·古利提的政治理念只有一条：坚持威尼斯共和国的和平与独立。

这个走了一辈子阳关大道的男人通过自己的人生经历看到了威尼斯的未来之路——难以通过扩张领土强国的威尼斯想要保持独立和繁荣，唯一的方法就是尽可能不与其他国家开战。

来自罗马的女人

埃尔维斯·古利提再一次出现在马可眼前,已经是三天后的黄昏时分了。

这一天,他终于换下了"耻辱乞讨者"的袍子,穿着一身潇洒的便装。同样是一身黑,这次却比"耻辱乞讨者"的黑袍要华丽考究得多。

宽松的上衣用质地轻薄的缎子裁成,上乘的黑色绸缎随着晚风飘摇,在这暑气未消的夏日傍晚给人带来一丝凉意,仿佛此刻的风也变成了凉爽的海风。领口和袖口边露出的白色蕾丝十分精巧,在白绸衬衫的领口和袖口搭配这种来自潟湖群岛布拉诺岛的蕾丝,是近几年的时尚风潮。

埃尔维斯的下半身穿着贴合腿部线条的黑色紧身裤,腰间的黑色缎面腰带上以同色丝线密密绣满华美的花纹。脚上的鞣革靴子也是黑色的,下半部分用一整张皮革加固,走起来轻巧如猫。

他身上的配饰只有垂到胸口的一把金锁。这把锁的制造工艺极为精湛,叫人忍不住猜测它是不是出自拜占庭时代的昂贵古董。毫无疑问,如此有质感、精美而又异常奢华的饰品是非常夺人眼球的。

在时尚品位这一点上,埃尔维斯真不愧是安德烈·古利提的血脉。无论身上穿戴什么,他总是能展现出独树一帜的个人风格,这也是令马可十分佩服的一点。

马可生性疏于矫饰,如今由于参与国政,一年到头仅以一身黑袍造型示人,这也令他备感轻松。裁缝给他做什么,他基本就穿什么,从不把时间耗费在穿着打扮上。所幸那个专门为丹多洛家服务的裁缝是个热情尽责的人,他似乎以打造符合丹多洛家少爷的身份、年龄和体形的服装为己任,从未让马可在衣着方面丢过脸。至于饰品,丹多洛家世代相传的珠宝也不少,即使马可对此毫无兴趣,只要从中稍做挑选,也基本不会出错。

此刻,埃尔维斯走进屋子,一脸坏笑地说:"今晚出门去。"

此话一出,马可就已心知肚明。"晚上出门去"这五个字在两人之间几乎已经成了某项活动的代名词。十年前是这样,现在亦如此。马可笑着问:"去谁那儿?"

"当然是去你女朋友那里啦,可别以为我不知道。"

晚餐是在马可家解决的。无论关系多亲密,也不在交际花家里吃晚餐——这是当时意大利男人的常识。

马可也在餐桌上搞清楚了困扰自己三天的疑问。

埃尔维斯·古利提受父亲召唤，于7月中旬抵达威尼斯，此行的目的是参加总督的孙女，也就是他侄女的婚礼。

古利提总督的独生嫡子早在二十一年前去世，他留下的女儿即将嫁给威尼斯的豪门望族康达利尼家的长子。

这个解释乍听之下毫无破绽，一个老父亲借着家中小辈的喜事把远游的儿子叫回来团聚。但马可怎么想都觉得不对头，仿佛有一条看不见的线横在他面前，虽然看不见，但是线肯定存在。总督旅居国外的儿子不止埃尔维斯一个，既然是参加婚礼，为什么只让埃尔维斯一个人回来？他的两个哥哥呢？

虽然马可心里这么想，但对于这个问题却未深究。总的来说，两个哥哥与埃尔维斯不是一类人，他们胸无大志，作为殷实的商人，对人生已是心满意足。埃尔维斯从未与哥哥们有过推心置腹的交谈。从很早以前开始，他在人前就显得更像是一个独生子，像马可一样。

当马可问起埃尔维斯为什么要打扮成"耻辱乞讨者"的模样时，他不以为意地说道：

"觉得好玩罢了。话说回来，那身装扮真是太适合观察别人了。你一靠近，周围的人就会把视线挪开，根本不看你，你想怎么观察对方都可以。而且，无论去哪里都不会被怀疑，也不用担心遭人盘问。关键是，谁也猜不到你的真实身份。"

马可对此只能报以苦笑。据他所知，做那样的打扮必须获得政府相关委员会的许可，不过此刻再说这些也毫无意义了。

埃尔维斯自然有千百种方法搞到"耻辱乞讨者"的制服。而且，他应该非常享受这种观察人类的活动，毕竟从大学时代起，变装就是埃尔维斯的一大爱好。

吃完晚餐打算出发时，这位好友突然主动请缨，要为马可挑选拜访美人的服装。马可好像一下子穿越回了大学时代。为了让懒得打理自己的马可看起来像模像样，埃尔维斯像个老母亲一样操碎了心。马可则乐呵呵地由着他忙前忙后挑选衣饰，最后自己往身上一套就完事儿。

可是这天晚上，当马可看到埃尔维斯从自己衣柜里翻出来的那身衣服时，不由得暗暗叫苦。

颜色鲜艳且花样繁复的绿色上衣正面是满满当当的金线刺绣，紧身裤则是比上衣深一号的绿色。虽然裁缝拍着胸脯打包票说这身行头太适合丹多洛少爷了，可他实在没勇气穿这么招摇的衣服出门，只得从收下它的那一天起就把它压在箱底，连试都没有试过。

然而此时此刻，阔别十年的好友却非得让自己换上这身绿油油的衣服不可。

"这一身特别衬你的发色!"

这么一句话就让马可服了软,乖乖套上了衣服。换装完毕,站在大镜子前一看,倒也没有想象中的那么糟糕。

这个名叫奥琳皮娅的女人只有名,没有姓。可只要听到这个名字,所有人都知道她是什么人。

这个女人一年前从罗马来到威尼斯,也带来了不绝于耳的流言蜚语。

初到威尼斯的那段时间,她都住在旅馆里,尚未安顿妥当就找来了画家提香[1]为她画肖像画。

那时的提香虽说初出茅庐,却已经在海外拥有了一定的名气。而这一次为奥琳皮娅作的这幅画更是美不胜收,一经问世便大获好评。画中女子一袭白裙,遮不住丰满诱人的身体,那唯美的姿态令人不禁联想到神话中的花神芙罗拉。

通过与年轻名画家的梦幻联动,奥琳皮娅为自己在威尼斯打响了名号,树立了人设——非豪贵勿扰。不过令人诧异的是,她在那些绝不可能成为她恩客的平头百姓之中也相当有人气。每当她以艳妆华服之姿搭乘黑人船夫掌舵的私家贡多拉出现在大运河上的时候,里亚尔托桥上总是挤满了企望

---

[1] 提香,意大利文艺复兴后期威尼斯画派代表画家,其作品以色彩鲜艳、丰富著称。——译者注

一睹芳容的疯狂粉丝。

奥琳皮娅是在租下马可名下的一处房产时,与马可相识的。为了方便做生意,奥琳皮娅希望在威尼斯最繁华的市中心,也就是里亚尔托桥附近安家,而马可正好在此处拥有一所性价比不错的房子。

自建国以来,威尼斯的政界人士始终无偿参与国政相关工作。由于总督以及各驻外大使不但需要在维持场面上投入资金,还有不少其他必须花钱的地方,因此国家会以活动经费的名义向他们支付一定数额的款项,但其余身处国内的政府工作人员收不到任何形式的报酬。

话说回来,在威尼斯,能够参与国家政治决策的人清一色来自贵族阶层,生来拥有决定国家命运的资格,这是他们的"权利",而与之相对的"义务"便是在政治和军事等领域免费为国家打工。

想要顺利享受权利,履行义务,势必需要有一定的经济基础。比如马可,除了自己居住的宅邸之外,名下还有两处房产,一处作为商铺出租(现在是旅馆),另一处则租借给住家。这两处房产皆位于威尼斯地价最高的里亚尔托桥周边,马可手上的产业虽说数量不多,但每年能够收取的租金称得上一笔巨款。除此之外,他还投资叔父的生意,每年能从中分得可观的利润。

这是一个标准的威尼斯共和国贵族的生存之道。

一般来说,贵族的嫡出男孩都能拥有共和国国会的议席,但元老院的准入门槛比较高,规定一个家族只能有一个人入院。制定这一规定的首要目的是防止大权落于个别家族之手;其次,也是考虑到整个家族投身政治反而不利于发展经济。所以,从族中选出一个最适合从政的人专注国家大事,其他人则致力于经济建设。这一分工制度在某种意义上来说可谓相当合理。

马可正是丹多洛家族的政界代表。自1192年首次登上总督的宝座,丹多洛家族在此后三百多年间一连出了四位总督,是威尼斯当之无愧的名门世家。如今,维持家族荣光、担负国家兴衰的担子落到了年轻的马可肩上。这也是在分工制度之下,作为家族代表者的责任。

租客奥琳皮娅与房东马可的关系迅速升温。

从市侩的角度来看,世家公子马可·丹多洛正是奥琳皮娅想要寻找的豪贵恩客。然而不仅如此,年龄相仿的两人还意气相投,相处甚欢。

大约是性格严谨所致,两个人在关系突飞猛进之后依然公私分明,做租客的始终分文不少地缴房租,当恩客的每每上门寻欢也总是礼数周到。正如今夜,在决定拜访奥琳皮娅之后,马可便派遣老仆前去提前报信。

马可和埃尔维斯两位公子被引至一间面朝运河的二楼居室。不大不小的房间灯火通明,插满烛台的小蜡烛全被点燃,连壁纸上的精致花纹都被照得清清楚楚。

面朝运河的两扇窗户此时全都开着,窗与窗之间的墙壁上挂着画家提香为女主人绘制的、装裱在金色蔓草图案外框里的肖像画。这是一幅真人大小且几近裸体的半身像。

这幅画正对面的墙上挂着一面镶嵌在同色、同尺寸外框里的镜子。房间的另外两面墙上也挂着同样的镜子。只要进入这间屋子,无论面朝哪个方向,都能看到这幅肖像画。

稍待片刻后,女主人现身了。

普通的妓女常常衣着暴露,恨不得连乳头都露出来,可奥琳皮娅绝非那种不入流的货色。姗姗来迟的她高雅端庄,胸部被遮得严严实实,将男人露骨的欲望拒之千里,仿佛一位贞洁贤淑的贵妇人。

每次看到这样的奥琳皮娅,马可都忍不住想笑——先把那样一幅与裸体无异的画强行塞给来访者看,逼着男人浮想联翩,等真人出场时又穿着一寸肌肤都不外露的保守服装,用强烈的反差激起男人的好奇心和欲望。

这就是奥琳皮娅高明的地方。即使马可对此心知肚明,但仍然无法抵抗她的魅力,心甘情愿地再次落入美人的陷阱。

那些来自法国、德意志地区，或位高权重或财力雄厚的男人更是彻底沦陷，一夜之后便成了这间屋子的固定访客。

走进房间的奥琳皮娅对马可微微致意，而后露出妩媚的笑容，向站在马可身边的埃尔维斯走来。埃尔维斯凝视着美人，行了一个优雅的屈膝礼。此时他的眼睛仿佛一颗色泽温柔的海蓝宝石，看起来心情相当愉快。

奥琳皮娅一面向屈膝的埃尔维斯伸出纤纤玉手，等待他的亲吻，一面把脸转向马可，用罗马口音问道："这是您的朋友吧，我一看就猜到了。而且，两位的关系应该相当好。"

马可向奥琳皮娅介绍了好友的名字，并告诉她两人是发小。奥琳皮娅的视线似乎在埃尔维斯身上停顿了一下，但很快就如往常一样用轻妙的音色对二人说："我们换个地方吧，这间屋子太叫人闹心了。"

闹心的其实不是她，而是被带出房间的男人才对。让客人从提香的画作前离开，这是奥琳皮娅待客的第二招。这位手段高超的交际花深知，即使走进了另一个房间，刚刚肖像画上的诱人裸体也早已深深烙在了男人的眼底，挥之不去。

画中人肉体丰润、神情魅惑，可眼前人却一副三贞九烈、贤良淑德的做派。想必任何男人对此都会按捺不住，想要把眼前人变成画中人吧。

接下来两人被带入的房间被女主人戏称为音乐室。屋内羽管键琴[1]、鲁特琴[2]、曼陀林[3]等乐器一应俱全。奥琳皮娅不但精通各种乐器演奏,还是一位出色的女歌手。

当夜,三人举办了一场精彩的小型音乐会。马可负责弹奏羽管键琴,埃尔维斯负责拨弹鲁特琴,而奥琳皮娅一会儿怀抱曼陀林,一会儿唱歌,旋即又接过埃尔维斯手中的鲁特琴独奏一曲,乐音未落,她又起身走向了羽管键琴。多才多艺的女主人一刻也不曾停歇。

来自大海的凉爽晚风伴着香醇的葡萄酒沁人心脾。威尼斯的夜在人间世俗的乐音欢笑声中越发叫人迷醉。

乐曲间隙的聊天话题,自然而然地转到了奥琳皮娅此前居住的罗马。

马可和埃尔维斯曾经走遍天下,堪称见多识广,可是他们二人却从未去过罗马。所幸奥琳皮娅同样擅长讲述,他们曾经只在书本上和传闻中了解到的永恒之都罗马在女主人优美的嗓音中如画卷一般在眼前展开。

---

[1] 羽管键琴是起源于意大利的拨奏弦鸣乐器,又称拨弦古钢琴、大键琴,16—18世纪盛行于欧洲,形制近似于现代的三角钢琴,音色清澈明亮。——译者注
[2] 鲁特琴是一种曲颈拨弦乐器,文艺复兴时期欧洲最为风靡的家庭独奏乐器,类似中国的琵琶。——译者注
[3] 曼陀林是鲁特琴的一种变体,音色更为纤细、细腻,流行于意大利南部。——译者注

他们很快聊到了发生在三个月前的"罗马之劫"事件。1527年5月,神圣罗马帝国皇帝查理五世的铁骑攻入罗马,在城内烧毁建筑,掠夺财物,无数罗马平民死于这场劫难。

噩耗传来时,威尼斯共和国国会的两千余名议员皆大惊失色,马可至今还记得自己听闻此事时震惊的样子。经此一役,西班牙对意大利的攻势越发强劲。放眼整个意大利半岛,如今仍能与西班牙抗衡的国家,就只有威尼斯了。

说来可笑,"罗马之劫"之所以发生,除了是因为西班牙军队实力强大,罗马高层也有不可推卸的责任。西班牙人的强势早有征兆,可是教皇厅却盲目自信,未采取任何应对举措。然而,让人不安的传言还是在一部分小圈子里蔓延开来,总有人想做覆巢之下的那一颗完卵。据说,奥琳皮娅也是得到消息早早逃离罗马的人之一。

眼看着音乐晚会欢快轻松的氛围因为这一悲惨事件落到了谷底,奥琳皮娅赶紧站出来救场。活跃气氛、逗人开心是她的本职工作,更何况她是业内数一数二的超级高手。

看着奥琳皮娅惟妙惟肖地模仿罗马那些装腔作势的高阶神职人员,马可和埃尔维斯忍俊不禁。这一夜,马可注意到,好友眼底的那丝暗影居然消失了。

舞会

次日是礼拜日，共和国国会在每周日上午定例召开会议。开完会回到家的马可见到了一位意想不到的客人。

奥琳皮娅解释说自己上午去了教堂，回程路上顺道来拜访。她穿着一身文静素雅的衣裙，乍看之下像是一位中层阶级的太太，丈夫可能是造船厂的工程师，也可能是玻璃工坊的小老板。不过对于马可来说，无论奥琳皮娅如何装扮，她就是她。

两人一见面便顺理成章地抱在了一起，马可无视老仆夫妇的脸色，急切地将女人拉进了自己的卧室。

解开她胸口一长排小纽扣的过程着实难熬。轮到自己时，马可几近粗暴地脱下元老院元老的黑色长袍，将其随意丢弃在地板上。

女人自己摘下了脖颈后方用来收拢金发的发饰，一大把色泽艳丽的长发宛如金线一般垂坠下来。这个女人浑身流露着丰满的美感，挺拔圆润的乳房在等待男人触摸时微微颤动，玫瑰色的乳头因为兴奋已经挺立了起来。

奥琳皮娅的丰润多一分嫌肥，少一分则嫌瘦，可谓恰到好处。如此一具浑然天成、肤如凝脂的曼妙肉体赤裸裸地横在男人眼前，在火热的欲望下泛起涟漪，等待一个成熟男人在此激起惊涛骇浪。

马可喜欢奥琳皮娅的地方，也包括两人总是能在激情之后非常自然地谈天说地。女人一脸安心地躺在他身边，显得毫无戒备，对他说："昨晚您带去我家的那位朋友，可真是位翩翩公子。"

马可有些不高兴，略显冷淡地回了一声"哦"。女人一眼看穿他吃醋的小心思，秋水般的眼里带着笑："不过，您不用担心我会移情别恋。那位公子有一位秘密恋人。"

"是谁？"

马可有些意外。他知道埃尔维斯身边从不缺女人，可是搞地下恋情并不是他的风格。面对他的追问，奥琳皮娅轻轻笑了起来：

"在我身处的世界，即使你早就看透一切，也要装作一无所知，这才是聪明人的生存之道。如果破坏游戏规则，搞不好明天就要从圣马可钟楼上摔下来了。"

这句话让马可瞬间瞪大了眼睛，牢牢盯着自己的情妇。

奥琳皮娅却仿佛浑然不觉气氛有异,极其自然地谈起了今晚的舞会。

为了庆祝总督家的孙小姐成婚,今晚总督官邸将举行一场盛大的舞会。提起这场舞会,奥琳皮娅的语气中多少带着一些羡慕与无奈。即便有数不清的仰慕者和财富,即便她的宅子已经是外国贵宾每到威尼斯必定造访的名胜,她在上流社会人士眼中也始终只是一个妓女,此等名流云集的社交盛宴没有她的一席之地。

当然,马可收到了邀请,却因上述种种理由而无法偕奥琳皮娅同行。他听出情妇语含惆怅,于是主动转换了话题。

"在舞会上应该能碰到埃尔维斯吧。"

"那位公子当然会参加了,他可是总督的亲儿子呀。不过,埃尔维斯公子身处那种场合,心情应该很复杂吧。"

为了照顾奥琳皮娅的心情,生性温柔的马可岔开了话题,可事实证明他的手法并不高明。他自己也意识到了,在心中暗暗反省。与此同时,他就着情妇的话,又想起了昨夜与埃尔维斯分别时的情形——当两人跨出奥琳皮娅家的大门并互道晚安后,好友离开的方向与其父居住的总督官邸正好相反。马可目睹此景,虽然心中有许多疑问,却还是默默地目送埃尔维斯离去。

埃尔维斯回到威尼斯后并未入住总督官邸内专供总督一家居住的宅邸。埃尔维斯的侄女,也就是总督家那位孙小姐一直与祖父住在府内，并且即将从这里出嫁。然而，这位总督的儿子却独自一人住在位于北郊的古利提家的另一处私邸中。

现任总督的嫡亲孙女的婚礼绝对是当时的一大盛事。而这场盛世的另一位主角——新郎，更是自十字军兴起的11世纪便掌握总督大权的威尼斯超级名门的贵公子。平民百姓早就在茶余饭后讨论得热火朝天，当时的编年史作家萨努多更是在其著作《日志》中如此描述这场世纪婚礼：

> 25日清晨，总督家孙小姐的婚礼如期举行。包括两家的亲属在内，仅接受邀请的贵妇人就有百余人。
>
> 新娘遵从威尼斯风俗将长发披散在背后，洁白的绸缎礼服下摆很长。总督的专属乐队走在送嫁队伍的最前面。
>
> 陪伴新娘的女士们也身着豪华精致的长裙，佩戴着沉甸甸的金锁及各式各色的名贵珠宝，她们中不少人对一颗颗浑圆珍珠串成的珍珠项链情有独钟。
>
> 男士们在奢华程度上也毫不逊色，尤其是柯内尔大人那枚镶嵌着无数宝石的胸针着实叫人大开眼界，据说那曾是塞浦路斯国王的心爱之物。
>
> 说到婚礼的来宾阵容，除了总督大人之外，总督辅

政官及政府高级官员悉数到场,全员都来到圣马可大教堂参加婚礼。

不过,新郎本人,以及担任伴郎的康达利尼家的子弟都穿着黑色的天鹅绒衣服,这似乎略欠妥当,至少应该换上色彩鲜艳、花样时髦的丝绸衣服,才能衬托今日盛典之隆重。

马可此次并非以元老院元老的身份,而是作为与康达利尼家族齐名的贵族世家丹多洛家族的代表接受婚礼邀请的,因此在圣马可大教堂的仪式结束后,他又应邀参加了在总督官邸举办的庆祝晚宴。

当晚马可身穿天蓝色的绸缎礼服,衣领、袖口和下摆等处低调却华贵的银线镶边与黑发十分相称,令他更显年轻俊朗。

晚宴设在总督官邸的"投票厅"内,招待外国来宾的宴会也常在这间大厅举行。这里场地开阔,安排乐队、铺排桌椅毫不费力,最多甚至可同时招待三百位宾客。

在晚宴上,埃尔维斯坐在亲属桌,与马可的座位相距甚远。

今夜,埃尔维斯身上的华服用深邃的蓝色丝绸裁制,那颜色令人不禁想起晴朗的夜空。上衣的袖子特意做出一条条开口的效果,每一条开口都用浅灰色的缎带扎起,内搭的

舞会

衬衣从开口处露出白色丝绢面料。这是当下最时髦的打扮。二十岁出头的年轻人才敢尝试的这身潮服虽说略显夸张，却将埃尔维斯充满古典美的容貌衬托得更加超凡脱俗。

将袖子裁成条状、让内衬的白衬衫露出来，原本是女装才有的流行风格。威尼斯的年轻贵族首开先河，也这样穿戴，结果大受欢迎，很快成为风靡全欧洲的时尚。

说到时尚，女人追逐潮流的脚步也从未停歇，她们可以从任何人身上获取时尚灵感。由于未婚女子不能抛头露面，当夜出席宴会的女性都是已婚贵妇。她们身着色彩缤纷的华美衣裙，将层层叠叠的绸缎和蕾丝堆砌在身上，毫不吝惜布料。不过，胸口位置却显得特别清凉，丰满的乳房有大半都暴露在外。

这种穿衣风格最早出自威尼斯的妓女。为了防止男同性恋过于盛行，威尼斯政府鼓励被称作"普塔娜"（puttana）的中下层妓女在公共场合露出乳房。这一举措的目的自然是让娼妓吸引更多男人，但那些贵族阶级的已婚女子也从中受到启发，衣领越开越低。

无论政府如何发文警告，这一流行毫无衰退的迹象。

晚宴一结束，仆从们便手脚麻利地撤下餐桌，大厅转眼间变成了巨大的舞池。

身披镶金边缎子斗篷的古利提总督像是在用自己高大的

身躯保护心爱的孙女一样紧紧挽着身材娇小的新娘,逐一向来宾致意。紧随其后的新郎也因为紧张兴奋而满脸通红。等到宾客们的交谈告一段落,乐队便开始奏乐。

首先登场的是婚礼的男女主角,而后,康达利尼家的公子与古利提家的贵妇、古利提家的绅士同康达利尼家的女宾,一对对从人群走向舞池。

优美舒缓的抒情曲响起,男女舞者分列两边,随着音乐的节奏时而贴近时而远离,时而十指紧扣,时而相对旋转,这让尚未参与其中的旁观者也心头小鹿乱撞,而这就是舞会不可抗拒的魅力。眨眼间,舞池中的队伍已经变成了三列。每当一曲终了,舞伴也会随着队列的变换发生变化。原本翩翩起舞的埃尔维斯趁曲终溜了出来,不知不觉间已经站到了马可背后。

面对回过头来的马可,好友只是拍了拍他的背,没有说话。

马可却在回首间惊诧地发现好友眼中充满着与当下气氛迥异的忧伤。他不由自主地顺着好友的视线向远处看去,视线的落点,在一位女士的身上。

那是佩利留夫人。她的丈夫是安德烈·古利提竞选总督时最大的对手。与耀眼如昼、眼中容不下沙子的古利提相比,吉罗拉莫·佩利留是个态度谦逊、待人随和,宛如月亮一般的人物，在平民阶层中拥有相当的威望。佩利留虽然比古利提年轻一些，但也年过花甲。

在威尼斯，老夫少妻并不是稀罕事，但佩利留夫妇的年龄差距从他们结合开始就一直是人们的谈资。夫人出身于威尼斯的柯内尔家族，比丈夫年轻三十岁。婚姻之于当时的贵族，无关爱情，仅仅是家族与家族之间的利益结合。

任何人一提到佩利留夫人，首先想到的肯定是"美人"二字。她生得极美，却又美得与众不同。

在大部分女人都以金发为美、恨不得把头发晒到褪色的风潮中，佩利留夫人留着一头罕见的乌黑秀发，不曾在发色上做过什么文章。她从来只画淡妆，有时看上去甚至是素颜。她在衣着方面也比较保守，不像其他贵妇人那样大胆展露胸部风光。当然，她在装扮上也会动点儿小心思——把丰沛的黑发编成麻花辫，在耳边优雅挽起，这正是时兴的发型。

与同时代普遍偏胖的其他贵族女子相比，她身材苗条，纤细的腰肢盈盈不堪一握。实际上，虽然当时威尼斯人偏爱丰腴的女性，但佛罗伦萨和米兰的女人都以瘦为美。

这一夜，佩利留夫人身着墨绿色斜纹织物裁制的礼服，两侧编发绕过的优美的额头上点缀着大颗水滴状珍珠。雪白的脖颈上也佩戴着光泽饱满的珍珠项链，项链正中的吊坠正好从颈部延伸至胸部，使脖颈更显修长。

这个垂在夫人胸口的黄金吊坠约 5 厘米见方，精致程度堪称巧夺天工，上面镶嵌着祖母绿宝石和红宝石，下方垂坠着与额头上一模一样的水滴形珍珠。

黑色、绿色，加上珍珠色，堪称完美。这位佩利留夫人美则美矣，却冷若冰霜。她尚未生育，是贵族圈中人人称赞的贞洁淑女。

马可见识过好友身边如走马灯一样的女伴，无论环肥燕瘦，哪个不是公认的大美女，为什么这一次偏偏会被这种难搞的女人牵住了鼻子？马可心中满是无奈。

仆人们端着银盘鱼贯而入，盘子里盛放着金色的铃铛，两个一组，用红色的丝带系在一起。仆人开始向来宾们分发铃铛时，古利提总督忽然走到儿子身边。站在近旁的马可听到了父亲对儿子的低声耳语。

"埃尔维斯，莫尔卡舞要看你的了。"

埃尔维斯用微笑回应父亲的指令，从银盘上取了四对铃铛，而后笔直朝着佩利留夫人走去。

莫尔卡舞是一种糅合了阿拉伯乐曲的战舞。跳舞时两人一组，相互双手持铃，脚下舞步甚为激烈。这种舞蹈在当时的意大利极为流行，舞会上只要有人提到莫尔卡舞，场上的年轻男女无不跃跃欲试。

莫尔卡舞曲响起时，舞池中的景象令马可不禁瞪大了眼睛。虽然大部分人被埃尔维斯潇洒的舞姿吸引,但马可早在大学时代就非常清楚自己这位好友的舞艺有多么高超。真正令马可惊讶的,是佩利留夫人整个人在刹那发生的天翻地覆的变化。

在那冰封的美貌之下,燃起了熊熊烈焰。她黑漆漆的眸子里倒映着闪闪星河,握着金铃的双手优美地交错着,那身墨绿色的衣裙也仿佛被聚光灯照射着似的,随着她的身姿舞动不断变幻着色彩。

马可也曾看过许多贵妇人的优美舞姿,但是如今夜的佩利留夫人一般激情热舞的女子,他还是头一回见。在舞池中,那对舞伴紧紧凝视着对方的眼睛,仿佛周围的一切已经不复存在,整个世界只剩下他们二人。

按照舞会的惯例,莫尔卡舞之后往往以烛台舞作为收尾节目。烛台舞正如其名,是一种手持插着单根蜡烛的烛台起舞的优雅舞蹈,而参加的女士们会借此机会挑选男伴共舞。

从仆人手中取来烛台的女士缓缓靠近心仪的对象,待男士接过烛台,便带着他一同舞到大厅中央。

烛台舞在舞会上的人气和地位完全不输莫尔卡舞。

此时,大厅的灯光暗了下来,只有女士们手中的蜡烛闪烁着点点亮光。几个光点正朝刚刚跳完莫尔卡舞回到场下的埃尔维斯靠过来。

埃尔维斯没有立刻回应邀请，而是对身旁的马可低声说道："帮我蒙住眼睛。"

马可从袖筒里抽出天蓝色的丝巾，蒙住了好友的眼睛。

埃尔维斯蒙着眼睛伸手四处摸索，摸到一个烛台就停了下来。就在他握住烛台的同时，弗思卡丽夫人发出了惊喜的尖叫。埃尔维斯取下蒙眼的手帕，左手挽住夫人肥圆的手臂，右手举着烛台，走向大厅中央。

几十对舞伴组成圆圈，在点点烛光中伴随着婉转的抒情曲翩翩起舞。正如往常的舞会一样，今夜舞池中五彩斑斓的缎带、绸裙汇集而成的色彩洪流在如梦似幻的烛光的映衬下显得格外柔美。

马可也不知不觉加入了舞蹈的行列，此时他才忽然想起来，刚刚拿着烛台前来邀请埃尔维斯的贵妇人之中，并没有佩利留夫人的身影。

起航

威尼斯的初秋，阳光怡人。运河的水色，以及仿佛与水面连成一体的建筑物的砖瓦色，在这个季节里显得更加深邃而静谧。

相反，城中依旧热闹喧嚣。河道中的船只川流不息，更胜往常。到了秋天，几乎每一天都能在码头上看到新面孔。

由于指南针等航海工具和技术的普及，人们在寒冬也已经可以远洋航海，但地中海冬季的海上气候极其复杂多变，与平静舒适的地中海夏日相比，简直天差地别。

威尼斯的水手们深信，是因为美人鱼一到冬天就躲进海底洞府不愿出来玩耍，无人为海神波塞冬排解郁闷，才使得冬季的大海变得如此暴戾。对于冬天出航一事，他们能避则避，没人愿意白白搭上性命。因此，即使技术进步，对于威尼斯的海上男儿来说，最适合出航的季节依然是春、夏、秋三季。

距离埃尔维斯·古利提返航的日子所剩无几。

他选择了能够以最短时间返回君士坦丁堡的直航船队，船只在途中仅停靠几个必要港口补给生鲜食品，更新航海信息，除此之外不做任何逗留。船队由五艘桨帆船组成，每艘船都是设有三根桅杆的大型商船。其中两艘满载着埃尔维斯在威尼斯采购的货品——威尼斯及佛罗伦萨的高级绸缎、尼德兰[1]的羊毛料子、德意志工匠打造的精铁兵器及火铳、威尼斯特产的玻璃工艺品、法恩莎[2]的陶瓷器皿、意大利北部生产的纸张，以及威尼斯生产的大量肥皂。

为了让这些货物顺利度过一个月的海上旅行，光是运输、打包、装载上船就要费好多时间。不过，这难不倒老练的威尼斯码头工人，不出十天，整整齐齐码放在岸上的货物就被全部装上了船。

埃尔维斯身为货主，会时不时亲自到码头确认装船进度，马可也随同前去看过一次。

"你这可是一口气买了好些东西。"

"我来威尼斯的时候，也差不多带了这么多货物过来。"

---

1 尼德兰地区包括现今荷兰、比利时、卢森堡及法国东北部。该地区海上交通发达，手工业及商业发达兴旺。——译者注
2 法恩莎是位于意大利北部的小城，文艺复兴时期意大利花饰陶器的著名产地。——译者注

埃尔维斯从君士坦丁堡过来的时候，搭乘的船队同样满载货品。只不过，当时运过来的东西与现在带回去的完全不同。

埃尔维斯从君士坦丁堡带来了黑海沿岸出产的小麦和皮毛皮革。当时意大利的皮革制造技术更为上乘，埃尔维斯带回大量未加工的原料，供应给威尼斯的皮革制作工坊。此外，还有希腊的蜂蜜和蜂蜡。蜂蜡可用于织物染色，当然，染料也是近东舶来品的重要品类。

此外，从投资回报率来看，量少却能获得高额利润的香辛料，如胡椒等，价值甚至高于丝绸。奥斯曼土耳其帝国的君士坦丁堡是当时与埃及的亚历山大港齐名的东方香辛料集散地。

埃尔维斯十年之间在君士坦丁堡的商场上叱咤风云的故事，马可即使远在威尼斯也略有耳闻。回想起一同出海游历的岁月，马可丝毫不怀疑自己这位老朋友超群的商业才华。更何况，父亲早已为他在君士坦丁堡打下江山。以埃尔维斯的能力，在此基础上守住江山并扩大版图，只是小菜一碟。

"你同两位兄长一起经商吗？"

"不，十年前决定回君士坦丁堡时，我就想好了要一个人做生意。一个人不用瞻前顾后，无论做成了还是折本了，都自由自在。"

这真是太符合埃尔维斯的行事风格了，马可心想。自己相当于丹多洛家族的领头人，一路走来始终被族中男丁拥簇着,与好友在人生的定位上真是有着天壤之别。

马可和埃尔维斯的名字,其实是威尼斯很流行也很常见的男性名。如果要排个常用名的榜单,这两个名字大概都能挤进前三。

马可(Marco)的名字来自威尼斯的守护人圣马可(San Marco),不但在威尼斯城中同名的人多,连威尼斯最重要的教堂——圣马可大教堂、大教堂前方的圣马可广场、广场一角的圣马可钟楼,都沿用了同一个名字。除此之外,被誉为威尼斯共和国的正门,用以迎接外国王侯、欢送本国海军提督出征的码头,也同样叫作"圣马可码头"。

甚至在战场上,威尼斯军(无论是海军还是陆军)的冲锋口号也是"马可、马可"!对外国人来说,圣马可这个象征符号是可以与威尼斯共和国画等号的。

埃尔维斯(Alvise)这个名字与守护圣人无关,威尼斯也不存在被命名为埃尔维斯的教堂、广场或码头。但是外国人一听到这个名字,肯定会将名字的主人与威尼斯联系在一起,因为埃尔维斯是威尼斯特有的名字。同一个名字在意大利其他地区发音为"路易吉"(Luigi),正式一点的话可以叫"路德维克"(Ludovico)。路易吉和路德维克在法国人口中会被统一成"路易"(Louis)。不过,埃尔维斯及马可这两个名字无论走到哪里,都仍然沿用威尼斯的发音,不会改变。

当然，马可对祖国威尼斯的热爱和强烈的归属感并非来自他的名字，而是他的姓氏——丹多洛（Dandolo）。

丹多洛家族的首位总督是恩里科·丹多洛。公元1204年，这个男人率领十字军进行第四次东征，威尼斯因此在东地中海海域占据了大量领地。自恩里科·丹多洛总督执政起，以近东贸易为国家主要经济支柱的威尼斯共和国正式进入了经济高速增长期。此后，丹多洛家族依然人才辈出，其中有四人登上共和国总督的宝座，其他担任要职的高官更是不计其数。马可·丹多洛对于自己作为家族代表参与国政这件事毫无违和感。为了威尼斯的国家利益付出时间和精力，奉献智慧和热忱，与他体内的血液流动一样自然。

然而，埃尔维斯又是怎么想的呢？

被赋予了"埃尔维斯"这个威尼斯独有名字的男人，对于父亲的祖国威尼斯是否抱有归属感？母亲的国家奥斯曼土耳其帝国，对他来说是否更有家的感觉？

过去马可从未想过这个问题，但是在与好友相隔十年再次相逢后，这个疑问逐渐在他的脑海中成形。马可很想找个机会与埃尔维斯敞开心扉聊一聊。

不过，对自己出生和成长的祖国从骨子里抱有归属感的马可并未意识到，这个问题对于混血的埃尔维斯来说有多么残忍。他只是一直没能想好如何稳妥地发问，所以即使见面交谈，也始终没能问出口。然而，埃尔维斯不久就自己说出了答案。

这一天，马可登门拜访埃尔维斯。元老院会议提早结束了，虽然距离约定的时间尚早，马可还是直接去了古利提家的私邸。

"如果埃尔维斯还没回来，我就在他家等一会儿好了。"

他带着轻松的心情走向好友的家。

埃尔维斯独自住在这个私邸，身边只有一名从君士坦丁堡跟来的仆人。他父亲自从当选总督以来，就偕家人和仆从搬到了总督官邸，只留下一个老仆看守房屋。

前来开门的老仆看到马可，显得有些惊讶，但依然礼貌地说了一句"请稍后"，然后将他迎到侧旁的小会客厅。他没让马可直接上二楼，说明前一位客人还没走。马可没有深究，打算客随主便，在此等候。

古利提家的宅子与大多数贵族宅邸一样，一进大门就能看到庭院。庭院一角的石阶可以通往二楼的寝室。马可此时身处一楼门侧的小会客厅里，从这里可以很清楚地看到那一排石阶。缠绕在阶梯扶手上的常春藤随季节变换染上了秋色，其中有一两片在柔缓的秋风中翩然落下。马可静静地眺望着这幅秋日美景，不料一对不速之客闯入了他的视野。

那一对男女在石阶尽头紧紧相拥。男人穿着宽松的白绸衬衫和灰色紧身裤,女人一身素雅的葡萄紫长裙,黑色的蕾丝披肩盖住了头顶和长发。男人把她揽在怀里亲吻,从马可的角度看不到她的脸。

到这个时候,马可的想法也只是停留在"原来前一位客人是女士啊"的程度。

待双唇分离,女人悄无声息地走下台阶,又在大门前停住脚步回头看了一眼。此时,马可终于看清了这位神秘女士的容颜,不禁大吃一惊。

女人并未察觉马可的存在,男人也一样。

面对依依不舍的佩利留夫人,埃尔维斯快步走下阶梯,再次张开双臂抱住了恋人。这一次无言的拥抱又持续了好一会儿。

可是,离别的时刻终究到来了。大门被打开,又被关上。埃尔维斯倚靠着恋人消失的铁门,那副失魂落魄的样子连马可见了也备感心痛。

老仆人小心翼翼地来到少爷身边,传报了马可到访的消息。埃尔维斯这才发现,刚刚那一幕爱别离已经让朋友尽收眼底。

两人默默无言地走上石阶,来到了二楼的会客间。埃尔维斯的瞳孔颜色变成了深邃的祖母绿。他凝视着马可,开了口:"为了那位女士的名誉,我还是把前因后果告诉你吧。只告诉你。"

马可没有说话，点了点头。

"我和她早就认识了，前几天的舞会并不是我们的初见。第一次遇见她，是在我们念帕多瓦大学的时候。"

这句话一出来，马可着实吃了一惊。那个时候，他们住在同一个屋檐下，每天一起进出，可他完全没发现好友还认识了这样一位红颜知己。

"当时她还没结婚，她知道我大学毕业就要回君士坦丁堡。她说君士坦丁堡也好，其他任何地方也好，她都愿意跟着我去。

"威尼斯的贵族小姐并不是不能去奥斯曼土耳其，但前提是必须和威尼斯贵族结婚。

"在我们威尼斯，出身贵族的男人可以娶平民女子为妻，但贵族小姐只能嫁给同阶级的男人，无论爱得多么炽热，贵族女子与平民男子的婚姻都是不被允许的。虽然法律上并没有规定，可你也知道，整个社会都视其为禁忌。贵族女子如果与平民男子结婚，她就会永远失去贵族身份。而相反，一个玻璃工坊主的女儿若是有幸嫁入豪门世家，就能在一夜之间成为高高在上的贵族夫人。

"而我，并不是威尼斯贵族的嫡子，而是小妾生的庶子，不是威尼斯的贵族。

"但是她说，她不在乎。

"可悲的是，就算她不在乎，她的家族也不会不在乎。那个时候,家里就给她安排了很多相亲对象,其中一位备受她父母的青睐。

"想必你也猜到是谁了。佩利留大人虽然是鳏夫,可亡妻留下的孩子已经成年,不成问题。佩利留可是威尼斯数一数二的大资产家,如此名望和财富,区区的年龄差距在她父母看来完全可以忽略不计。

"面对这些,我不知道我能做什么。

"那时我刚刚二十岁,没有钱,也没有阅历,身份还是尴尬的私生子。父亲虽然认我,但也只是承认我是他生的,并没有要把我记作嫡子的意思。更何况,威尼斯的法律是禁止将私生子的出身篡改成嫡子的。

"父亲是个恪守法规、严于律己的人,就算爱我,也不会去破坏他奉献一生的威尼斯共和国的根本制度。他无能为力。

"我当然知道,威尼斯城里的私生子不止我一个。其他人往往会选择成为政府的事务官僚,或是走上医生、律师的道路,再不然就去经商。

"但我对书记官、医生、律师都毫无兴趣。要从商也不必拘泥于威尼斯。对我来说,君士坦丁堡的商业环境更好。而且通过母亲的人脉,我拿到了奥斯曼土耳其帝国的国籍。

"再说,在威尼斯的每一日,我都只能在你们这些贵族嫡子面前夹着尾巴做人。我若生在一个普通的贵族家庭也就罢了,偏偏我的父亲远比大部分威尼斯贵族优秀、伟大,这实在令人无法忍受。

"所以,我决意回君士坦丁堡。屈居于二等公民地位的屈辱,以及无法与心爱女子结合的伤痛,让我抛弃了威尼斯。

"然而今时今日,我回到了威尼斯,我又见到了你,又与我父亲的国家产生了更深的联系。我觉得很开心,但心里始终带着一份哀愁。这种喜忧参半的感觉非常奇特,难以言喻。

"我记得过去你曾说过,我一生下来就拥有一切,是天之骄子。

"其实刚好相反,拥有一切的人,是你。我缺了一样东西,而且是对自己的才华满怀自信的威尼斯人最看重的东西,可我偏偏没有。"

马可无言以对。

两天后,埃尔维斯乘坐的船驶离码头。

前往送行的马可在船队远去之后,仍然在原地站了很久。

港湾向东方延伸,在帆船渐行渐远的方向,日出前的天空和大海渐渐染上了玫瑰色。

"光自东方来。"马可望着清晨的海湾,忽然想起了这句话。然后他又想到,埃尔维斯是朝着光芒诞生的地方驶去了。

在这之后大约不到一个月的某一天,马可·丹多洛被任命为CDX(十人委员会)的一员。这是马可的"起航"。

CDX

一条漆黑的贡多拉像幽灵一般无声地滑行在夜晚的运河上，船头悬挂着的采石灯火光昏幽，勉强能让人看清船身上惨白的 CDX 字样。在夜间无意中目击到这条贡多拉的路人，无不在刹那被不可名状的恐惧包围。

贡多拉上的狭小船舱是黑色的，将船舱前后遮得密不透风的毛呢门帘是黑色的。站在贡多拉船头及尾部的两名船夫同样一身漆黑的装束。16 世纪上半叶，威尼斯城中的贡多拉有一万多条，几乎每一条都色彩艳丽、装饰华美，不少贡多拉的船舱甚至贴金镶银，极尽奢华之能事。在这万花丛中，宛如永夜一般漆黑的贡多拉显得无比诡异。即便是路人，在看到它的那一刻也会感到莫名的不安。

在最多只能容纳两个人的狭小船舱里，也许正端坐着直到昨天还富得流油的大贵族。他走在圣马可广场上的身姿曾经有多威风，此刻的脸色就有多苍白。威尼斯的 CDX 的权力大到可以提审任何涉嫌叛国罪的人，就算这个人贵为当任总督。

CDX 是 Consiglio dei Dieci 的缩写，直译过来就是十人委员会。代表"十"的"Dieci"可以写成罗马数字"X"，因此十人委员会的缩写不是 CDD，而是 CDX。

马可·丹多洛的新职场，就是这个委员会。

对国政没什么兴趣的普通老百姓往往将十人委员会视为秘密警察。这样的认知其实由来已久，十人委员会于 200 年前的公元 14 世纪初创，当时的职责仅停留于搜寻不利于国家稳定的叛乱线索。最初设立十人委员会的契机则源于提埃坡罗派[1]政变。

虽然初衷并不复杂，但随着业务展开，防范叛国阴谋的任务升级为保障国家安全，来自各个渠道的最新、最机密的信息也逐渐汇集于此。

等手头上的机密情报累积到一定数量，十人委员会自然而然地开始对外发出机密指令，这些指令全部与保障威尼斯共和国的国家安全息息相关。

---

[1] 1310 年，威尼斯第 46 任总督洛伦佐·提埃坡罗之孙拜尔蒙德·提埃坡罗对当时的总督皮耶托·葛登尼哥心怀不满，策划发动政变，被事先得到消息的葛登尼哥镇压。——译者注

16世纪的威尼斯十人委员会很容易让人联想到20世纪美国的CIA（中央情报局）。虽然肩负着保护国家的使命，却往往为民众避之不及，这恐怕是此类机构的宿命吧。

当然，十人委员会的权力远远超过了今天的CIA。它能够在16世纪初这个世界局势动荡的时间点掌握滔天权势，实则是历史的必然，顺应时势而已。

1453年，伴随着君士坦丁堡陷落，奥斯曼土耳其帝国开始发展壮大。也正在此时，近东和欧洲均进入了谁领土多谁称霸的大国时代。对于倚重工商业并且各自为营的一众意大利城邦国家来说，东方的奥斯曼土耳其帝国，西方的法兰西、西班牙和英格兰等君主制中央集权国家无一不是威胁着自身安危的强敌。

重"质"的时代已经过去，今时今日必须用"量"说话。即使国民的个人生产力及收入的绝对值问鼎欧洲各国，但是佛罗伦萨或威尼斯这样的意大利城邦国家的人口，甚至不到坐拥广大领土的君主制国家的十分之一。只要君主一声令下，匹敌威尼斯及佛罗伦萨人口总数的大军就能火速集结。在此等强敌环伺之下，"我大威尼斯可是集智慧、技术于一体的高等文明"这种话，也只能用来自我安慰了。

城邦制、资金技术密集型、重视工商业、对扩展领土态度消极的维稳主义，以及通过议会决策国政的共和制，这些文艺复兴时期城邦国家的共性曾经是它们蓬勃发展的原动力。可是，当时间来到 16 世纪初，过去曾带来荣光的国家体制已经变得十分鸡肋，而这也是威尼斯等城邦小国必须面对的"现实"。

对于意大利的城邦国家而言，还有一个令人担忧的地方，那就是周遭那些逐渐羽翼丰满的大国无一不是英才辈出，君主年富力强。我们可以把马可满三十岁那一年作为参照点，看一看周围国家君主的年龄：

> 奥斯曼土耳其帝国苏丹苏莱曼一世，33 岁。
> 神圣罗马帝国皇帝兼西班牙国王查理五世，27 岁。
> 法兰西国王弗朗索瓦一世，33 岁。
> 新兴国家英格兰国王亨利八世，36 岁。

这些掌控了整个 16 世纪初欧洲大地的领袖与过去的封建领主最大的不同在于，他们都是专制君主，其意志可以被完整地下达到国家的各个层面，宫廷官僚们的所有工作都是基于国王的命令开展的。这些君主都是天生有才有权之人，他们坐上国家统治者宝座，令王权稳如泰山。而且他们还年轻，有大把的时间继续开疆拓土。

仅从国家机器的运作方式来看，君主集权制的优势也非常明显。"一人之言"可贯通所有国家机关的决议形式,比起需要反复沟通讨论、尊重多数派意见的议会体系来说,它的效率不知道高了多少。

多年来沿用共和议会制的意大利城邦国家,无疑在治国效率方面遇到了巨大的难题。

各国人口数量推测(单位:人)

威尼斯共和国(含本土及海外领地)	1,500,000
意大利半岛(除威尼斯)	11,000,000
西班牙	9,000,000
德意志(神圣罗马帝国)	10,000,000
法兰西	16,000,000
英格兰	3,000,000
奥斯曼帝国(含北非)	30,000,000

威尼斯对于法国国王和西班牙国王来说,只不过是可以自己吞掉或被对手吞掉的一小块肉而已,无论花落谁家都不伤筋动骨。威尼斯共和国的命运此时一如风中残烛,必须做出残酷的抉择才有机会扭转乾坤。

然而,威尼斯并不打算放弃自建国之初制定的共和制政体,而是选择了另一条损伤小、效率高的改革之路——在维持共和制的同时将中央集权制导入威尼斯的官僚机构体系。

而为了巩固这一国家重大基本战略，首先冲锋陷阵的，就是十人委员会。

普通民众自然不知内情，才会对十人委员会的工作性质产生误解。不过，从某种意义上来说，被误解、被魔化也是一件好事。十人委员会也因此在很长一段时间里与后世的CIA一样，总给人一种神秘诡谲的印象。

威尼斯共和国的市政厅设有意见箱，每一位市民都可以投函上书。这些书函会被递交到各个相关的委员会，只要是有益民生且财政允许的事项，一般都会得到妥善处置。此外，政府要求民众投函必须实名制，对匿名书信一律无视。

当然，这条规定并非一刀切实行。如果是关系国家安全的重大消息，即便投函者没有留下姓名，官员们也会慎重对待。这些告密信一般会指向具体的人物，在没有确凿证据的情况下，官员们既要尊重人权，又不能放过任何叛国嫌疑人，此时十人委员会存在的意义就显现出来了。对于那些需要深入追查的线索，十人委员会作为水面下的秘密机构，可以神不知鬼不觉地进行严密调查。毕竟，要想让敌国间谍发现不了，就得先骗过自己人的眼睛。

不过，哪个时代都不乏对局势洞若观火之人。生于同时代的佛罗伦萨政治家尼科洛·马基雅维利在其与《君主论》

同样有名的著作《论李维》中做出了如下分析：

> 共和国推行的政务手续普遍冗长而迟缓，立法、行政皆由众人协作完成，不可以某人的独裁意志决断。为此，议会耗费大量时间统一众人的想法和意见。一旦遇到刻不容缓的事态，此等做法则相当之危险。共和国势必要学习古罗马建立临时的独裁官机制，以备不时之需。
>
> 威尼斯共和国之国力乃当世城邦国家中的佼佼者，此成果很大程度上仰仗了共和制与中央集权并行的独特政体。在非常时期，政务决策不再上呈共和国国会及元老院，而是直接由拥有最终决定权的少数委员快速审议。
>
> 那些固守成规、并未意识到革新政体有何必要的国家终将走向灭亡，而个别清醒过来的国家又将面临困难重重的政治改革，想要在短时间内掉转航向绝非易事。

公元16世纪威尼斯十人委员会的真面目，就是"由得到授权的少数委员讨论决定政策"的体制。

不但出身佛罗伦萨的马基雅维利持有上述见解，当时某位威尼斯贵族——一名元老院元老——也有着类似的看法，他相信十人委员会的本质远远超越一般民众的认知："我从未跻身于十人委员会的行列，因此，我没有资格说自己曾经进入过国家的中枢。"

可想而知，刚刚进入而立之年的马可被纳入十人委员会是多么巨大的荣耀。

成为十人委员会一员后改变最大的，就是手头上情报的数量与质量。直到进入十人委员会，马可才知道埃尔维斯·古利提竟在十年之间六入威尼斯。马可那时才开始真正了解自己亲如手足的童年好友究竟在探究些什么，又与哪些隐秘之事扯上了关系。

以十人委员会成员身份上班的头一天，委员会专属的秘书官就把一大摞资料放到了他的办公桌上，一边捏着酸痛的手臂一边说："委员长，请您把这些都看一遍。"

这些资料尽数与马可有关，而其中一大半的核心人物就是埃尔维斯。

资料中不乏埃尔维斯的亲笔书信，用暗号加密的文件之后必然附带着由十人委员会破译的原文。资料中的大部分内容是埃尔维斯传回本国的奥斯曼土耳其帝国的军事情报及与此相关的经济和文化动态，其中甚至还夹着一份奥斯曼土耳其帝国的物产流通一览表，宛如商人做的市场调研报告。当马可在堆积如山的机密文件中找到政府签发的"允许埃尔维斯·古利提装扮成'耻辱乞讨者'的特别许可证"时，不禁目瞪口呆。

过去十年间的六次归国，每一次埃尔维斯都以"耻辱乞讨者"的模样现身街头,个中缘由绝不是他本人信口胡诌的"好玩,找乐子"。而这一次,也就是第七次归国,作为总督私生子的埃尔维斯碍于身份必须出席侄女的婚礼及相关社交场合,才不得不走到了台前。

即便窥得真相,一想到过去十年以来埃尔维斯竟然从未找过自己,马可还是不由得心生寂寥之感。不过,一想到埃尔维斯大概把为数不多的时间都拿来与迷恋的女子相处了,可怜有情人相爱却不能相守,马可就暗暗原谅了他。

总而言之,埃尔维斯并非数典忘祖之辈,他从未忘记父亲的祖国威尼斯。仅此一点,便令马可满心喜悦。通过这些资料,马可意识到自己得以入选十人委员会,或多或少也因为他与埃尔维斯的私人关系。然而,他并未产生丝毫不快,依然庆幸自己能成为十人委员会的一员。

十人委员会委员的任期为一年。在威尼斯共和国,除却唯一的终身岗位——总督,其他一切官职都以一年为期,任期结束后必须经过一年的休职期才能再次参选。

出于某些特殊原因产生职位空缺时,补缺者的任职时间并不从其本人上任开始计算,而是直接继承上一位委员剩余的任期,这一做法同样沿袭了古罗马的执政官制度。而给予马可的任职时间,仅剩三个月而已。

为马可带来这一千载难逢的好运的人也是一位贵族,他前不久被罗马教皇任命为红衣主教。由于威尼斯共和国的俗世职务与教会的圣职无法兼顾，这位大人只得向十人委员会递交了辞呈。作为其任期最后三个月的替补，任用马可一事并未引起过多关注。

挑选十人委员会的委员原本有一条不成文的规定，就是一般会选择年龄在四十岁以上的中年人。此次当选的马可虽然只是个刚满三十岁的"毛头小子"，但考虑到他只是三个月的替补委员，而且由总督及六位辅政官一致推举，手握选举权的元老院元老们并未提出反对意见。

虽说上任很顺利，但三个月任期一过，马可就必须离开十人委员会。这也是他从上任第一天起就心知肚明的事。

自从进入十人委员会，马可的每一天变得异常忙碌。

首先，作为共和国国会的议员，参加每周日的例行会议是马可的义务。此外，他身兼元老院元老一职，每周至少还要在元老院会议厅坐上整整两天，而没有元老院会议的日子便是十人委员会开工之时。这段时间，马可频繁出入总督官邸，日日不得闲。

万幸的是，除非发生紧急事件，一般的会议只在白天召开，不会延长到晚上。马可在入夜后仍可以前往奥琳皮娅处寻找慰藉。

奥琳皮娅的宅子也变得热闹起来。文人彼得罗·阿雷蒂诺[1]不久前搬到威尼斯定居,旋即成为这位知名美女的座上宾,他的好友、画家提香也越发跑得勤,让奥琳皮娅家宛如一座文艺沙龙。当然,马可对高深莫测的艺术氛围没有太大兴趣,他喜欢待在这里,完全是因为这座沙龙的女主人是奥琳皮娅。

奥琳皮娅并不会向来她家谈论文艺的艺术家和文人收钱,她认为钱应当从有钱且愿意花钱的男人的口袋里拿。

"对所有人一视同仁岂不是太无趣了?"

奥琳皮娅望着马可,笑容明媚。

"阿雷蒂诺和提香都为我画了肖像画,要不然请你也为我画一幅吧。丹多洛公子,您在绘画界还是一位新星,应当不会像那些名声在外的大师一样,给我这个小女子开高价吧?"

马可忍不住放声大笑。

这个聪慧玲珑的女友的家,正是他得以放松身心的安乐乡。

关于自己为何被选中加入十人委员会,马可·丹多洛并未从任何人那里得到过任何正式的解释。古利提总督不曾因此对他特别亲近,与总督同为推荐人的总督辅政官们也从没

---

[1] 彼得罗·阿雷蒂诺,16世纪意大利文学家,生于佛罗伦萨,卒于威尼斯,曾为教皇及美第奇家族服务,擅于写讽刺文章。——译者注

有在他面前提及过此事。

然而，马可心里有数。从让他处理的那些机密文件可以看出，上面要求他做的工作，大概率与埃尔维斯相关。

说不定，一开始推荐他的人正是埃尔维斯，然后建议得到了总督的首肯，辅政官们也一致赞成，十人委员会的其他委员恐怕也心知肚明。只不过，从未有一丝流言蜚语传入他的耳朵。十人委员会这种沉默是金的风气令马可感服，他自己也很快融入其中。

不过，当三个月任期结束，等待马可的并非其他某个委员会的席位，而是威尼斯驻奥斯曼土耳其帝国首都君士坦丁堡大使副官一职。

这一次，马可心中并无太大波澜，这一任命虽是意料之外，却在情理之中。终于要开始了，他想。三个月前，成为十人委员会委员的他在荣光下兴奋到颤抖，而此时，他也因为这份荣光带来的巨大压力而紧张得全身僵硬。

马可不知道遥远的彼岸有何等险阻正在等待他，但有一点可以肯定的是，他将要面临的，必然是他在大学及"黑夜绅士团"时代都不曾经历的全新冒险。

只待凛冬过去，他便要扬帆起航。

地中海

公元16世纪初,从威尼斯到君士坦丁堡的路线一般有三条:

第一条路线自威尼斯取水路前往亚得里亚海沿岸的港口城市拉古萨(现杜布罗夫尼克),下船后朝在现代已经分裂成克罗地亚、保加利亚、土耳其三国的东部地区一路前进,途经起源于古罗马时代的古城阿德里安堡(今埃迪尔内),抵达君士坦丁堡(今伊斯坦布尔)。

第二条路线同样自威尼斯乘船出发,不过不在拉古萨停靠,而是一路行至杜尔齐尼(今乌尔齐尼)后上岸,进入现代的阿尔巴尼亚境内,穿过塞尔维亚的领土后,在希腊北部一路往东抵达土耳其,而后继续东行就能来到君士坦丁堡。

如今我们常用"巴尔干化"一词形容此类地方政体的割裂化和碎片化,但其实当时,上述这些地区全部在奥斯曼土耳其帝国的统治之下。

第三条路线的海上航行最长,是当时公认最安全,也是最受欢迎的路线。

如果走这条路线,船离开威尼斯后会立即在距离较近(相当于对岸)的伊斯特拉半岛的波雷奇港停靠。虽然现今该地区已属于克罗地亚,但当时它是威尼斯共和国的领地,船只可在此补给饮用水及各类生鲜食品。

待粮草充足后,航船便沿着当时被称为"威尼斯湾"的亚得里亚海东岸一路南下。在那个时代,亚得里亚海的制海权完全掌控在威尼斯共和国手中。接下来可供停靠的扎达尔、科托尔也均在威尼斯领内,航船在其中一个港口稍做休憩后便会一直前行,直到坚守亚得里亚海出入口的威尼斯重要殖民地科孚岛为止,都不会停船。

如今的科孚岛归属希腊,当年,出行者们会在这个与威尼斯共和国同命运共兴亡的小岛上进行充分补给。待一切准备就绪,航船就把浅蓝色的亚得里亚海抛诸身后,驶入蓝宝石一般颜色深邃的伊奥尼亚海。

自伊奥尼亚海继续南下的航船绕过伯罗奔尼撒半岛南部,在威尼斯的领地基西拉岛稍做停留,而后的路线便是沿着爱琴海一路向北。越往北走,威尼斯对海洋的控制权就越弱。很快,船就驶入了奥斯曼土耳其帝国的领海。当旅人们眺望着行进路线右侧的特洛伊古战场,随船穿越达达尼尔海峡时,便进入了马尔马拉海。此时,外国航船的一举一动都会受到

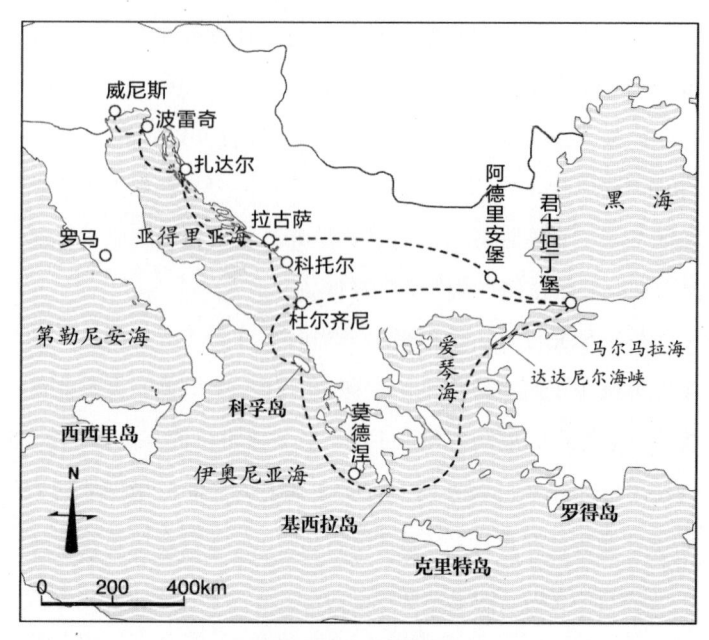

从威尼斯到君士坦丁堡

奥斯曼土耳其帝国的严密监控。船行至此,距离目的地君士坦丁堡,终于只剩下短短几天的行程了。

无论走陆路还是水路,这样的旅程都至少需要一个月到一个半月时间,从时间上来看没有太大差别。只不过水路的最大优点是,可以在抵达之前一直安稳地待在本国的航船上。眼下威尼斯与奥斯曼土耳其帝国的关系尚且良好,走陆路在理论上是安全的,可是路程越长,遭遇山贼流寇的概率就越大。虽说海上也有海盗,但是来自海运大国威尼斯的船员们对自己的武斗实力非常有信心。

1528年春,马可·丹多洛前往君士坦丁堡时,选择的就是第三条海路。

不过,表面上由元老院推选,实则是由十人委员会直接指派的马可的君士坦丁堡之行,与其他因商业活动或私人旅行出行的威尼斯人大相径庭。

拿现在的话来说,马可就是一个"加急快件"。

以商贸立足的威尼斯共和国在通商物流方面相当先进,邮政系统当时处于世界顶尖水平,对普通邮件和加急快件也有着明确的区分。

寄送普通邮件时,邮件从寄件地到收件地会由同一艘船运送。

而运送快件时,邮政人员会从刚刚抵达中途停靠口岸的第一艘船上取出快件,迅速将其转移到该港口最快出发的另一艘威尼斯商船上,抵达下一个停靠站时也照样操作,如此循环往复,快件抵达目的地的航行时间得以大幅缩短。

马可也像加急快件一样,得到了第一时间乘坐最快航船的机会,整个行程因此缩短到了二十余日。然而,享受加急服务的弊端也很明显——他无法带很多仆从,连随身行李也要精减。

原本家中的老管家为方便照顾主人的衣食起居,想随他一同出国。可是马可不忍管家与厨娘夫妻分离,便把老夫妇的外甥带在身边服侍自己。考虑到此次任务的特殊性,马可一路上极为低调,毫无威尼斯贵族公子哥的排场。

对马可来说,这是一次暌违十三年的桨帆船之旅。踏上旅程后,他才发现,自己已经失去了"船员的腿脚"。

由于居住在水域四通八达的威尼斯,马可这些年来没少坐船。然而,在小池塘里划行,或是逆城中河川而上的经验,对真正的海上生活来说毫无意义。想要在摇晃的海船上如履平地,缺不了一副船员的腿脚。

他也是曾经穿越直布罗陀海峡,途经英格兰南安普敦,最终到达荷兰阿姆斯特丹的男人,对自己拥有一副船员的腿脚深感骄傲。十余年的空白期居然令他变成了航海的门外汉,这令马可的自尊心大受打击。

因此,在船到达科孚岛之前的一周,马可埋头苦练船员的腿脚,除此之外不做他想。在训练中,马可尽量不坐不躺,只在航行中的船甲板上来回地走。船员们笑着旁观马可的怪异行径,可并非嘲笑。要知道,再过不久,这位身为大使副官的元老院元老大人就能寻回与船员一样的"腿脚"了。

然而,当训练结束,船员的腿脚顺利回归,马可却变得无事可做了。此外,不知是幸运还是不幸,自从船驶离科孚岛,一路上都是顺风而行。

向伯罗奔尼撒半岛南部行进时，马埃斯特拉雷（西北风）彬彬有礼地为他们开道。待船绕过南部，波嫩泰（西风）又在他们身后助力。驶入爱琴海之后，里贝乔（西南风）则一路将他们护送到达达尼尔海峡的入口。

风势大好之时，整艘船上最闲的人就是桨手。

桨帆船的前进动力不光靠桨，为了在逆风时也能顺利前进，船上一般会悬挂三角形的大船帆，大型船悬挂船帆的桅杆多达三根。三根桅杆，加上从左右船舱中伸出的数十根船桨，便组成了一艘完整的桨帆船。

一如现代帆船上搭载的发动机，古代帆船上的船桨一般在风向不适合船只入港或是海上无风时使用。

仅凭借船帆航行的船在风平浪静的时候只能停在原地苦等，但是桨帆船完全没有这方面的顾虑，因为船桨是一个人力发动机。进入港口时，比起必须手划小艇才能离开或靠近船只的纯帆船，桨帆船的灵活性和便利性有目共睹。此外，如果航行时风力不足，也可以摇动"发动机"，为航行速度添砖加瓦。

虽然用桨有诸多好处，但这依然是极其消耗体力的苦差事。在不喜驱使奴隶的威尼斯船上，桨手们也是拿工资干活的船员。大家印象中铁链缠身、被船长鞭挞的奴隶划船的画面，只在极少数国家的船上才会发生。

当然，威尼斯的船上也存在着不和谐音符。因顺风得到意外假期的桨手们把长长的船桨从海面抽回，固定在甲板上，而后在船桨上围坐成一圈，开始在肆意的喊叫和笑声中赌博。

除了桨手们，手头没活的船员、乘船的商人，包括船长也不时参与赌局。连出身好人家的石弓兵青年也不能免俗。赌博原是这艘船上消磨时间的最佳方式，可马可对此一直不太感兴趣，他实在无法将自己的命运交给"偶然"来决定。

他此行并未携带任何机密文件。十人委员会的所有机密都藏在马可的大脑中，由他"亲身"转运到君士坦丁堡。能够运用这些机密信息取得何等成果，很大程度上取决于他本人的能力。

马可忽然意识到，自己已经一头扎进了一场国际规模的间谍活动中了。

时间倒退到前一年。1527年5月，神圣罗马帝国皇帝兼西班牙国王查理五世的铁骑杀入罗马。被侵占的罗马城惨遭劫掠，一时间无人再能分辨出它在沦陷前是如何壮美绝伦。罗马教皇在混乱中被俘，战战兢兢地答应了胜利者查理五世开出的所有条件，才得以死里逃生。

在此之前，那不勒斯以南地区业已沦为查理五世的属地，以米兰、热那亚为中心的意大利西北部也被查理五世的军队控制。转眼间，罗马沦陷，西班牙人的下一个目标就是佛罗伦萨。对于以摧枯拉朽之势企图吞下整个意大利半岛的查理五世，如今还能与其拼死一搏的，只剩下威尼斯共和国了。

然而，威尼斯内部在主战还是主和的问题上依然存在分歧，以佩利留为首的反古利提派公然主张威尼斯应与查理五世缔结同盟。

此时的查理五世是哈布斯堡家族的领袖。他本人长期驻守在西班牙，委派其弟斐迪南一世统治哈布斯堡家族的大本营奥地利，以荷兰为中心的尼德兰地区也在他的领地范围内。此外，殖民地发展日新月异的新大陆同样归属查理五世。这位手握世间强权的国王正值盛年，短时间内没有去见上帝的可能性。更令人胆寒的是，那时尚不满三十岁的查理，还是一位极有才能的君主。

威尼斯国内的亲哈布斯堡派不断强调上述理论，极力主张只有接受查理五世的统治，威尼斯才能得到真正的和平稳定。像佛罗伦萨那样等到兵临城下的时候，一切就来不及了。

然而，古利提总督对此有着不同的看法。他并非不认可查理五世的实力，而是心里清楚，一旦被神圣罗马帝国吞并，威尼斯共和国便名存实亡，再无复兴之可能，因为西班牙人和威尼斯人在本质上有着天壤之别。

威尼斯因与他国的贸易往来而发展壮大，西班牙则通过占领他国土地得以兴旺。对于威尼斯人来说，只要能做生意，即使对方是个异教徒，也没什么大不了的。但如果双方是占领和被占领的关系，在立场上就必然存在着高低和对立。站在西班牙人的角度，天主教，尤其是最为狂热、严苛的反宗教改革派系的训导，才是唯一值得聆听和坚信的箴言。凡是不坚持反对宗教改革的人，即便是天主教徒，也同样是罪无可逭的"敌人"。

然而，当时的威尼斯是一个非常尊重信仰自由的国家，城中的书店里就摆放着举旗反对罗马天主教会的马丁·路德的著作。可想而知，将兼容并包作为民族传统的威尼斯与西班牙式的狂热信仰简直格格不入。

查理五世并非偏执之人，但他的权力以西班牙及神圣罗马帝国为依托，此时的帝国拥有无可匹敌的强大军事实力。假设威尼斯人愿意俯首称臣，他们的肉体安全的确可暂保无虞，可是一旦被查理五世收入麾下，即使威尼斯依然能够维持形式上的国家，威尼斯人的心和魂也将消失殆尽。一旦灵魂覆灭，所谓的国家的"肉体"也将迅速消亡，化为浮尘。

古利提总督解除危机的策略，是利用法国和奥斯曼土耳其帝国。

盯上法国可谓一个理所当然的选择。这个国家的东部、北部及西南边境均被哈布斯堡家族的势力威胁，所以法国国王才是最不希望查理五世变大变强的那个人。古利提总督认为，只要法国愿意出手，查理五世的军队就能被牵制住。届时，查理五世忙于与法国交战，自然没有余力再向意大利半岛派兵。

事实上，这个想法在两年前曾得到过印证。当时，法国与意大利诸国以及英格兰一同建立了对抗西班牙的军事同盟"白兰地同盟"，可惜最后只落得罗马之劫这般惨痛的下场。而造成这一悲剧的主要原因，就是法国没能在关键时刻出手相助。

如此法兰西，着实难堪大任。

与奥斯曼土耳其帝国的纠葛则是另一个无奈的故事。对威尼斯而言，奥斯曼土耳其帝国可谓最危险的结盟对象。一旦与这个伊斯兰国家结盟，威尼斯势必遭到西欧诸国的孤立和霸凌，从来都自负为天主教第一国家的西班牙肯定会头一个跳出来高喊叛徒。而威尼斯的主要贸易伙伴，正是实质上由查理五世掌控的西欧。

同样信奉上帝的法国当时公然与奥斯曼土耳其帝国结盟。法国有恃无恐的原因主要在于全法耕地面积占比极高，即使国界线和海岸线被封锁，法兰西人依旧可以做到自给自足。

对于情况与其截然不同的威尼斯人来说，他们可以与奥斯曼土耳其帝国政府签订终战协议，可以与土耳其人更新友好通商条约，但绝不能缔结任何带有政治和军事色彩的"同盟"协议。

综上所述，当威尼斯打算"利用"奥斯曼土耳其帝国时，的确面临着难以想象的复杂局势，需要做的也几乎都是潜藏在水面之下的秘密工作。

在这场角力赛中，威尼斯想要达到的目的是让奥斯曼土耳其帝国出兵维也纳，把奥地利的哈布斯堡军力钉死在原地。威尼斯共和国的北方边境与奥地利接壤，在地中海没有任何港口的奥地利从很早以前就盯上了威尼斯这块肥肉。

然而，进攻奥地利的想法若是被西欧诸国知晓，威尼斯同样也会陷入孤立无援的境地。更何况，如此一来简直是为查理五世送上了最好的出兵理由，共和国转瞬之间就会被挫骨扬灰。反言之，若想要计划成功，一来必须瞒着国内的亲哈布斯堡派，二来绝不能向外部的西欧诸国走漏任何风声。一切必须在暗中推进，这需要相关人士小心再小心，谨慎再谨慎。

被国家遣往奥斯曼土耳其帝国的首都君士坦丁堡执行该任务的第一人，就是总督之子埃尔维斯·古利提。

埃尔维斯并非一味地将奥斯曼土耳其帝国的情报传给威尼斯，十人委员会也会将威尼斯以及西欧诸国的各类消息和动向发送给埃尔维斯。

如今，负责在任务中协助埃尔维斯的马可赶赴君士坦丁堡，"故交好友"这一层关系可以很好地隐藏两人的真实身份和动机。

船舱门口厚厚的帷帘被突然掀起，船长的声音把马可拉回了现实。

"已经能看到君士坦丁堡了。"

走上甲板,一座千年古都在船的左侧现身。

直逼天际的清真寺宣礼塔顶端装饰着金色的半月徽标,在蓝天之下宛如闪耀着光辉的纯白丛林。在清真寺群的外侧,延绵不绝的城墙自拜占庭时代就开始守卫自己的都城。

面对此等壮丽庄严之美,马可不禁语塞,大脑一片空白,只觉得自己被眼前这座帝国首都深深吸引,忍不住想立即去探寻她的秘密。

君士坦丁堡

从海上登陆君士坦丁堡的旅程,很像是观众一步步走进一座深而又宽阔的剧院舞台。

此时,有一个人正在这座舞台上翘首以待。对途经君士坦丁堡的黑海航线相当熟悉的船长告诉马可,此人便是现任大使副官。马可一下船,就看到这位副官笑容满面地迎了上来。看得出,他是个好人,那笑容也是发自内心的。

马可理解副官内心的欢欣雀跃。他的任期其实早在四个月前就结束了,本以为可以打包回家与妻小团聚,可威尼斯政府对他的继任者人选犹豫再三,迟迟无法拍板,只能辛苦他继续顶着这份差事了。

如今,盼星星盼月亮,总算把接班人盼来了,副官殷勤地对马可连声道旅途辛苦。

而站在副官身边的那一位无须任何人给马可介绍。事实上,马可在船入港时就已经注意到他了。

这人虽然身着土耳其风格的服饰，但不像上次装扮成"耻辱乞讨者"，马可一眼就认出了他。"红色丝绸质地的土耳其长袍搭配纯白的特本头巾，用这副打扮用来迎接我，还真是隆重啊。"马可心中不禁苦笑。

除了打扮惹眼，刚刚这人在码头上一认出船上的马可，就急着挥手致意，甚至还大喊马可的名字，音量之大、肢体语言之夸张，令当时码头上的其他旅客和船工不禁驻足回头。

一如往常，埃尔维斯露出带着点儿邪气的笑容，在马可与副官寒暄结束后，忙不迭地与老友拥抱在一起。

"有朋自远方来，怎能不相迎？"

不知为何，埃尔维斯用土耳其语说了这句话。这下，不仅是副官和船长，连附近的路人也笑了。

"两位许久未见，想必有许多话要说，不过还是先去见一见大使吧，大使久候多时了。"副官说。

埃尔维斯听了这话，扭头对马可说，"过些日子，我派人去接你"，随即跨马而去。马可则对埃尔维斯那匹马的优良程度感到吃惊。

很快，马可也与副官骑马离开了码头。威尼斯大使馆坐落于加拉塔地区的高地上。两人骑马沿坡道慢慢前行，这位看上去已年近五十的副官忍不住发出感慨："真没想到您是埃尔维斯·古利提公子的故交！"

马可的这位前辈对秘密任务一无所知，因而在领马可走进大使办公室时,依然感慨不断:"曾经出任十人委员会委员的大人前来出任君士坦丁堡大使馆的副官,真是件稀奇事啊。"

年逾古稀的驻奥斯曼土耳其帝国大使皮特洛·詹看上去干练沉稳。听到副官有感而发,他态度淡然地回复:"年轻时就是应当多历练历练,积累些经验才好。老夫年事已高,政务处理就全权交给丹多洛大人了。我又可以在菜园专心培植最爱的葡萄了,真是太好了。"

马可微笑着轻轻点头。皮特洛·詹在安德烈·古利提当选总督伊始便出任驻奥斯曼土耳其帝国大使,马可深知这位老外交官非但是十人委员会秘密命名的"金角湾作战"的重要一翼,而且,若是没有他,金角湾作战从一开始就无法成立。

古利提总督擅长土耳其语这一点众所周知,而詹大使的土耳其语虽未及总督的程度,却也相当流利。

对一门语言的理解,等于使用者对这门语言的国家和民族的理解。无论是对古利提总督还是詹大使,奥斯曼土耳其帝国在与威尼斯存在诸多利益冲突这一点上虽然属于敌对势力,但并不是非得拼个你死我活的死敌。土耳其人不像西班牙人,面对异己时连其存在本身都要一并抹杀殆尽,方能罢休。所以,金角湾作战也必须在奥斯曼土耳其帝国和威尼斯共和国间的和平存续期间才能发挥效用。与东方国家的贸易往来是威尼斯最重要的经济支柱之一,对威尼斯而言,和平二字值得使出全力去维护。

马可·丹多洛与其他大使馆工作人员一样,被分配到了一间屋子,自此在大使馆内住了下来。

威尼斯共和国的大使馆在各国大使馆和领事馆云集的加拉塔高地占据了视野最佳的一角。占地面积颇大的使馆外围设有高高的围墙,使馆内甚至还建有种植葡萄和蔬菜的菜园。

使馆本身也是一座面积相当大的欧式建筑,里面可以容纳使馆工作人员及仆从总共数十人办公和居住。

依照地位排序的话,首先是领事兼大使一人。威尼斯共和国派驻君士坦丁堡的大使是一个特殊的存在,政府不用意指普通大使的"ambasciatore"[1]称呼他,而是称其为"bairo"。

在大使之下,配有一名贵族阶级出身的副官。一旦大使发生任何不测,副官可立即代为行使职权。

接下来是数名书记官、一名财务官及辅助工作的书记们。除此之外,使馆内还有数名语言学研修生,研修的当然是土耳其语。

以上人员均是威尼斯本国派遣至奥斯曼土耳其帝国的"使馆工作人员"。除了大使和副官,其他人皆非贵族出身,属

---

[1] ambasciatore,意大利语,意为"外交官、使节"。——译者注

于市民阶层，在威尼斯被称为"cittadino"[1]。

除此之外，使馆的仆从和杂役等都是在当地雇用的希腊人和犹太人，每天需要从位于希腊人聚居区或犹太人聚居区的自家前来做工。

虽然大使拥有携带家属同行的特权，但是历任驻奥斯曼土耳其帝国大使中的大部分人是单身赴任。威尼斯历来将奥斯曼土耳其帝国视为头号假想敌，被指派到这个头等重要的国家的外交官均拥有丰富的履历——不是曾经出任驻法国、西班牙的大使，就是在英格兰、梵蒂冈等有外交工作经验。他们中以精神矍铄的老人和鳏夫居多。而家有娇妻者，大部分太太对离开舒适精致的故乡威尼斯，远赴东方异国提不起兴趣。不过，带着儿子或弟弟同行的大使倒是不在少数。

除了工作人员和仆役，还有两名奥斯曼土耳其帝国卫兵作为大使馆护卫长期驻守在此。这两名护卫兵虽隶属于苏丹的禁卫军——耶尼切里军团，但薪水却需要大使馆自掏腰包。

也许有人会说，同样要自己掏钱，比起效忠苏丹的土耳其军人，雇用出身威尼斯的石弓兵岂不更加靠谱？然而，奥斯曼土耳其帝国方面不允许这样做。

事实上，大使们并非不想采用本国武装力量保护大使馆。与重视外交特权的威尼斯不同，一旦发生战争，奥斯曼土耳

---

[1] cittadino，意大利语，意为"公民"。——译者注

其帝国就会毫不犹豫地对外交使节下手，封锁大使馆、软禁相关人员算是比较客气的，直接把使馆工作人员连同仆役一起丢进监狱的先例也不在少数。这也是威尼斯大使馆里几乎没有女性的原因之一。

即便如此，进入16世纪后，威尼斯大使馆在驻君士坦丁堡的诸国大使馆中已然成为规模最大、组织最严密的外国公使馆。除了国与国之间的外交，许多威尼斯贸易商在奥斯曼土耳其帝国境内活动，而保护他们的生命财产安全，并且确保民间经济活动能够顺利开展，也是驻君士坦丁堡大使的职责之一。

法国大使馆的规模和实力仅次于威尼斯大使馆，不过要论在近东的经济主导地位，法国商人的段位和人数远远不及威尼斯。此外，在1453年拜占庭帝国覆灭之前一直独占加拉塔高地的热那亚共和国已随着本国实力的衰退，在近东失去了话语权。而英格兰和荷兰则是在此百余年之后的公元17世纪才派出驻外公使。

威尼斯人的人数和实力在当时常驻君士坦丁堡的欧洲人中堪称第一，威尼斯大使馆也因此能够在被土耳其人称作"异教徒区"的加拉塔占据风景最佳的位置，组建规模最大的大使馆。

顺带一提，五百年后的今天，当年的威尼斯大使馆经历了无数次改建，占地面积也较全盛时期有了大幅缩减，令人难以想象当年盛况，但依然作为意大利公使馆被一直沿用至今。

马可入驻威尼斯大使馆三天后，埃尔维斯的仆人来访，带来了"次日黄昏将派人前来迎接"的口信。马可立即将此报告给詹大使，老外交官只说了个"哦"字作为回应。

前来迎接马可的人并不是生面孔。马可依稀记得这个年轻人的脸，这个当年在西班牙海岸险些被送上火刑架的男孩，因为埃尔维斯的搭救而捡回一条性命，如今已经长成一个高大挺拔的青年了。

不过，这个土耳其青年面对马可"你还记得我吗"的提问，只是简短地回答了"嗯"，然后全程一言不发地牵着马可骑的马的缰绳。他似乎非常认生，不愿敞开心扉。也许他在埃尔维斯面前才放得开吧，马可这么想着，也没再说话。

马可在威尼斯时已经从十人委员会的机密文件里掌握了有关埃尔维斯·古利提的许多信息，这些信息是他身为其童年好友也不曾知晓的。眼下抵达君士坦丁堡不过三日，一些不到当地根本无法获取的第一手情报也已经传到了马可的耳中。因此，此刻他无须开口询问，也知道自己将被带往何处。

君士坦丁堡在公元 330 年由当时的罗马帝国皇帝君士坦丁兴建。这座自公元 5 世纪西罗马帝国灭亡后便一直作为东罗马帝国首都的城市联结着欧洲和东方,是世界第一大城市。

别称拜占庭帝国的东罗马帝国的时代在公元1453年落下帷幕。那一年,土耳其苏丹穆罕默德二世率领十六万大军,花了五十多天将君士坦丁堡占为己有,奥斯曼土耳其帝国自此定都此地。

在接下来的近五百年间,君士坦丁堡始终是土耳其的首都。1923年,凯末尔·阿塔图尔克领导革命,建立土耳其共和国,首都也迁到了安卡拉。不过,今天的君士坦丁堡依然是整个土耳其不可动摇的第一大城市。

土耳其共和国建立后,君士坦丁堡更名为伊斯坦布尔。虽然如今人们对伊斯坦布尔这个名字已经耳熟能详,但在1923年之前,即使东罗马帝国早已消亡在历史长河中,人们还是习惯以建都之王君士坦丁大帝赐予这座城市的希腊名字来称呼它。

不过,无论是欧洲人还是东方诸国的人,对这个出自希腊语的城市名都有着不同的发音。

英国人叫它君士坦丁堡,与这座城市渊源极深的意大利人则称呼它为君士坦提诺波利。事实上,伊斯坦布尔就是君士坦提诺波利的土耳其语发音。

连通金角湾与博斯普鲁斯海峡的跨海大桥让现代的伊斯坦布尔真正成了字面上的跨越亚欧两大洲的城市。这些桥梁

君士坦丁堡

均在20世纪之后建造。在此之前,与欧洛马接壤的君士坦丁堡城区、位于金角湾与博斯普鲁斯海峡之间的加拉塔,以及紧邻亚细亚的乌斯库达拉虽然都属于君士坦丁堡,但风土人情各有特色。

当然,在这三个地区之中,被马尔马拉海及金角湾包围的君士坦丁堡城区拥有最高地位。为了抵御来自陆地的入侵,建城者为这个一直延伸到海中的地区设计了三重城墙,令城池固若金汤。1453年,穆罕默德二世率军进攻君士坦丁堡时,在此处发生的多次激战令城墙大名远扬,被誉为地中海世界最坚固的城墙。

此外,拜占庭时代的皇宫及宗教中心——阿亚·索非亚清真寺也坐落于此。

随着土耳其首都迁移,从苏丹的宫殿变身为政治中心的托普卡珀宫;承载着穆斯林的信仰,也兼具学校职能的无数清真寺;以一己之力担负起所有经济活动的巴扎……这些名胜都集中在这里。

与此相比,自从土耳其人入住君士坦丁堡后,加拉塔便成了外国人的聚居区。

希腊人、犹太人、亚美尼亚人和高加索人云集于此。尤其是西欧人,无一例外全在加拉塔安了家。这里也不是完全没有土耳其人,比如在港口讨生活的下层劳工,或是与其反差强烈的富人。一些追求生活品质的土耳其富豪会在风景宜人的加拉塔高地购买别墅，这也导致这里的房屋数量迅速增加。毕竟只要站在这片高地上，向右就可以俯瞰延伸到金角湾对岸的君士坦丁堡街景，向左则能远眺博斯普鲁斯海峡，壮美景色尽收眼底。

马可胯下的骏马带他踏入一片名为贝约格鲁（土耳其语读作"贝伊奥卢"，意为"君主之子"）的地区后不久，之前连绵在道路右侧的高大围墙忽然中断，两侧伫立着佩刀士兵的大铁门映入眼帘。为马可牵马的土耳其青年对卫兵说了些什么，沉重的大门便轰然开启。

继续骑马前行的马可忽然瞪大了双眼，在惊讶过后，淡淡的乡愁涌上心头。

这座广阔庭院的深处耸立着一栋威尼斯式样的大宅，与威尼斯贵族们在空余领地内兴建的别墅如出一辙。只可惜，叮咚流过宅邸门前、岸边栽种着垂柳的水脉，并非母国的布伦塔河。

贝约格鲁

如今已经变身为繁华街道，每日车来人往、熙熙攘攘的贝约格鲁地区在五百年间不曾更换姓名。

贝约格鲁位于加拉塔高地海拔最高处，其中向北延伸的区域如今高级酒店林立，诸如希尔顿等国际知名酒店品牌均选择在此开店，为的就是它闹中取静的优越地理位置。

而这一带被称为"贝约格鲁"则是在埃尔维斯·古利提在此建造大宅并定居之后。

自从五年前，即1523年安德烈·古利提当选威尼斯共和国总督之后，其子埃尔维斯便成了奥斯曼土耳其帝国人口中的"君主之子"，甚至连他居住地区的地名，都渐渐变成了"贝约格鲁"。

当初马可在得知"贝约格鲁"这个词在土耳其语中的真实含义时，不禁停下了翻阅卷宗的手。他望着窗外，怔怔地站了一会儿，尽力控制内心泛起的不悦感，避免让它流露在脸上。

马可非常清楚威尼斯人是怎么看待和称呼埃尔维斯的。在那些没有总督的场合,贵族们,即使是没有恶意的人,也都用"总督大人的妾生子"来指代埃尔维斯。

在可以娶四个妻子的伊斯兰世界,大部分有地位的男人都妻妾成群,嫡出或庶出对土耳其人来说并非什么了不起的大事。

所以,当埃尔维斯·古利提的父亲登上威尼斯最高统治者的宝座时,土耳其人将埃尔维斯唤作"贝约格鲁",其实是一件极其自然的事。

与此相对,威尼斯虽然用包容的心态看待异教徒,但终究是个基督教国家。基督教世界只承认一夫一妻制,正妻的孩子是名正言顺的嫡子,其他女人生下的儿女一律是私生子。从私生子这个充满恶意的词不难看出,整个社会有多么蔑视这些不受教义保护的孩子。

埃尔维斯宅邸的宽敞和豪华的程度是威尼斯大使馆无法企及的。

一进大门,三条通路向广阔的庭院深处延伸,正中央那条路直通宅邸正门的玄关,左右两条小路则通向马房和仆从们的住所。从整体来看,右侧鳞次栉比的马房和左侧两层楼的仆人宿舍如众星拱月一般凸显着中央大宅的重要地位。

"光是阿拉伯的骏马就超过一百匹，骆驼有将近一百五十头，拉货的毛驴还有六十头。"

一路上始终沉默不语的土耳其青年突然打开话匣子，说起主人的财富来，连声音里都透着一股自豪感。马可一边微笑聆听，一边继续骑马沿着正中央的道路向前行进。

"这座宅子里有三百个奴隶，还不包括主人船上的船员和桨手。"

这座典型的威尼斯风格宅邸的正面玄关建了一排高大洁白的大理石圆柱，双层结构的建筑向两侧延伸，形成两翼。屋宅后方同样按照威尼斯式别墅的一贯风格，建造了占地面积极大的后院。

"主人的庭园很大，有漂亮的林子和花草，主人常常在那里招待贵宾一起打猎。"

年轻的土耳其仆人还在说着，马可已经注意到埃尔维斯正站在宅邸的大门前。马可飞身下马，埃尔维斯也朝这边走了过来。这一对好友向彼此快步走去，在道路与玄关之间的台阶上紧紧相拥。与三天前在码头相会时不同，此刻的埃尔维斯没有说任何浮夸的欢迎之词。

今天埃尔维斯亦如前来码头迎接马可时一样穿着土耳其式样的长袍，这是一件相对低调的沙褐色丝绸袍子。他头上戴的不是特本头巾，而是黑貂皮的土耳其帽。埃尔维斯在帽子边沿别上了一枚由小粒红宝石、祖母绿宝石、蓝宝石镶嵌而成的胸针做装饰，此外，除了手上的戒指，他全身再无其他珠宝。那枚黄金戒指上镶嵌着名贵的大颗祖母绿宝石，宝石表面雕刻着古利提家族的徽纹。

穿过数间宽敞的客厅，马可来到一间露台面朝庭园敞开的房间，这里似乎就是埃尔维斯的专用起居室。从露台看出去，这里的庭园小巧精致，还有一汪池水，水边垂柳袅袅婷婷。马可望着美景，不禁嘴角上扬，回头对老友说："这儿真是太美了，我此刻仿佛就身在威尼斯。"

"不，你仔细往树林后面看。"埃尔维斯说。

的确，庭园的林木之间隐约透露的景象让马可回到了现实。或许因为这个房间朝南，小小的威尼斯式庭园之外，正是清真寺尖塔顶端闪耀着璀璨金色的君士坦丁堡地区。

"此等风光岂不比威尼斯的别墅更有风韵？"马可心里这么想，嘴上也是这么说的。埃尔维斯抓住马可的手臂，拉着他坐到一旁威尼斯式样的椅子上。他凝视着马可，说道："我们现在真正是无话不谈了。"

马可也直视着朋友的双眼，点了点头，两人的眼底皆无笑意。

接下来的一周，马可将作为埃尔维斯的客人留在宅邸中。埃尔维斯向威尼斯大使馆送去了请求自己招待儿时好友的书函，而大使回信表示，二位可以尽情叙旧。

这一周，马可和埃尔维斯始终在一起。除了睡在不同的房间，其他时候他们几乎形影不离。土耳其人的待客之道极负盛名，埃尔维斯无微不至的招待在威尼斯也许显得很夸张，但是在土耳其人看来却只是正常水准，甚至有时候土耳其人还会主动上前为主人和贵客提供更加便利的服务。在奴隶们全方位的服务之下，马可这一周过得宛如在天堂，这是他从未有过的体验。

埃尔维斯出门办事时，马可会作为好友同行。马可虽然早已通过十人委员会的机密文件了解到埃尔维斯在这里的生意做得很大，但看文字与亲眼所见还是有很大差距的。

且不论国家层面的介入，就连与政治毫无瓜葛的一般西欧商人都无从插手的黑海沿岸的贸易都已经被埃尔维斯牢牢把控。

奥斯曼土耳其帝国急于出手而威尼斯迫切需要的小麦生意，如今全都掌握在埃尔维斯手中。黑海沿岸的所有皮毛和皮革都通过埃尔维斯名下的货船运送到君士坦丁堡，而后才从此地发往西欧各国。

除此之外，阿拉伯人从中东带来的香料、成山成海的丝线等上等货的价格甚至堪比宝石的地毯，还有无数产自东方的名贵珠宝，譬如珍珠，无论在奥斯曼土耳其帝国还是威尼斯，都是最受欢迎的抢手货。

埃尔维斯是苏丹苏莱曼一世的御用珠宝商，而他最重要的商业项目——来自希腊诸岛及土耳其各地的葡萄酒的生意也有宰相易卜拉欣关照。

不过，比起这些，真正为埃尔维斯带来巨额利润的，其实是奥斯曼土耳其帝国的军用物资，也就是军需品的供给生意。

奥斯曼土耳其帝国以军事立国，每次开战都会用至少十万以上的兵力。无须细算也能知道，为这个国家所有军人提供必需品是一桩体量多么巨大的买卖。

这是埃尔维斯当年纵横商界的父亲安德烈·古利提也没能拿到手的超级特权。当时安德烈·古利提已经与苏丹巴耶塞特二世称兄道弟，照理说能力和人脉都堪称顶尖，却仍然在这件事输给了儿子。马可在亲眼见证了这个商业帝国的规模后，才真正从心底里认可了埃尔维斯的地位——他站在君士坦丁堡外国人集团的金字塔顶端，是当之无愧的第一号人物。

在君士坦丁堡，生意人一般会在大巴扎鳞次栉比的店铺里谈生意。马可随埃尔维斯出门谈生意，第一次坐船横渡金角湾。

在自家小船上掌舵的人，还是那名土耳其青年。船从加拉塔的码头出发，向君士坦丁堡城区驶去。途中，埃尔维斯露出少年时代常见的顽皮笑容对马可说："你知道金角湾为什么叫金角湾吗?"

"不是因为海湾在夕阳下会变成金色吗?"

"这是一种说法。还有人说,每天来自欧洲和东方的物资在这个牛角形的海湾进进出出,相当于大笔金钱在这里进出。金角湾的金,与其说是夕阳的金色,不如说是金币的金色。"

两人在海面上大笑起来,笑声随着海风飘散在金角湾上。这里的海鸥似乎不怕人,有一只停在船头休憩,直到船在君士坦丁堡城区的码头靠岸才扑着翅膀飞走了。

当时的欧洲人仍旧习惯在固定的日子出门赶集,而君士坦丁堡的大巴扎与其说是集市,倒不如说更像现代的大型购物中心,店铺一旦开业便不会随意流动,而是集中于一处,客人随时可以上门交易。大巴扎结构复杂,内部小路纵横交错,光是入口就有好多个,初次造访的人很容易迷失方向。扑面而来的人和物让马可眼花缭乱,走在前面的埃尔维斯介绍道:

"大巴扎内部的小道超过六十条,有五间供教徒祈祷的清真寺、七处喷泉,十八个出入口会在日落后关闭。叫得上名字的商铺超过三千家,珠宝首饰、纺织品、金银、地毯、皮毛……还有不少铺子倒卖中国的瓷器。"

交易胡椒等香辛料的巴扎开设在另一处,那里从拜占庭帝国时代起就一直是威尼斯商人的据点,人称"威尼斯人的巴扎"。这个名字在帝国政权迭代中一直留存,直至五百年后的现代才更名为"埃及人的巴扎"。

马可此时身处的大巴扎除了香辛料什么都卖。即使这里的建筑物本身在西欧人眼中简直就是粗制滥造,初来乍到的马可还是被集市的火热氛围震撼。

首先,所有商铺顶上都没有天花板,取而代之的是好几层帷幔所制的天篷,这与马可进入君士坦丁堡港口时远远看到的托普卡珀宫的屋顶如出一辙。土耳其人出身游牧民族,与重视恒久性的欧洲建筑不同,在他们的观念里,房子是跟着人一起移动的。

其次,这里的房屋以木结构为主,道路几乎没有做过整修,大部分道路在晴天尘土飞扬,一下雨就泥泞不堪,难怪需要骑马出行。

跟随埃尔维斯深入大巴扎的马可忽然觉得,这座奥斯曼土耳其帝国的都城还是远观比较美。他把这个想法告诉了埃尔维斯,出生在这个城市的好友非但没有因此不快,反而非常赞同马可的意见。

"城里所有坚固的石造建筑都是拜占庭时代的遗迹,城墙也好,下水道、地下蓄水池也好,大部分清真寺也是在过去东正教教堂的基础上改建的,稍微改一下内部装饰,再加建宣礼塔就完工了。虽然潦草,但是这座城市比其他所有地方都更有朝气和活力。奥斯曼土耳其帝国前途无量,未来没有一丝阴霾,肮脏和粗糙反而是这个国家充满生命力的最好证明。"

马可对此表示同感。随着日子一天天过去,他也变得不再介意君士坦丁堡的肮脏和喧嚣,反而对这个本身就由各种发色和肤色的人种构成的土耳其人为主的民族大熔炉产生了奇妙的感情。他习惯了盘腿席地而坐,也不再会被端出来的热茶烫到嘴。

当然,埃尔维斯和马可这一周的时间并不仅仅用于往返金角湾,除了睡觉和外出之外,他们还有充分的时间沟通。

对于已经在实质上成为搭档的两人来说,交换和商讨关于威尼斯本国的"敌人",以及他们身处的君士坦丁堡的"敌人"的信息是非常必要的。

威尼斯内部的"敌人"指的是佩利留领导的亲哈布斯堡派,但近来已经通过巧妙的手段被暗中清除了。十人委员会中皆是力挺古利提总督的势力。

缩写为CDX的十人委员会其实不止十人。除了从元老院元老中选拔出来的十名委员,总督和六位辅政官也是委员会的成员,满打满算一共十七人。按照规定,委员们任期一年,休职期一年,国会选出的总督辅政官任期一年,休职期两年。由于法律并未禁止官员们在休职期间担任其他职务,因此大部分委员们在一年任期结束时会当选总督辅政官,换个身份继续留在十人委员会。

也许有人会觉得,选举存在着很多变数,不是我让谁选上就能选上的。但事实上,当时有不少元老院元老暗中支持古利提总督的外交路线,而且总督和现任辅政官拥有制定候选者名册的权力。虽说是选举制,但只要有明确的指导方向,结果可以被轻易左右。如果不出意外,马可回到威尼斯时应该也会重新回归十人委员会。

关键问题在于奥斯曼土耳其帝国的"敌人"。

马可来到君士坦丁堡的最大任务,就是与埃尔维斯一起对付这个"敌人"。

"我会以你为由头,在你到这个宅子做客的最后一夜举办一个酒宴。不会有什么大场面,只是邀请一些意气相投的朋友前来小聚。不过,宰相易卜拉欣也会来。"

从奴隶到宰相

这一天,马可没有随埃尔维斯前往君士坦丁堡城区。

他把椅子搬到池塘边的垂柳下,眺望着延绵在高地之下的君士坦丁堡的街景,悠闲地享受午后时光。这是他在好友家做客的最后一天,他想要独自一人静静度过。

夕阳将这座一千两百年间在地中海世界地位仅次于罗马的城市染成黄金之色,宣告昏礼[1]开始的祷告声,即将从金角湾对岸传来。待昏礼结束,宣礼塔尖端的金色半月将成为整个君士坦丁堡最后享有太阳光辉之物。随着最后一丝光芒消散,这座都城将被夜色蒙上面纱。

君士坦丁堡最初是罗马人的都城,而后归属希腊人,现在又变成了土耳其人的皇都。

---

[1] 昏礼,穆斯林每日黄昏时进行的祷告,祷告时间从刚刚日落到刚好天黑。——译者注

城市与美人一样，朝代改姓、江山易主皆与她无关，她依然会活下去，容颜不老。罗马亦是如此，无论入住此地的是皇帝还是教皇，城市本身的存在从未被磨灭，唯一的变化就是她们会因为主人的喜好换上不同的衣衫罢了。

马可想起了故乡威尼斯，那座城市即使在改朝换代之后，也依旧会继续存在吧。

不，不对。他摇了摇头。他无法想象尖端闪耀着金光的清真寺宣礼塔林立在威尼斯的景象，当然也不能接受北欧那种直刺天际的哥特式钟楼占领威尼斯。威尼斯这座城市离开了威尼斯人，大概就像一个人丢了灵魂，只能沦为行尸走肉了吧。想到这里，马可没来由地松了一口气。

就在这时，马可身后传来了急促的脚步声，一个奴隶前来传话："主人请您立即前往他的房间。"

马可听闻，默默地起身前往埃尔维斯处。过了几天被奴隶们簇拥着的生活，马可悟出了一个道理：别向奴隶发问，因为根本得不到任何有意义的答复。

马可来到的这间屋子是埃尔维斯常用的房间之一，房间内摆放着在一张设有天篷和帷幔的卧榻。埃尔维斯另有一间威尼斯风格装潢的卧室是用来休闲娱乐的。

走进房间的马可看到躺在卧榻里的人并非他设想的那一位，因此大吃一惊。一位戴着土耳其式头巾的男子躺在那里，埃尔维斯则站在卧榻一侧。

等马可走近，奴隶们尽数退下。最后，一位像是医生的犹太人也离开了房间。

埃尔维斯的脸色有些苍白，难得地露出了凝重的表情。他俯下身在躺着的男子耳边用土耳其语说了几句，马可马上就意识到他是在介绍自己，因为那名男子听后点了点头，然后侧过脸朝这边看了一眼。他的气色倒没有想象的那么糟。而后，埃尔维斯面向马可，用意大利语介绍："这位是当朝的宰相大人易卜拉欣帕夏。"

然后，埃尔维斯压低了音量："宰相大人与我同行来到这附近时遇上了刺客。行刺的有两人，从体形和身法看来，极有可能是来自安纳托利亚[1]的土耳其人，他们趁我关注宰相大人伤势的间隙逃跑了。"

不知是不是为了安慰埃尔维斯，易卜拉欣说话的声音中气十足，很难想象这是一个身上有伤的人。而且，他操着一口流利的意大利语："只是擦伤罢了，不必挂心。俗话说高处不胜寒，地位越高，周遭的危险就越多，本官早已习以为常。不过，今晚发生的事还请务必保密。本官的护卫们都值得信任，倒是阁下的医生和仆人没问题吧？"

不愧为一国宰相，最后这句反问极有分量。易卜拉欣的

1　安纳托利亚，即小亚细亚半岛。——译者注

意大利语带着威尼斯口音，听着多以辅音结尾的家乡话，马可的精神慢慢有些松弛，却又因最后这一句而瞬间紧张了起来。

奥斯曼土耳其帝国的宰相易卜拉欣并不是纯正的土耳其人，他的双亲来自希腊，信仰东正教。

如今已有资格被尊称为"帕夏"的易卜拉欣出生于伊奥尼亚海沿岸的港口小城帕尔加，直到二十年前，那里还是威尼斯的殖民地。直至现代，帕尔加城中仍旧完整保留着威尼斯殖民时代建造的城堡。帕尔加距离威尼斯共和国重要的军事及通商据点科孚岛不远，向东南方向航行数小时便可到达。由于在过去三百年间一直被威尼斯殖民统治，帕尔加城中的居民虽然是希腊裔，但都会说意大利语。

出生于这座小城的易卜拉欣在儿时被萨拉森的海盗掳走，因为年纪太小，无法在船上做苦力，海盗们把他丢到了君士坦丁堡的奴隶市场。

买下他的是一位新寡的土耳其贵妇，她将小易卜拉欣带回了自家所在的奥斯曼土耳其帝国第二大城市阿德里安堡。

很快，膝下无子的夫人发现这个新买的小奴隶极为聪明，便有意让他接受教育。小易卜拉欣得以以奴隶之身学习哲学和音乐，还熟练掌握了希腊语、土耳其语、波斯语、阿拉伯语，以及他在家时便常说的意大利语。

史料并未明确记载易卜拉欣与苏丹苏莱曼一世结识的具体时间以及过程，不过年龄相仿的两人第一次见面时应该不过十八九岁。据说当时尚是皇太子的苏莱曼造访阿德里安堡，结识了比自己大一岁的易卜拉欣。

苏莱曼与易卜拉欣在意气风发的青春时代相遇，两人极为投契，很快就产生了超越皇太子与奴隶身份的友情。而照顾易卜拉欣长大的贵妇自然乐于看到他跟随皇太子走上飞黄腾达之路。

皇太子苏莱曼二十六岁那年，老苏丹驾崩。他旋即继位，入主皇都君士坦丁堡的托普卡珀宫，易卜拉欣也随之成为苏丹宫廷的常驻人员之一。

一开始，易卜拉欣在贵人云集的宫廷里只是个毫不起眼的边缘人。不过，他凭借聪明才智，很快晋升为驯鹰头领，而后又负责培训年轻近侍，不久便位列内阁，可以参与议政了。1523年，易卜拉欣被封为四大臣之首的宰相，那一年他刚满三十岁。

仅用三年时间便从一介奴隶位极人臣，这在被西欧人嗤笑为"除苏丹以外全员奴隶"的奥斯曼土耳其帝国，也是特例中的特例。

不过，威尼斯的十人委员会之所以注意到易卜拉欣，并不仅仅因为他超乎寻常的上位速度。十人委员会真正感兴趣的是苏莱曼与易卜拉欣之间超越苏丹与宰相身份的特殊羁绊。这种人与人之间的情感联系,才是奥斯曼土耳其帝国宫廷中前无古人的特例。

这对君臣不仅在国政上相互协助,私下还常常一起用餐,上战场时同睡一个帐篷。有时,苏莱曼在夜色中吟诗,易卜拉欣就在一旁为其奏乐。目睹此等景象的威尼斯间谍不禁在报告中写下了两人可能是同性恋人的推测。

这样判断苏莱曼和易卜拉欣在谈恋爱未免有些武断,不过他们两人关系亲密这一点却是毋庸置疑的。苏莱曼甚至把最心爱的妹妹嫁给易卜拉欣为妻。

然而,这一份仿佛天衣无缝的友谊在稍早前因为某个人物的出现而发生了微妙的变化。威尼斯的谍报机构十人委员会在收到埃尔维斯·古利提来自君士坦丁堡的密报后,认为必须慎重对待这条消息。这原本只是司空见惯的男女关系问题,但当涉事一方是大帝国的专制君主时,也许会掀起令人意想不到的波澜。

易卜拉欣宰相的伤大概真如他本人所说的那样,只不过是擦伤而已。刺客的剑仅仅划破了他左手的一小块皮肤,血很快就止住了。只要放下袖子遮住绷带,谁也看不出宰相刚刚受过伤。从卧榻上起身的易卜拉欣嘱咐埃尔维斯还是按照原计划召开酒宴。宾客们已经抵达,都在其他会客厅中等待。

从奴隶到宰相

遇刺事件绝不能泄露给这些来宾。

举办夜宴的地方是这座威尼斯式大宅中罕见的土耳其风格的宴会厅。数重打着漂亮褶子的轻薄绸缎汇聚到天花板中央，组成了华美的丝绸天顶。墙壁上贴满波斯风格的瓷砖，砖上绘制着绿草、林木和花朵，让人仿佛置身于花草香宜人的庭园之中。其中一面墙壁上装设着精巧的喷泉，潺潺水流更令来宾们感觉心旷神怡。

地板被埃及亚历山大港产的棉布毯覆盖，各处星星点点地散放着绣有精致图案的丝织地毯，这是宾客落座的地方。丝织地毯上摆放着金线混织的天鹅绒坐垫，可供人盘腿坐下。

这场酒宴的来宾都是男性，加起来不足十人。女奴们在席间悄无声息地倒酒传菜，往来侍奉。宴会气氛和谐融洽，不见一丝阴霾。

马可的座位与宰相易卜拉欣之间隔了四五个人，可以非常自然地观察他。

虽然知道易卜拉欣比自己和埃尔维斯年长四岁，但他看起来比实际年龄还要苍老一些。他逻辑缜密，说话滴水不漏，一看就是个聪明人。

不但如此，易卜拉欣谈吐风趣幽默，轻易就能吸引在场所有人的注意力。而他在言谈间随意说出的一些有关苏莱曼一世的趣闻逸事，更让人深感这位宰相大人与苏丹的关系匪浅。虽然有头巾和圆筒形土耳其帽的加持,还是能看出他的个子不高,相貌也非常平凡,全靠那双充满生命力的眼睛为他在气质上加了分。这个人原本大概是帕尔加渔民的儿子吧,马可心想。

当然,马可不是会被出身和相貌这种表面的东西影响判断的人。就他观察,宰相易卜拉欣明显是理性高于感性的那一类人,尤其是在面对与自身利益一致的人和事时。

酒宴次日,马可返回大使馆。得到大使批准的一周假期已经结束,而且在两天后,马可必须陪同大使参见苏丹。虽然只是定例的礼节性拜访,副官却是必须到场的,马可对这位统治整个伊斯兰世界的最高统治者也充满了好奇。出于这种种原因,离开舒适如天堂的埃尔维斯家也不是那么痛苦的事了。

当威尼斯大使及其副官抵达托普卡珀宫的王座厅时,奥斯曼土耳其帝国的高级官员已经全员到齐。众人静待苏丹驾到。

一众帝国高官中,有十位是伊斯兰教的高阶长老。从他们长长的白胡须、高到几乎摇摇欲坠的特本头巾,以及必然点缀着绿色元素的丝绸长袍就能辨别其身份。绿色是穆斯林心中神圣的颜色。与其他宫廷中人不同的是,这些宗教人士均是血统纯正的土耳其人。

此外，苏丹禁卫军耶尼切里军团团长、财政大臣，以及其余各部大臣也都在行列之中。奥斯曼土耳其帝国权力最大的一群人齐聚于此，宰相易卜拉欣自然也不会缺席。不过，此刻他的身份是帝国宰相，对于外国大使的副官是连看一眼都嫌多余的。

接待大厅的装潢并不算奢华，大厅中央的苏丹宝座其实只是一把加装了绸缎华盖的欧式椅子而已。

在等待苏丹驾到的这段时间里，马可的注意力被帝国高官们各式各样的帽子吸引。他们身上穿着千篇一律、单调无趣的土耳其长袍，脑袋的部分却充满了想象力。在头上包裹特本头巾只是最基本的操作，那些扣在头巾上的毛毡高帽可谓五花八门、不拘一格。如此款式繁多的帽子在此齐聚，委实壮观。

大概是觉得已经高达三十厘米的帽子无法完美展现自己的高贵和气概，不少人在帽子上装饰诸如鸵鸟毛一类的大型羽毛，令其从帽子左右两侧垂下。如此一来，从包裹着头巾的额头到毛毡帽顶的距离眼看就要突破一米了。另有一些大人把高帽上的流苏加长，一直拖到背部，而且还在流苏的颜色上下功夫，力求与众不同。

土耳其男人对于时尚的想象力大概全都用在了帽子上吧，马可不禁在心中感叹。会在头顶上花费如此多的心思，恐怕与土耳其男人的身高普遍较矮有关。那些充满奇思妙想的帽子也的确让他们看起来了高大伟岸了不少。

不过，华丽缤纷的帽子是上位者的特权。日日穿梭在大巴扎的商人们只会缠着头巾，或是戴一顶形状近似于花盆的土耳其小帽。

正在马可暗忖"怎么还没来"时，苏丹现身了。马可首先注意到了他远超一般土耳其人的身高。

苏莱曼一世原本的身高就已经达到了臣子们戴上高帽的高度。在此基础上，苏丹头上还缠着雪白的绸缎头巾，其巨大程度令人不由得担心他的脖子是否能承受这样的重量。

比宰相易卜拉欣小一岁的苏莱曼一世此时大约三十五六岁，身材瘦削，却毫无羸弱感。他一面快步走向宝座，一面不忘命人为上了年纪的威尼斯大使搬来椅子。这份平易近人令人难以想象他居然是统治奥斯曼土耳其帝国的九五至尊。

苏莱曼一世从宝座上探出有些轻微驼背的上半身，与刚刚在宝座近旁落座的詹大使说话，詹大使无须翻译就能与苏丹侃侃而谈。苏莱曼一世偶尔点头，偶尔发表意见，说话全程他都认真地看着老大使的眼睛，面露温和的微笑。为詹大使赐座不仅是尊老的表现，更是为了显示苏丹对大使的善意。

亲眼得见天颜，马可甚是激动。这位天生帝王步伐稳健，言语亲切又充满威严，举手投足之间无不透露出一位盛年君主的王者之气，令人在不知不觉间心悦诚服。装饰在巨大丝绸头巾褶皱处、鸡蛋大小的祖母绿宝石与他的气质如此相衬，仿佛为他量身定制一般。也许除了他，再无一人可以配得上这样巨大而华丽的宝石了。

大概是听到了詹大使的介绍，苏莱曼一世把目光投向了站在大使身后的马可。

"你叫马可·丹多洛，莫非是那位恩里科·丹多洛的后代？"

马可先行一礼，然后用希腊语回答。他知道苏莱曼一世也精通希腊语。

"如陛下所言，恩里科·丹多洛正是本人三百多年前的祖先。"

听闻此言，苏莱曼一世满脸好奇地探出身子，身上那件泛着金色光泽的长袍因其大幅度的动作而发出绸缎面料相互摩擦的声音。他问："那么，你已去圣索非亚的祖先陵墓拜祭了吗？"

苏莱曼大帝

次日,马可来到了圣索非亚。在土耳其语中,这座寺庙被称为阿亚·索非亚清真寺。

在 1453 年东罗马帝国覆灭之前,这里一直是帝国首屈一指的希腊东正教教堂。随着奥斯曼土耳其人占领君士坦丁堡,征服者穆罕默德二世下令将此地改建为清真寺。

宣礼塔的数量可以体现一座清真寺的规格。阿亚·索非亚清真寺拥有四座宣礼塔,与苏莱曼一世亲自督建的苏莱曼尼耶清真寺同为君士坦丁堡最高规格的清真寺。

现如今,伊斯坦布尔最出名的清真寺是"蓝色清真寺",寺内四壁贴满蓝彩釉瓷砖的苏丹艾哈迈德清真寺。不过,这座清真寺始建于 17 世纪,并不存在于本故事发生的苏莱曼大帝时代。关于蓝色清真寺,有这样一个传说,原本只有伊斯兰教圣地麦加的大清真寺才有资格建造六座宣礼塔,可蓝色清真寺也有六塔。下令营建蓝色清真寺的苏丹艾哈迈德为了在尊崇麦加大清真寺的前提下让自己的清真寺拥有至高规格，便特意为麦加大清真寺再多造了一座宣礼塔。

对于看惯了意大利教堂的人来说，阿亚·索非亚清真寺的外观不但称不上美，甚至可以说丑。理由很简单，这座大清真寺是在正十字形的东正教教堂的基础上追加搭建而成的。一开始就以清真寺为目标设计和建造的建筑物会充分考虑外观和功能的融合，可混搭而成的阿亚·索非亚清真寺丧失了原有的建筑美感，看上去潦草又凌乱。也许有人会说，为什么不直接沿用原本的建筑，非得强行增建呢？其实这是因为伊斯兰教对于"教堂"（清真寺）的定义并不局限于"祈祷的场所"，大多数清真寺还兼具学校、收容所，甚至是医院的功能。

因此，阿亚·索非亚清真寺周边人来人往、热闹非凡，有为了祈祷清洗手脚的穆斯林，也有赶着去学院上课的年轻人。马可穿着黑色的土耳其长袍，一副在君士坦丁堡随处可见的欧洲商人打扮。他完美地融入这个场景中，毫无违和感。

马可踏入大清真寺，内部与外观截然不同的恢宏壮丽令他哑然。公元6世纪时由拜占庭帝国皇帝查士丁尼一世下令建造的教堂的原貌在很大程度上依旧保留在寺院内，虽然原本铺满寺内所有墙壁的精美绝伦的马赛克镶嵌画已经在改建成清真寺的时候被白色的灰泥覆盖，但是寺内构造一如往昔。

当然，早在四分之三个世纪前，罗马皇帝的宝座就变成了苏丹的王位，十字架、烛台和圣人的雕像也消失得无影无踪。为了方便穆斯林伏地祈祷，寺内各处都铺上了地毯，原本色彩缤纷的大理石地面也早已无迹可寻。与基督教不同，伊斯兰教严禁偶像崇拜。对于看惯了基督教教堂的人来说，这座被强行改建成清真寺的建筑内部显得过分寂寥。

面对这份巨大的空旷和孤寂，马可不禁想起了1453年5月28日聚集在此地参加弥撒的人们。似乎是感知到了王朝将倾，拜占庭的子民在君士坦丁堡陷落的前一天举行了东罗马帝国最后一场基督教弥撒。

即便是经历一千二百年的强大帝国也无法逃脱毁灭的结局。今时今日堪称世界最强、似乎永无日落之时的奥斯曼土耳其帝国，是否也有覆灭的那一天呢？也许，眼下这个繁盛无极的时代正是走向衰亡的第一步。

马可一面想着，一面走上二楼。这里的回廊曾经专供古代拜占庭的皇族亲眷列席弥撒时使用。大概是装潢设计不适合穆斯林祈祷吧，如今四下不见人影。在此处的一侧墙壁内嵌着一口朴素的石棺，相当于墓碑的大理石板上用拉丁文雕刻着墓主人的名字——"HENRICUS DANDOLO"（恩里科·丹多洛）。没有头衔，也没有任何悼念之词，只有一个名字。

昨日宫廷谒见时，苏丹苏莱曼一世对马可说："我奥斯曼土耳其民族纵使将圣索非亚大教堂改成清真寺，也还是保留了你祖先的坟墓。你的祖先恩里科·丹多洛虽年逾耄耋，且几近失明，依旧当仁不让地挑起社稷重担，为国家繁荣打下坚实基础。即使信仰不同，丹多洛公的大智大勇还是令寡人深深敬服。"

这段话与其说是一位奥斯曼土耳其帝国的苏丹在评价他国君主，倒不如说是一个年轻人对历史先辈由心而发的认可和赞赏。

恩里科·丹多洛这个名字与第四次十字军东征息息相关。

公元13世纪初，法国的贵族和骑士们发起十字军东征计划。他们将运送军队走海路到巴勒斯坦的任务委托给了当时刚刚在欧洲崭露头角的威尼斯。时任威尼斯共和国总督的恩里科·丹多洛不满足于仅仅做个渡海的承包商，提出以军队及船只共同出资者的身份加入十字军东征。

1202年春，十字军在威尼斯集结。威尼斯一方准备了近400条船，用以运送法国人所谓的3.5万人大军和4500匹战马。

然而，实际抵达集结地的兵力不足原计划的三分之一，法国人穷得连船费都付不起。对于走投无路的法兰西骑士来说，丹多洛总督在那时提出的解决方案简直是最后一根救命稻草。恩里科·丹多洛对法国人说，船费可以一笔勾销，条件是在攻打巴勒斯坦之前，他们要先把君士坦丁堡拿下。

一心秉承上帝旨意收复圣地的法国骑士对这个提案也并

非全无异议。十字军的使命是剿灭穆斯林。虽然东罗马帝国与欧洲诸国关系不佳，而且东正教会总爱跟基督教会唱反调，但生活在君士坦丁堡的人们与法国人一样，都是上帝的子民，出兵攻打他们实在有违十字军的道义。话虽如此，总爱强调"骑士精神"的法国贵族也不可能因为付不起"区区"船费就卷铺盖回家。

一番拉扯之后，第四次十字军东征终于在威尼斯迈出了第一步。1204年，十字军攻占君士坦丁堡，在阵前率领大军的正是恩里科·丹多洛。此番率军亲征，丹多洛总督一举为威尼斯共和国奠定了长远基业，但老总督也在征途中客死异乡，再也无法回到自己深爱的威尼斯。

第四次十字军东征在十字军远征史上评价极差，堪称儿戏。可是，从推动了威尼斯崛起这一点来看，它却称得上是一桩伟大的事业。威尼斯一举将包括克里特岛在内的爱琴海沿岸诸多城镇收入囊中，这些殖民地在之后三百年间为威尼斯牢牢掌握"海洋之力"做出了巨大贡献。而以君士坦丁堡的威尼斯人聚居区为圆心扩展开来的近东贸易，也正是在这个时期开始飞速发展的。

马可在这位与自己拥有相同姓氏的男人墓前伫立许久，并未因祖先的鼎鼎大名而产生任何畏缩和胆怯之心。

在恩里科·丹多洛所处的时代，威尼斯正在走上坡路，与爱琴海沿岸殖民地正在被别国势力逐一瓜分的现如今有着天壤之别。三百年前，威尼斯共和国的东面是大厦将倾的东罗马帝国，西面是诸侯混战、分崩离析的欧洲。而三百年后的当下，庞大的奥斯曼土耳其帝国雄踞在威尼斯以东，业已完成中央集权的西班牙和法国等强国则在西面虎视眈眈。如今，威尼斯变成了即使集一国之力也难以赢得战争的国家。

不，马可在心中对自己说，保全威尼斯的方法不仅有沙场厮杀，外交不也是一场兵不血刃的战争吗？同样背负着丹多洛这个姓氏的自己，已经加入了一场不同寻常的战争，即使必须通过各种不光彩的手段收集情报，操控人心，他也会毫不犹豫地去做，因为战争就是战争。

马可离开二楼的回廊，一边走一边想：苏莱曼一世恐怕无法理解自己刚刚的那些想法吧。身为盛世君主的苏莱曼一世从未体会过祖国走向衰亡的悲哀，真是个幸福的人啊。越是幸福的人，眼里就越是容不得沙子。对于肮脏阴险的手段、违背人伦的行为，他们会立马用仁义道德进行强烈抨击，这是幸福者才有的特权。

马可忽然想起，在谒见苏莱曼一世之后，乘坐小船渡过金角湾返回加拉塔的途中，皮特洛·詹大使曾对他说了这么一番话。大概是看到马可轻易就被苏莱曼一世表现出来的真诚态度和高贵气质吸引，忍不住要提点提点年轻人吧。

"苏莱曼一世的确是一位极富魅力的君主，那份与生俱来的绅士气度，老夫不曾在别人身上见过。若是私下交友，如此优秀之人就连老夫也想多多亲近,然而我们必须要认清现实,此人是一国之君,他的国家与我们存在着许多利益冲突,他的优秀对我们而言并非好事。

"苏莱曼一世比任何人都更渴望成为所谓的人间正道,而他现在拥有的资源也允许他这么想,这么做。但是,我们威尼斯所期望的对手绝不是一个以正义使者自居的人物,我们想要的是妥协,只有心虚的人才会妥协。只有做过亏心事,并且对此心知肚明的人,才会觉得心中有愧。"

大使的这番话让马可陷入了沉思,连船已经到达加拉塔的码头都没有察觉。

在血腥的奥斯曼土耳其帝国史中,像苏莱曼一世这样双手不曾沾血的君主极为罕见。

1520年,26岁的苏莱曼继承皇位。依照奥斯曼土耳其帝国宫廷的惯例,新皇登基的第一件事就是斩杀兄弟。但苏莱曼不需要这么做,因为他是独生子。大多数苏丹在即位时都会下令杀掉自己所有的弟弟,无论是嫡亲的,还是同父异母的,有时候人数甚至有十余名。在一片腥风血雨后,不管"谨防兄弟夺嫡"这个名目多正当、多响亮,也掩盖不了手足相残的残忍和黑暗。而苏莱曼无须经历这一切。

"能做出如此丧尽天良之事,奥斯曼土耳其帝国果然是个野蛮未开化的民族!"西欧君主们常常借此事发难。苏莱曼一世却能堂堂正正地反驳外国人的蔑视和非议，只因为他的皇位来得干净清白。

如果说顺畅的成皇之路已是难得，那么能够继承一个清明太平且实力雄厚的帝国，更是加倍幸运。

曾祖父穆罕默德二世在打败存续千年的东罗马帝国、定都君士坦丁堡后继续征战四方，接连攻占塞尔维亚、波斯尼亚地区，将奥斯曼土耳其帝国的国界线一路拉到了波兰和匈牙利附近。黑海沿岸一带不消说，在南方的爱琴海地区，除了威尼斯的殖民地外，希腊的一大半也都臣服于奥斯曼土耳其帝国。

其子巴耶塞特二世耗尽一生守护父王打下的江山，他最小的儿子，也就是苏莱曼的父亲塞利姆一世继承皇位。苏丹塞利姆一世于1517年征服叙利亚、巴勒斯坦、埃及，其中包括伊斯兰教圣地麦加所在的阿拉伯半岛，塞利姆一世也因此成为伊斯兰教史上第一位拥有圣地麦加的苏丹。

交到苏莱曼一世手上的，正是这样一个巨大的帝国。对他而言，为了保卫帝国安全必须出兵的地区，几乎已经从地图上消失殆尽，只剩下一个地方——罗得岛。想要继黑海之后把东地中海也收入奥斯曼土耳其帝国的内海版图，圣约翰骑士团盘踞的这座岛屿是最大阻碍。

苏莱曼一世在登基两年后的1522年开始着手攻打罗得岛，经过六个月的攻防战，这个岛也成了奥斯曼土耳其帝国的领土。而这也已经是六年前的事了。公元16世纪初，仍然残留在东地中海地区的西欧势力，仅剩下威尼斯领有的塞浦路斯和克里特两座岛了。

在如此得天独厚的环境中年纪轻轻就继承大统的男人心中游刃有余，举手投足也自然充满风度。苏莱曼一世无须像曾祖父穆罕默德二世那样，用非人道的铁血手段去维护统治。

苏丹苏莱曼一世被人们誉为"立法者"，他本人对这个称呼也相当满意。苏莱曼深信自己一手打造的法制时代将取代血腥野蛮的旧时代，带领奥斯曼土耳其帝国走向下一个纪元。

曾经在罗得岛上负隅顽抗半年之久的圣约翰骑士团的骑士们在战败后被允许带着自己的武器有尊严地撤离。要知道，过去奥斯曼土耳其帝国军队所到之处，无不是满地的守军尸体和一大群被抓作奴隶带走的平民。

不过，观察一下苏莱曼一世的继承者们就会发现，虽然同样在和平稳定的环境中做苏丹，像苏莱曼一世这样一心寻求公平公正并全心全意去实践的人，再没有第二个。这说明同样的环境并不一定能孕育和培养出同样资质的人。正因如此，苏莱曼一世在死后被尊称为"苏莱曼大帝"，他也确实有这个资格。

苏莱曼一世的第三桩幸事是朋友，这个人就是宰相易卜拉欣。君主身在高处，寂寞原是其人生的主色调，苏莱曼却能拥有可以交心的朋友,这何其幸运,更何况,这个好朋友还是一位千载难逢的治国之才。

当然,对于苏莱曼一世而言,人生最大的幸福应该是得到了一个他真心所爱的女人吧。坐拥三千佳丽的苏丹通常只把后宫的女人看作泄欲工具和生育机器,在教条森严的土耳其后宫,君主和宠妃之间的真爱才是真正闻所未闻的奇事。

这段爱情也极具苏莱曼一世的特色。这并非坊间奇谈中常常为人意淫的一树梨花压海棠的香艳故事。时年二十九岁的苏莱曼爱上了一个与他年龄相仿的女奴。

这段爱情令奥斯曼土耳其帝国宫廷一度陷入混乱。

在此之前,离苏丹最近的人一直是易卜拉欣,而苏莱曼的恋情将一位强劲的对手推到了宰相易卜拉欣面前。宠妃罗克塞拉娜并非泛泛之辈。她要爱,还要得更多。

这一情况变化,令威尼斯共和国不得不考虑重新审视迄今为止一直依靠宰相易卜拉欣这位合作伙伴顺利推进的对奥斯曼土耳其帝国的外交政策。

易卜拉欣对自己与苏丹坚如磐石的信赖关系非常有信心,所以与威尼斯的外交关系也完全可以按照他的想法去推进。然而,眼下宫廷中出现了另一个可以影响苏丹的人,曾经只手遮天的易卜拉欣的立场正在发生微妙的变化。

离开阿亚·索非亚清真寺的马可一路逛到了大竞技场。

这是拜占庭帝国时代的遗迹。奥斯曼土耳其人也常常利用这片场地举办大型活动。预定于下个月开幕的大型庆典的邀请函已经被送到了威尼斯大使馆。这场庆典由苏丹亲自策划，届时包括后宫妃嫔在内的宫廷众人都将在会场上露面。非但外国人，连奥斯曼土耳其帝国的民众也对神秘的苏丹后宫充满好奇。身为大使副官，马可自然也在受邀之列。

不过，在此之前，他还有工作要做。

埃尔维斯约他见面了。

两张图纸

在马可习惯了土耳其的生活后,埃尔维斯不时会把两人密谈的地点定在他宅邸内土耳其风格的房间,就是那间装设着喷泉的会客厅。此时已是盛夏,铺满瓷砖的地面清爽舒适,潺潺流水隐去了谈话的细节。这真是完美的密谈场所。

此时的马可非常自然地盘腿坐在地垫上,毫无初到君士坦丁堡时的拘束感。不过习惯归习惯,马可对于土耳其式的坐姿仍然有两个非常不喜欢的地方——背后无依无靠,双手无处可放。带着靠背和扶手的欧式椅子才是他的最爱。

有一次,马可把这个想法告诉了埃尔维斯,好友笑了一阵后对他说:"其实也有非基督徒与你英雄所见略同。"

言毕,埃尔维斯命奴隶送来了两张仿佛来自小人国、形似矮桌的家具。

此物由弯曲成近似于半圆形的板面加上两条桌腿组合而

成。平整的板面底色漆黑，富有光泽，上面镶满黄金白银。这份精致奢华令马可不禁瞠目结舌。

"据说这件物品来自基磐古，那里的贵人们会用它支撑手臂。"

"基磐古？是马可·波罗书中所写的那个基磐古吗？"

就连出身于东西方贸易集散地威尼斯的马可也是第一次看到来自遥远东方国家的舶来品。他依然瞪着眼睛，用几乎是叹息的声音问道："难道你还跟基磐古做生意吗？"

"我的手哪里能伸得那样长，远东对我来说也是鞭长莫及啊。我只是通过阿拉伯商人与契丹人做点买卖，这个物件也是通过契丹商人传到我手上的。"

基磐古（Cipngu）指的是日本，契丹（Cathay）则是对中国的称呼。当时的威尼斯人用这两个名称区别称呼远东的这两个国家。

闲聊就此打住，马可和埃尔维斯此刻都已经将手肘支在了基磐古出产的"胁息"上，面对面看着平摊在地上的两大张图纸。埃尔维斯首先打破了沉默。

"这两张都是托普卡珀宫中苏丹的私人禁地，也就是后宫的布局草图。"

"居然能搞到这样的东西，真是不得了。后宫可是严禁外人入内的。"

"你别忘了,我的生意里还有珠宝首饰和高级衣料这两样,都是后宫佳丽的心头好。后宫禁止苏丹以外的所有男子进出,但并不防备女人,更何况这个女人还是做买卖的。"

原来如此,马可在心中暗暗佩服。埃尔维斯派去后宫潜伏的探子原来是女商人。据埃尔维斯说,为了确保情报的准确性,他一共派出了两名密探,身份分别是珠宝商和衣料商。这两个女密探相互之间并不认识,也不知道对方的存在,都以为只有自己一个人在执行这项任务。珠宝商是一名犹太女子,贩卖衣料织物的老板娘则是希腊人。就人数而言,在定居于穆斯林的都城君士坦丁堡的异教徒中,希腊人最多,犹太人其次。这两个处于被统治阶级的少数民族在偷偷打着统治者奥斯曼土耳其帝国的主意的同时也处于对立面,相互之间关系紧张。

埃尔维斯继续说道:"这些图纸是我根据探子们的描述绘制的,一张是两年前的版本,另一张则是最近的宫内布局。"

的确,这两张图纸虽然外部轮廓一模一样,但是内部区划存在些微区别,应该是苏莱曼一世的后宫在这两年间进行了部分改建,这两张布局图也如实反映了出来。

马可对苏丹宫廷的认知与十年前就已经在后宫插下暗桩的埃尔维斯的认知有着本质性的区别,他只能耐心等待埃尔维斯接着说下去。

"那是苏莱曼一世登基的第四年,一个出生于乌克兰的年轻女人被送进了后宫,她名叫罗克塞拉娜。没听说她是哪里的领主贡奉给苏丹的,大概是后宫的黑人宦官从奴隶贩子手中买来的吧。据说她的相貌并非绝美,却也应当有几分姿色,想必是个活泼娇俏,脑袋又好使的美人儿吧。

"要知道,苏丹后宫中光是从奥斯曼土耳其帝国全域搜集而来的美女就多达三百人,可是苏莱曼的眼里全无其他莺莺燕燕,只专宠一人。盛宠之下,罗克塞拉娜入宫一年便为苏丹生下了儿子。

"如果故事能按照君主和宠妃的一贯剧情发展下去,手握天下大权的苏丹喜欢一个女人原本也不是什么值得大惊小怪的事。事情坏就坏在,罗克塞拉娜并不满足于'宠妃'这个位置。

"关于这件事,我们后面再细说,你先看看第一张图。"

马可把基磐古的胁息拉到近前,手肘撑着它向前探出身子。

"你们这些外国使节谒见苏丹的接见厅外是一处旷阔的内庭,庭院里有一扇通往后宫的门。这里没有岗哨和卫兵,门也很小,从外部看很难想象门后居然藏着一个占地面积巨大的后宫。毕竟苏丹有三百个女人,生活在那里的除了妃子们,还有伺候她们的侍女和黑人宦官。苏丹的孩子们,小时候也都是被放在后宫中养育的。

"这就是那扇毫不起眼的后宫之门。"

埃尔维斯手中细长的象牙棒指向图纸的左手边。随着他的讲述，象牙棒也在图纸上移动。

"进门之后就能看到黑人宦官的值勤房，进出后宫的人会在这里受到细致盘查。女商人同样会被严格检查，防止她们把违禁品混在货物里带进去。虽然门外没有卫兵，但这里的警备堪称滴水不漏。后宫妃嫔没有苏丹的旨意无法擅自离开，生病了就在后宫的御医房治疗，若是治好了也就罢了，治不好只能变成冷冰冰的尸体被人抬出去。

"经过黑人宦官的值勤房，便可来到一处面向御花园的富丽居所，这里是皇太后的寝宫。太后是整个后宫地位最高、最受尊崇的女人，她的寝宫宽敞华丽，宫内装饰典雅考究。女人再多，母亲终究只有一个，苏丹自然要花心思孝敬皇太后。

"太后寝宫的左手边是苏丹本人在后宫的居所。就是这里。这一块区域的两侧都与御花园相接，是后宫中面积最大、最舒适的所在，奢华程度任君想象，我猜应当是满目金光灿烂吧。与欧洲的宫殿不同，这丹楹刻桷的寝宫是我们这些外人一生无缘得见的。

"苏丹寝宫对面的右手边，也就是从中央皇太后的寝宫可以隔着御花园'监控'到的位置，是苏丹四位正妻的宫殿。另一边则是正妻以外的妾室们居住的屋子，密密麻麻排列在一起，一眼望不到头。后宫里有妃嫔们专用的清真寺和清洗身体的水池。土耳其人喜欢洗澡，后宫的澡堂自然也修得美轮美奂。供美人们散心的御花园一年四季花团锦簇，要知道，穆斯林格外喜爱鲜花盛开的庭园。"

埃尔维斯像是说累了，伸手拿起桌上的玻璃杯，将散发着松香气味的希腊特产葡萄酒一饮而尽。他喜欢在独处时喝这种葡萄酒，也许是这酒的味道能令他想起已故的母亲吧。埃尔维斯的亡母是一位希腊裔的大美人。可惜马可始终无法接受那股松香味，不能陪好友来一杯。他忍不住开口催促好友继续说下去。

"听你解说我才发现，这两张图确实略有不同。"

"到宦官值勤房的这一块没有变化，变的是太后寝宫的位置，从御花园的中间挪到了这里，与四位正妻的居所合并，同苏丹寝宫的区域也连在了一起。"

"莫非苏莱曼一世的母亲去世了？"

"没错，太后的确于一年前薨逝，不过这里的改动应该与皇太后关系不大。"埃尔维斯接着说，"刚才我提到罗克塞拉娜入宫后深受苏莱曼的宠爱，接下来发生的事是这样的。

"苏莱曼一世在遇到罗克塞拉娜之前已经有了为他生下皇子的御妻。这位女士在苏莱曼登基前就一直相伴左右，她出身不高，原是来自亚得里亚海沿岸的黑山的女奴，人称居尔巴哈尔，意为'春日玫瑰'。居尔巴哈尔所生的穆斯塔法皇子是苏莱曼一世的长子，是个伶俐健壮的孩子。

"按照伊斯兰律法,男子虽能娶四个妻子,但四人的身份是有高低主次的。只有第一个生下孩子的女人才能成为首席御妻。接下来的女人就算生了男孩,就算苏丹对其再宠爱,也只能屈居次席。首席御妻的地位不可动摇。

"也因此,每当伊斯兰教的圣日星期五,苏丹必须在首席御妻的寝宫过夜。苏莱曼一世也不能免俗。可是,这对罗克塞拉娜来说是无法忍受的痛苦。事情就发生在苏莱曼离开后宫前去早朝的星期六清晨。

"罗克塞拉娜突然闯进了'春日玫瑰'的寝宫,与其发生了激烈冲突。黑人宦官们见状立即上前劝架,可居然劝不住,两个女人打得不可开交。大概是出于自卫,首席御妻居尔巴哈尔狠狠扇了宠妃罗克塞拉娜的脸,把罗克塞拉娜打破了相。

"第二天,罗克塞拉娜以脸上有伤为由躲在寝宫里,不肯见苏丹。第三天、第四天、第五天……罗克塞拉娜还是闭门不出。罗克塞拉娜的高明之处在于,她从头到尾都没说过居尔巴哈尔一句坏话。

"苏莱曼一世立马心疼了,直到他发誓从此再也不见居尔巴哈尔,脸上的伤早就好透了的罗克塞拉娜才肯见他。从此之后,居尔巴哈尔虽然仍旧保留着首席御妻的地位,却再也没见过丈夫的面,只能将抚养穆斯塔法皇子视为人生的全部了。"

"皇太后怎么没有出来管一管?"

"苏莱曼一世的母后并不是那种懂得用权的女人,而且长年患病,在这次争宠事件后不久就薨逝了。"

"那个乌克兰女人自然不会放过这个大好机会吧。"

罗克塞拉娜这个名字在欧洲意为"乌克兰女人"。埃尔维斯点头赞同马可的推测。

"皇太后一死,罗克塞拉娜就开始谋划驱除御妻。正好居尔巴哈尔的儿子、皇太子穆斯塔法已经年满十六岁。在奥斯曼土耳其帝国的传统中,十六岁的皇太子必须前往帝国各地出任地方长官,学习政务,通常也会带母亲同行。孩子到了这个年纪,母亲本人也不再年轻,即使外表看上去依旧动人,但她们中的大部分人早已失去了侍寝的资格。你看看,这理由简直太充分了。

"罗克塞拉娜就这么顺理成章地把'春日玫瑰'居尔巴哈尔赶出了后宫。然而她并未就此止步,她要做一件无人敢想、无人敢做的事。

"虽然赶走了首席御妻,宫里还留着两位正室,更别提那一大群嫔妾女奴了。罗克塞拉娜开始把自己这些'姐妹'赠予奥斯曼土耳其帝国的高官们为妻。对于原本要在高墙里终老的红颜们来说,这确实是一个改变命运的机会。深宫岁月本就难熬,更何况身处罗克塞拉娜一人专宠的后宫,她们连一点翻身的希望都看不到。

"如此一来,托普卡珀宫的后宫名存实亡,将之称作苏丹的私人宅邸也许更加合适。现在住在后宫里的，只有苏莱曼一世、罗克塞拉娜，以及包括长子塞利姆在内的两人所生的五个孩子。当然，还有伺候两人的一大群黑人宦官及女奴。这在苏丹后宫的历史上可是前所未有的大异变。

"第二张图展示的正是这个时期后宫的状态。"

"真是个厉害的女人。"马可由衷感叹道。

"没错，的确厉害。苏莱曼一世爱上的，恐怕也是她这种与众不同的魅力吧。不过，这般敢作敢为的女人，恐怕还想走得更远，现在的地位绝对不是她心中的终点。"

"照你这么说，你觉得她接下来想要什么？"

"想搞清楚她想要的东西，不能单单去推测她下一步怎么走，而是要找到她的最终目标，再倒推回来，这样才猜得准。"

"你说得没错，确实如此。那么，这个已经得到伊斯兰世界最高掌权者苏莱曼一世真心的女奴，她的最终目标究竟是什么呢？"

"我可以给你一个非常有把握的答案，她要让儿子塞利姆继承苏丹之位。"

"作为一个母亲，期望儿子出人头地也合情合理。"

"这可不是什么伟大纯洁的母爱故事，罗克塞拉娜是从苏丹的后宫里一路厮杀出来的女人，她很清楚争夺太子之位是一将功成万骨枯的残酷战役。

"如果什么都不做，苏丹之位总有一天会落到苏莱曼的长子穆斯塔法手中。一旦穆斯塔法登基，罗克塞拉娜所有的儿子都会被杀，而她自己也必须服从奥斯曼土耳其帝国后宫的规定，与其他所有曾经侍奉过苏丹的女人一起，被幽禁在俗称'爱妃墓地'的建筑物中，直至老死。到那时，管你曾是宠妃还是爱妾，说什么都没用了。"

"我懂了！也就是说，只要穆斯塔法还活着，太子之位就轮不到塞利姆。"

"对，所以罗克塞拉娜定会寻找时机除掉穆斯塔法。"

"不过，我听说皇太子穆斯塔法深受人民爱戴，还得到了耶尼切里军团的支持。"

"不仅如此，宰相易卜拉欣也站在皇太子这一边。而且归根到底，苏莱曼一世本人是不会逆天而行的。"

"这么说来，罗克塞拉娜谋划的事岂不是毫无成功的希望？她的目的会不会只是独占苏丹的爱呢？这一点她已经做到了。另外，苏莱曼一世现在才三十几岁，年富力强，下一个苏丹继位应该是几十年后的事了，也许穆斯塔法在这几十年里会发生什么意外呢？……

"与其现在冒着失宠的危险谋害穆斯塔法，还不如等一等来得明智。"

埃尔维斯似乎并不认同马可的想法。

"不，我觉得那个乌克兰女人会伺机而动，而不是守株待兔。她应该是那种靠赢得一个又一个小赌局逐步靠近终场比赛的人。问题是，她接下来要赌什么？"

马可突然灵光乍现。

"埃尔维斯，按照你的推理，如果罗克塞拉娜的最终目的是让塞利姆继位，那就必须先让他成为皇太子，必须除掉现任皇太子穆斯塔法这个最大的阻碍。对此我非常赞同。

"不过，我觉得罗克塞拉娜在走清除穆斯塔法这步棋之前，应该先会对一个人采取行动，这个人就是宰相易卜拉欣。当然，我现在还猜不到她到底会拉拢易卜拉欣，还是与他彻底决裂。

"如果易卜拉欣真的与罗克塞拉娜结盟，对我们威尼斯来说无异于一记重击，毕竟谁也不知道苏莱曼一世对法律和秩序的坚持究竟能做到什么程度。"

对此，埃尔维斯也没有答案。

然而，就在这场对话过去一个月后的初秋时节，托普卡珀宫的乌克兰女人又做出了一件出乎两人意料的大事。

后宫内外

被去势的黑人奴隶牢牢守住的苏丹后宫与世隔绝，一般来说，后宫里发生的事很少会流入民间，很少沦为君士坦丁堡百姓茶余饭后的谈资。

原因之一是百姓听到的关于后宫的那些是是非非都过于稀松平常。也许有一天人们听说某个领主向苏丹献上了美貌佳人，但这对后宫美女如云的苏丹来说实在算不上什么新闻。隔几天可能又有人听说苏丹的某个妻妾死了，尸首被抬出了宫，这个在现代人看来相当惊悚的消息放在当时的伊斯兰世界根本不值一提。女奴的性命比不上家畜，死后也不配被葬入墓地，这才是奥斯曼土耳其人的常识。

原因之二，对奇闻八卦感兴趣的女人往往是传播流言蜚语的主力军，可奥斯曼土耳其帝国的女人几乎都大门不出二门不迈，缺少扎堆闲聊的条件和机会。流言往往在城中随处可见的公共浴室中随着蒸腾的热气一起悄无声息地消散了。

然而，这一次从后宫内传出的小道消息却迅速在街头巷尾发酵。比起女人，男人似乎对这桩奇事更为在意。虔诚信仰真主的土耳其男人一听到这件事，都忍不住皱起了眉头——

"听说苏丹要正式结婚了？"

"我还听说苏丹要让那名女子脱离奴籍，变为自由之身，而且还要迎娶她做皇后！"

土耳其的苏丹不能正式娶妻，只娶一个女人为妻的婚姻形式在土耳其民族属于严重犯禁的行为。

这个传统从公元6世纪开始已经延续千年，原因还要追溯到土耳其民族依然在小亚细亚地区游牧的时代。当时某位苏丹的皇后被敌军掳走，敌人脱光了皇后的衣服，逼她赤身裸体侍奉敌将用餐。这对土耳其民族来说无异于奇耻大辱。为了防止这样的丑事再次发生，土耳其的苏丹从此不再正式娶妻。

即使是衣着华贵的首席御妻，对外的公开身份也只不过是后宫的女奴。既然是女奴，那么无论被掳走多少人，全身赤裸地伺候其他男人，也不会伤及苏丹的颜面。

而要求苏丹正式迎娶自己的罗克塞拉娜的行为，根本就是在挑战土耳其民族传承千年的祖训。

即便是心爱之人的请求，苏莱曼一世也实在难以轻易点头。可是罗克塞拉娜不肯放弃，她质问苏莱曼，后宫里其他女人都以正妻的身份风光出嫁，可自己明明拥有全世界最有权力的君主的爱，为何依然是个卑贱的奴隶？在大打感情牌的同时，罗克塞拉娜将大笔金钱交到了伊斯兰教长老们的手上，请他们在结婚破坏伊斯兰律法这件事上睁一只眼闭一只眼，将反对的声音掐灭在摇篮里。

苏莱曼一世在这场攻心战之中败下阵来，他在伊斯兰教长老们前面做了如下宣誓：

"寡人还此女自由之身，向真主安拉、先知穆罕默德起誓，今日起与此女结为夫妻。寡人宣布此女对自己的一切财产拥有所有权。"

这场在托普卡珀宫里举行的结婚仪式非常简单，然而从次日开始长达一周时间的奢华婚宴却让第一次经历苏丹大婚的奥斯曼土耳其帝国国民及外国人大开眼界。

接连数日的庆祝活动在拜占庭时代遗留下来的大竞技场中昼夜不休地举行着。贵宾席的其中一半被波斯式样的百叶门包围起来，方便新晋的皇后罗克塞拉娜和她的女奴们到场观看表演。

罗克塞拉娜皇后的儿子们如今已是嫡子，他们的座位都非常靠近苏丹，座次仅在皇太子穆斯塔法之下。苏丹的另一边是各国的大使和领事们，外国使节的首席则设在紧靠着苏丹宝座的右手边，这是詹大使的专座。此刻的詹大使看上去有些无奈，大概是连续好几天的表演已经让他感觉厌烦，可他身为外国使臣又不能缺席，只能勉强待在这里默默忍受。

副官马可的座位就在大使的背后。

在奥斯曼土耳其帝国一侧的座席上，伊斯兰教的长老们神情威严地一字排开，宰相易卜拉欣之下的宫廷高官也尽数到齐。

此外，君士坦丁堡的富豪名流们也一应受邀，埃尔维斯·古利提自然也身在其中。

整座君士坦丁堡城都在庆祝这场婚礼。此时此刻，罗克塞拉娜虽然身处帷帐之中，无法面对面接受祝福，虽然精心装扮却无法向世人展示苏丹所赐的那些名贵珠宝，但这位曾经的女奴、今日的皇后的的确确胜利了。

在大竞技场重归平静数日后，在埃尔维斯·古利提的宅邸举办了一场宴会。

宴会的主题是庆祝威尼斯总督安德烈·古利提的七十三岁生日。包括大使在内，威尼斯大使馆众人也都受邀来到"君主之子"埃尔维斯·古利提的宅邸。在外人看来，这个名目应当非常自然，毫不造作。

没错，为总督庆生只不过是个搪塞外人的借口。这一天，参加庆祝活动的人被巧妙地分成了几个小组，每组分头用餐，一整天都在山林间享受狩猎之乐。在这番安排之下，詹大使、副官马可及主人埃尔维斯三人即使在中途忽然消失一阵子，也不会引起任何关注。

脱队的三人来到了那间土耳其风格的会客厅，喷泉的水声守护着这场秘密会谈。

马可环顾四周,暗忖这间屋子不但适合密谈,应该同样也适合男女私会。发现自己正在胡思乱想,马可不禁苦笑了一下。提起私会,首先浮现在他脑海中的身影是此时身处威尼斯的奥琳皮娅。埃尔维斯送到他身边的高加索女奴固然是个千娇百媚的可人儿,但是马可与她除了肉体交缠之外无话可说,无事可做,这令他十分不满。然而,马可向埃尔维斯抱怨此事时,却只得到老友冷淡的一句:"我觉得这样够了。"

这一夜,喷泉会客厅的气氛更像是位于前线阵地的军事司令部。

大使皮特洛·詹、马可·丹多洛、埃尔维斯·古利提三人分别倚靠在基磐古的胁息上,压低声音,用短促的语句不断交换着意见。

威尼斯的十人委员会发来加密信,对眼下西欧的局势进行了分析。

最新情报显示,神圣罗马帝国皇帝兼西班牙国王查理五世的实力剧增。仅在十年前,西班牙的崛起还只是多心之人的不祥预感,没想到如今居然噩梦成真。更糟的是,在世人眼中势同水火的查理五世与法国国王弗朗索瓦一世之间居然出现了和解的苗头。

威尼斯共和国必须在如此情势下避免遭到孤立。作为一个贸易通商国家，而且就领土面积和人口来说只不过是个小国的威尼斯，失去四方盟友就等同于亡国。

能够对抗查理五世的势力只有东方的奥斯曼土耳其帝国。威尼斯必须与奥斯曼土耳其帝国保持友好关系，这是此刻威尼斯的第一要务。

然而，在奥斯曼土耳其帝国宫廷中被戏称为"威尼斯人"、与埃尔维斯私交甚笃的宰相易卜拉欣的地位已不如过去稳固。

罗克塞拉娜皇后对苏丹苏莱曼一世的影响力绝不亚于易卜拉欣，而皇后的登场，也让过去隐藏在水面下的反易卜拉欣势力开始蠢蠢欲动，从前段时间的那场刺杀未遂事件中不难看出这一点。

三人就宰相易卜拉欣刺杀未遂事件与皇后势力是否存在关联这一点进行了深入的讨论和分析。大使和副官马可都认为应当立即把已经掌握的相关信息传回威尼斯，而这些确凿情报的最佳提供人非埃尔维斯莫属。他既是宰相易卜拉欣的朋友，又通过探子掌握着托普卡珀宫后宫深处的种种秘闻。

詹大使凝视着埃尔维斯，眼神锐利，全然不见平日的老迈神态。马可也将目光投向埃尔维斯，等着他开口。

"先说我的结论，这次皇后册封是易卜拉欣的让步。他对此一直持反对态度，但是最后不得不妥协。当然，这是有条件的。

"易卜拉欣反对苏丹结婚的理由很简单,就是担心后宫势力变强,继而干政。所以,他提出的让步条件是苏丹对皇太子人选的承诺,皇太子必须是穆斯塔法,不可动摇。苏莱曼一世非常爽快地同意了这个要求。大概他原本也是这么考虑的吧,在他心里,能够继承大统的人只有穆斯塔法,苏莱曼一世甚至让罗克塞拉娜也起了誓。

"从这件事可以看出,罗克塞拉娜皇后与易卜拉欣宰相之间并未结成同盟,他们保持着之前的对立状态,分别站在绳子的两头,不断相互拉扯,如同一场拔河比赛。"

大使并未插话,仍然凝视着总督之子的脸。埃尔维斯继续说道:

"从易卜拉欣的言行,我推测他支持穆斯塔法皇太子的理由有二。

"其一,穆斯塔法天资过人,且深得人心,耶尼切里军团和一般民众对皇太子爱戴有加,他的确是下一任苏丹的不二人选。其二则在于易卜拉欣自身对奥斯曼土耳其帝国的忠诚和热爱。

"苏莱曼一世对易卜拉欣有知遇之恩。一个渔夫的儿子能够位极人臣,这是易卜拉欣从前想都不敢想的。易卜拉欣要向苏莱曼报恩,他会拼上一切去实现苏莱曼想要的未来,这个属于苏莱曼的奥斯曼土耳其帝国的未来。

"如果把易卜拉欣的行为归结于一个奴隶出身的男人对权力的欲望和野心，那真是看错他了。威尼斯由单一民族组成，也许确实很难理解为什么一个属于被统治民族的希腊人，会对统治他们的土耳其人效忠，甚至比土耳其人更在意江山社稷。"

最后那几句话在马可听来，更像是埃尔维斯的自言自语。

詹大使不觉有异，依旧目光锐利地凝视着埃尔维斯，开口说道："乌克兰女人对于穆斯塔法稳坐太子之位的条件没有任何异议吗？"

"您放心，我没忘了打探皇后的动向，而且这条情报还是易卜拉欣亲口告诉我的。罗克塞拉娜答应支持穆斯塔法继位当然也是有条件的，她要求穆斯塔法成年后就娶自己的女儿为妻，并且在即位后保证自己儿子们的人身安全。这些条件都白纸黑字地写成了誓约书，附带苏莱曼一世和易卜拉欣的签字。易卜拉欣表示，既然罗克塞拉娜肯妥协，那么他也只能后退一步，答应她的这些要求了。"

"是吗？"年逾耄耋的詹大使不置可否。

埃尔维斯听了这话，眼神暗了暗，瞳孔中闪烁着深绿色的光芒。

"所以，我在想，苏莱曼今年才34岁，易卜拉欣也只有35岁，我考虑……"

埃尔维斯伸出手，从身旁的矮桌上拿起一个玻璃杯。杯中早就盛满了琥珀色的琼浆，可惜此前几人专注于探讨局势，无心饮酒。此时,他举起杯子一饮而尽,松香的气味随之飘散在空气中。大使也端起酒杯品尝了几口琥珀色的葡萄酒,眼睛依然盯着埃尔维斯。

"我认为,我们不能再像以前那样,把一切都押在易卜拉欣亲近威尼斯的心理上了。根据我收集到的情报,罗克塞拉娜皇后已经开始接触反对易卜拉欣的土耳其纯血派的高层。当然,眼下易卜拉欣依然是苏丹跟前的红人,所有小动作都只能在暗中秘密进行。但是对易卜拉欣宰相而言,这绝对是一桩必须极度警惕的大事。那么问题来了,宰相易卜拉欣的这场危机,是否能变成我们的转机呢?"

"也不是不能。"大使的回答相当简洁。

埃尔维斯接着解释自己的设想。"换句话说,接下来我们这边要开始积极行动了。"

大使的眼中闪过一道光。"积极行动,这是何意?"

埃尔维斯没有立即回答大使的提问,而是再次拿起了威尼斯产的玻璃酒杯。这杯子纤巧精致,似乎掉在地毯上也会碎。杯中琥珀色的液体倒映在他眼中,更加深了他眼珠的绿色。

"众所周知,苏莱曼一世早就盯上了东欧。苏莱曼在登基一年后的1521年出兵占领了贝尔格莱德,随即着手准备攻打匈牙利和奥地利。当时整个欧洲为之震动,对奥斯曼土耳其帝国把手伸到了西方这一事实大为恐慌。

"不过，接下来苏莱曼一世并未挺进欧洲大陆，而是把视线投向了东地中海。1522年攻占罗得岛就是这一军事方针的成果。

"到1525年，苏莱曼再次打起了东欧的主意。那一年，长期挣扎在奥斯曼土耳其帝国强压之下的匈牙利向苏莱曼一世求和，苏莱曼与匈牙利国王签订了为期七年的互不侵犯条约。

"然而，就在条约签订次年，也就是1526年，欧洲人刚刚松弛下来的紧张情绪再一次被残酷的现实拉满。奥斯曼土耳其帝国撕毁条约，向匈牙利开战。匈牙利国王战死，奥斯曼土耳其帝国大军距离维也纳只剩一射之地。统治奥地利的哈布斯堡家族终于不得不全力以赴，对抗奥斯曼土耳其帝国。

"而如今，大战已经过去两年，匈牙利国内的反哈布斯堡派企图夺取王位，他们计划与苏莱曼缔结和平条件，以此为筹码牢牢掌控匈牙利的王位。事情发展到这个地步，匈牙利实质上已经沦为了奥斯曼土耳其帝国的属国。

"不过，为了保持对属国的掌控权，奥斯曼土耳其帝国必须向匈牙利派驻军队。执行这项任务的最佳人选本应是易卜拉欣，但是他为了牵制反对派，必须留在国内。如此一来，需要选一个人代替他率军前往匈牙利。若是奥斯曼土耳其帝国再次逼近维也纳，查理五世便没有余力关注意大利了。

"而这个带兵的人选，我推荐我自己。"

大使听闻此言，瞬间不知如何回答。

"在君士坦丁堡，我虽被尊为'君主之子'，但是在威尼斯，我不过是个杂种、私生子。"

埃尔维斯的声音有些沙哑。

漫长的沉默让房间里的气氛变得凝重，三人久久不发一言。不过马可相信，自己内心所想也正在詹大使现在正在思考的事。

埃尔维斯是妾室之子，是不被威尼斯法律承认的私生子。正因如此，威尼斯在关键时刻可以轻松推卸责任，一口咬定埃尔维斯与本国没有任何关系。但实际上，威尼斯可以从中获得巨大的好处。

不知过了多久，大使皮特洛·詹用沉重但斩钉截铁的声音打破了凝固的空气。

"一来，这件事仅凭我们几人之力无法办到。二来，无论老夫还是丹多洛大人，都没有决定权，只有威尼斯的十人委员会有权做出最终判断。请马可·丹多洛大人立即将消息传回威尼斯，请示下一步该如何走。也请埃尔维斯大人在十人委员会的决定下达之前谨慎行事，切勿露出破绽。"

马可非常赞同大使的判断。与此同时，他也注意到好友的眼底闪烁着难以名状的幽暗。

俄国套娃

马可离开君士坦丁堡时的情形实属异常,引得码头上来往的路人纷纷驻足围观。

他是躺在担架上被抬着上船的。詹大使和埃尔维斯在担架的左右两侧,一路步行护送他来到码头。对外宣称因罹患重病必须立即回国的马可甚至收到了宰相易卜拉欣送来的慰问品。

马可此次乘坐的桨帆船是埃尔维斯的专用船,他将随着这艘船抵达科孚岛,而后改乘威尼斯的船。詹大使已经将这一行程写信告知了科孚岛总督。对于这种在任期结束前且继任者尚未到岗时的回国,必须谨慎对待。

大使及埃尔维斯一同将"病人"送进了船舱。不愧是君士坦丁堡第一富商埃尔维斯的私家船,船舱内的装潢极尽奢华之能事。这间位于船尾部的宽敞舱室设有两扇面海的大窗户。埃尔维斯不仅给了船,还附赠了仆从。被抬进船舱的马可在这里看到了一直跟在埃尔维斯身边的那个土耳其青年，不由暗暗吃惊。

"他是自己人，绝对值得信赖。其他船员和桨手也都是常年为我工作的老伙计，知根知底。不过，在到达科孚岛之前，你最好还是装装样子，别跑到甲板上去散步什么的。"

听到埃尔维斯这番话，一路无言的詹大使笑着说："这就是传说中的'黄金囚徒'吧。"

大使说完便离开了船舱，只留埃尔维斯和马可独处。埃尔维斯走近靠在床上的马可，拉起他的手，把一个小盒子塞进了他手里。"等你回到威尼斯，把这个交给那位女士。"

埃尔维斯打开小盒子，向马可展示了里面的东西，是一枚男式戒指。一大颗祖母绿宝石嵌镶在黄金指环上，宝石表面镌刻着古利提家族的徽纹。看到戒指的瞬间，马可下意识地把目光投向了好友的手，他的手指上果然空空如也。

在这间船主专用的私人舱室内，所有用品一应俱全。仆人的房间就在隔壁，甚至还配备了专用的小厨房。埃尔维斯留下的土耳其青年相当能干，将马可身边的一切打理得井井有条。此时已入秋，海上天朗气清、风平浪静。也许是埃尔维斯事先吩咐过，桨手们即使在有风的时候也全力划行，一刻不休，推动着桨帆船沿爱琴海迅速南下。马可虽然不能去甲板吹风，待在宽敞舒适的船舱中倒也轻松自在。

马可闲着没事，开始思考埃尔维斯为什么要挑现在这个时间点把戒指送给心爱的女人。在出发之际,他原本可以直接向本人寻求答案,但戒指盒是埃尔维斯突然塞到他手里的,事发突然,他完全忘了问。话说回来,那时他就算提出疑问,好友也不一定会给他答案。

这枚戒指并不是一件普通的礼物。首先,这是男士戒指,女子无法佩戴。其次,那颗堪称无价之宝的祖母绿宝石表面镌刻着古利提家族的徽纹,相当惹人注目。它还曾经是埃尔维斯不离身的爱物,无论穿土耳其长袍还是威尼斯的礼服,只有这枚戒指,埃尔维斯从不摘下。

埃尔维斯究竟在想什么?他心里也许还隐藏着一些对自己也无法言说的事。

马可猜不透埃尔维斯的心思,但他肯定好友有事隐瞒,而且现在正打算着手去做那件事。将自己作为精神依托的戒指赠予心爱的女子,这难道是埃尔维斯对她的告别吗?

事实上,直到今天拿到这枚戒指,马可才敢肯定,埃尔维斯确实有事瞒着他,马可不禁想起了埃尔维斯在君士坦丁堡的大宅里曾经对他说过的一番话。

当时他们正在谈论威尼斯国内反古利提派的动向,马可突然想起一件事,便不假思索地问出了口:"之前那个男人在圣马可钟楼坠亡的事,是你干的吧?"

埃尔维斯很难得露出了惊讶的表情,他瞪大眼睛盯着马可,然后忍不住笑了起来。"不是我干的,也不是我下令干的。不过,那个男人的消失跟我有关。当然,也少不了十人委员会的一份。"

这件事在十人委员会的机密文件中并未记载,马可也是头一回听说。

马可凝视着好友的双眼,等他继续说下去。

"那个曾经在'黑夜绅士团'当过警察的男人不知何时看穿了我'耻辱乞讨者'的装扮,而且还在很长一段时间里偷偷跟踪我。有一次,那个男人对本不能上前搭话的'耻辱乞讨者'开口了,在一条无人的狭窄小巷里。他说他掌握了关于我的一切,我出没的场所,我在与谁见面。他说他知道了佩利留夫人的事。当然,他并不打算跑到反古利提派的佩利留议员那里告密,他想要的是钱。"

"你是怎么回应的?"

"对于勒索者,我一直抱持着不容忍、不退让的态度,一旦让他们尝到甜头,接下来就没完没了。当然,为了稳住他,我还是表现出了愿意配合的态度。我先是暗中提醒了他,又让十人委员会的委员们知道了这件事。很快,那个男人的身份和他做的那些勾当都被查了出来。你知道吗?原来被敲诈的不止我一个人,你猜还有谁?"

马可没说话,只是摇了摇头。埃尔维斯露出了熟悉的坏笑。"是奥琳皮娅,你的心肝宝贝奥琳皮娅。"

听到这个名字的瞬间,马可只觉得全身都僵住了,一句

话也说不出。埃尔维斯倒了一杯马可喜欢的土耳其烈酒递给他,然后换了温柔的语气继续说道:

"奥琳皮娅随即被秘密召唤,十人委员会的两名委员审问了她。不过无论怎么问,你的小女友一直坚持这样的说法——

"她在罗马时有一个令人厌恶的追求者是教皇的亲戚,这个人在她离开后依然纠缠不休,到处打听她的下落。那个'黑夜绅士团'的警察不知从何处听说了这件事,于是上门威胁她,如果不给钱,就把她在威尼斯的事告诉那个追求者。她就是这么被勒索的。

"当然,十人委员会的人根本不相信她的说辞,可就在这时,随着调查深入,他们发现了另一个遭到勒索的人。那个人曾经在落魄时当过'耻辱乞讨者',如今已是功成名就的大织物工坊的老板。就在十人委员会打算继续调查时,勒索者忽然从圣马可钟楼上摔下来,一命呜呼了。

"我们对杀人者的身份毫无头绪。不过,勒索者的死确实让好多人松了一口气,包括我、奥琳皮娅小姐、织物工坊老板,还有十人委员会的十七位委员,加起来有二十个人。

"正如你所知道的那样,此人绝非善类,除了我们三个人,说不定还有其他遭他敲诈的人。若真是如此,庆幸他死亡的人又增加了呢。

"话说回来,我们似乎也无法断定他绝非自杀吧?"

马可终于开口说话了。他斩钉截铁地说:"不,不可能是自杀。我很清楚那人的秉性,他那种人决计不会自寻短见。"

埃尔维斯紧盯着马可的眼睛,仿佛想要从对方眼底挖出一些不为人知的东西。他不紧不慢地回道:

"是吗?毕竟你在'黑夜绅士团'做过两任治安官,是不是脑袋已经被那些警察同化了?

"动机这玩意儿不是你们想的那样,没办法用客观的标准去区分和衡量。每个人的动机不一样,随之采取的行动也千差万别。有时候同一个理由,有人会冷静处理,不至于酿成大祸,可有人却将此当作大开杀戒的好借口。

"自杀动机亦是如此。对你来说并不至于去寻死的理由,于我,可能就是压死骆驼的最后一根稻草。所以说,某件对你我而言平平无奇的事,却很有可能会驱使那个男人从钟楼上跳下来。正是警察想用理性客观的思路去审视非常主观的死亡原因,才导致调查一直没有进展吧。"

其实对于马可来说,真相已经无所谓了。不论他杀还是自杀,死的终究只是一个社会渣滓。只不过,奥琳皮娅与此事的关联令他久久无法释怀。

马可又想起了自己在君士坦丁堡的大巴扎上看到的俄国娃娃。

从外观上看不出这种娃娃的材质,也许只是把几张纸糊在一起加固而成的。娃娃高约二十厘米,脸蛋的位置画着平平无奇的五官,服装则是俄罗斯乡村风格。

然而,这种玩具娃娃的结构却与马可曾在埃及亚历山大港见过的木乃伊棺椁极为类似。打开娃娃,里面又套着一个同样脸蛋、同样服装的娃娃,接下来每打开一个娃娃,都会在里面发现更小的版本,直至最后一个小拇指大小的娃娃登场才算结束。

看到马可在铺子门口饶有兴致地摆弄套娃,店主模样的男子将看似有意掏腰包的马可请进店内,向他介绍了一套"与众不同"的俄罗斯套娃。

这套娃娃与其他的在结构上别无二致,最外层的娃娃图案也是千篇一律的质朴笑容。不过,打开外壳,第二层的娃娃造型却与第一个截然不同。第三个、第四个、第五个,这套娃娃从大到小每一个都呈现了不同的图案造型。

人们常常会被这一个个娃娃各不相同的面容和服装吸引,忽视了它们之间存在的微妙关联。这一关联就在于娃娃的表情——从笑脸逐渐变成哭脸。第一个娃娃笑得天真无邪,第二个却收敛了笑容,第三个流露出些许悲伤,第四个悲伤加剧。随着套娃被一个个打开,它们脸上的表情越来越悲凄,泪水也随之出现。而最后那个娃娃,活脱脱就是一个因绝望而神情扭曲、难以承受内心煎熬、决计寻死之人。

马可以为这就是套娃的最后一个了,然而店主表示,还没完。他打开那个表情绝望的娃娃，里面居然还套着一个小拇指大小的娃娃。而这个娃娃的表情却仿佛雨过天晴一般露出了笑容。只不过这个笑容并非第一个娃娃脸上那种明朗、无忧无虑的笑，反而近似于嘲笑、嗤笑。

比起绝望寻死的表情，这张笑脸更让马可觉得不寒而栗。

这一年，马可经历了许多，视野也开阔了许多。然而，这些经历于他而言并非拨开云雾见青天，反倒像是踏入了更浓重、更阴郁的迷雾之中。

前一秒还走在前面引导着自己的埃尔维斯忽然被浓雾包围，身影变得模糊不清。另一边，那个面露嘲笑之色的小小俄国套娃在眼前忽然现身，又忽然消失……马可唰地站起身来，想要摆脱这不知不觉间侵袭脑海的噩梦。

他的眼前，是一望无垠的蓝色爱琴海。

船到达科孚岛时，迎接马可回威尼斯的船已经静候多时。

离船之际，马可叫来了一路上诚心侍奉他的土耳其青年，掏出一袋金币聊表谢意，可是年轻的土耳其仆人谢绝了这份好意。郁闷的马可只得把钱袋交给船长，请他分给所有船员。做完这些，马可才觉得心情好了一些。

临近分别，马可还是放心不下，又一次把土耳其青年叫到跟前，说道："我要你发誓绝不离开埃尔维斯，无论发生什么事,一定要守在他身边。"

土耳其青年露出不可思议的表情,仿佛在心中暗忖,为什么自己要对这种理所当然的事发誓,做保证。他盯着马可好一阵子,终于开口了,语气无比坚决:"我这条命早已交托给了我家大人,大人可随意处置。真主安拉也好,苏丹也好,在我心中都不及大人重要,您大可放心。"

听闻此言,马可不由得露出笑容,由这位忠诚的土耳其青年搀扶着下了船。对外,他好歹是个病人,需要装装样子。不过,等上了威尼斯的船,就不必再伪装了。

马可在一个深秋的黄昏回到了威尼斯。公务专用的快船在利多的外港轻松通过检查,驶入潟湖后,就可以远远看到对岸的总督官邸了。从这个角度看去,总督官邸仿佛从海中拔地而起。这座盈盈立于碧绿海水之中的玫瑰色建筑,向那些从海上来到威尼斯的旅人展现了这个国家的温柔、优雅和浪漫。

待船慢慢靠近港口,总督官邸左右两侧及后方鳞次栉比的建筑变得清晰可见。圣马可钟楼强劲笔直的线条让这些建筑仿佛得到了上天的庇佑。

海水在钟楼左侧汇入了大运河。此时此刻,好像大家都急于结束一天的工作归家团聚似的,无论海上还是运河入口都挤满了往来的小船,位于总督官邸右手边的码头上也并排停泊着多条已经卷起船帆的大型船只。

这是威尼斯极为平常的一个傍晚。

马可熟悉的故乡正在他眼前呼吸、欢笑。

望着这一切，他心中再次涌起了对生活在这片土地上的每一个人的深切感情。

威尼斯是一座全靠这里的人民宛如海狸一般永不气馁的韧性和勤劳，在浅海滩涂上建设起来的城市。它既没有君士坦丁堡那样的绝佳地理位置，也不像罗马、巴黎和佛罗伦萨那样可以利用地形优势。

细细想来就会觉得不可思议，为什么要特意在这样一个不适合居住的地方建造城市呢？

马可不禁失笑，他想，无论通商贸易、外交，还是战争，选择困难的道路似乎是我们威尼斯人生来的秉性。

在码头上，马可的老相识、十人委员会的专属秘书官前来迎接他归乡。

祖母绿戒指

一回到威尼斯,即便马可想装病躲懒也是不可能的了。

他前往元老院汇报奥斯曼土耳其帝国的局势及一切相关信息。为了让海外诸国持续相信元老院才是威尼斯共和国外交决策的机构,但凡身负公务的归国者无一例外必须到元老院述职。

不过,真正意义上的报告是在十人委员会的密室里进行的。

其实在此之前,一旦有任何风吹草动,加密的报告书就会从君士坦丁堡被送达十人委员会,所以马可无须再对委员们阐述事实情况,而要为他们详细解读这些事实背后的原委。

当然,此次报告中最重要的一项就是向十人委员会传达连加密信函都未曾记录的新情报——埃尔维斯·古利提提议由自己率领奥斯曼土耳其帝国军队远征匈牙利。

这个消息令委员会的气氛立即紧张了起来。为了掩人耳目，十人委员会每周依旧仅召开三次定例会议，可是那扇紧闭的大门之后，委员们每每都讨论得无比激烈。然而，他们始终没能达成共识。

就在意见持续胶着的某个晚上，对于等待结果早已失去耐心的马可反而生出了一丝偷得浮生半日闲的心情，时隔许久造访了奥琳皮娅的宅子。

罗马的交际花掩藏着内心的狂喜，用一如既往的优雅笑容迎接情人的来访。当晚的客人只有马可一人，他可以独占情妇，直至天明。

暌违半年的床笫之欢令一贯冷静的马可再一次强烈感受到这个女人与自己有多么契合。即使两人浓情缱绻的房间也曾有其他男人光顾，他也觉得无所谓了。

躺在两侧垂覆着厚重绸缎床幔的大床里，天花板上的绘画映入眼帘。这幅描绘着走廊和天空的天顶画采用了透视法，令那些从走廊扶手边冒头窥探的画中人显得无比真切。床上人仿佛在画中人的注视下畅享人间极乐之事。

这曾令马可感到困惑和不适，可是如今却全然不觉有什么问题，甚至将其视为助兴佳品。

马可在意乱情迷之余不禁开始思考：在君士坦丁堡的半年时光究竟给自己带来了怎样的改变？

在君士坦丁堡初次拜访埃尔维斯家的一天,埃尔维斯带马可来到了奴隶市场。

君士坦丁堡的奴隶市场由中央广场及围绕在周边的无数棚屋组成。待售的奴隶们按照性别和年龄被分别安排在这些小棚屋中,然后被逐一带到中央广场上,让买家"看货"。

当犹太籍的奴隶贩子知道买主是埃尔维斯时,并未带他们进入中央广场,反而一路引二人来到市场附近的一处私宅。

途中,埃尔维斯小声地对马可说:"就算是买马,也只有贵客才能鉴赏到最纯种的阿拉伯骏马。"

在私宅中,奴隶贩子把一个金发碧眼的年轻女子带到二人跟前,据说是来自高加索的美人。她肤白胜雪,一头冷金色的长发泛着近似金属的光泽,这是北欧人特有的发色,而奥琳皮娅及其他威尼斯女子的金发则是暖色调的。奴隶贩子亲手抚摸、抓弄全身赤裸的高加索女奴,竭力向两位贵客证明"货品"肌肤细腻、肉感十足。埃尔维斯用土耳其语吩咐了几句,女奴便一下子转过身,将丰腴的臀部朝向两人。

马可第一次看到埃尔维斯用一种比买阿拉伯骏马还冷酷的态度斟酌拣选奴隶,不禁哑口无言。然而等他旁观整场交易结束,他看待这个女人的方式也变了。

埃尔维斯买下的这个女人住进了贝约格鲁的大宅,成为马可的专用女奴。

在君士坦丁堡，苏莱曼一世及埃尔维斯这两个身边从来不缺莺莺燕燕的男人，虽然可以轻易拥有世间绝色，但不约而同地选择了一条困难重重的纯爱之路，马可望着威尼斯高级妓女卧室天花板上的绘画思考着。与奥琳皮娅柔情蜜意后，他依旧不愿离开，他们之间仿佛有说不完的话，以至于两个人直到大运河东方泛出鱼肚白都未曾合眼。

只不过，这个来自罗马的妓女虽然对他说了种种，却始终对他最想知道的那件事讳莫如深。马可并未强行追问。两人能一直维持如胶似漆的关系，也许正是因为他们之间虽然没有谎言，却也不曾将真相全部言明吧。

三天后的下午，马可前去拜访佩利留夫人。请求拜访的书信则是一早就已送到夫人手上，并得到了允许的回信。

对于埃尔维斯·古利提的提案，威尼斯的十人委员会在一番激烈讨论后总算达成了一致意见。这一决议并未通过指令书传达，而是写在了父亲寄给儿子的私人信件里。

考虑到威尼斯的国家利益，委员会着实无法断然拒绝埃尔维斯的提议。然而，对此表示大力支持同样存在损害国家利益的风险。包含着如此复杂内情的机密答复，除了父子之间的书信，委员会实在想不出其他更合适的传达方法了。

这封书信在骨肉温情的包裹下，写得情真意切：

我的儿子埃尔维斯，我爱你胜过一切。你既是我引以为傲的忠诚的儿子，也是与你血脉相通的威尼斯共和国忠诚、骄傲的国民。

在过往的日子里，你向十人委员会不断报告有关奥斯曼土耳其帝国军队详细、精准的情报。正如你所知，十人委员会永远将威尼斯的存亡放在首位，你对威尼斯的忠诚也毋庸置疑。

然而，你对祖国的贡献不限于此。当祖国陷入粮食危机时，从黑海沿岸送来大量小麦、解全体国民燃眉之急的人正是你。更何况，这样的壮举，你做了不止一次。

除此之外，你运用自己在君士坦丁堡的社会地位，为威尼斯的商人们提供的种种便宜，也是我们绝不会忘记的。

因为你的介入，威尼斯和奥斯曼土耳其帝国之间不知道有多少外交难题迎刃而解。你的这些丰功伟绩长存于我们心中，我们一刻不停地表达着感谢之情。

此次你的提议，可谓对我这个父亲以及祖国威尼斯的爱的证明。在商场上所向披靡的你如今要拿起武器走上真正的沙场。我们都知道，结果是个未知数。愿意以一己之力挑战未知领域的你，心中自然充满了对我这个父亲以及祖国的深沉之爱。

然而，对于你的自愿牺牲，无论是作为父亲的我，还是祖国威尼斯,都无法轻易接受。这次行动将对欧洲局势造成巨大影响,很难不刺激到那位强大的查理五世。

当然,奥斯曼土耳其帝国从东方牵制奥地利就相当于给查理五世戴上了脚镣,令他无法继续对意大利为所欲为。此等好处是我们完全可以预见的。

由此,作为父亲,我要对我最爱的儿子做出以下忠告——

务必借宰相易卜拉欣之手,尽早实现奥斯曼土耳其帝国军队的匈牙利远征。不过,你本人万万不可成为大众眼中那个率军出征之人。

话虽如此,对匈牙利王位虎视眈眈的当地领主扎波尧伊·亚诺什想要通过依附奥斯曼土耳其帝国的苏丹达成夙愿,你大可以在暗中活动,助他一臂之力。只要你不露面,你尽可以放手去做一切对祖国有利的事。

考虑到种种因果事由,我们认为苏丹苏莱曼一世才是匈牙利远征军总司令的最佳人选。苏丹如能御驾亲征,无论战果如何,都能一举将威尼斯从危机中解救出来。

我已年逾耄耋,每一日都能深深感到自己比前一天又老了几分。若是有朝一日你能回到威尼斯,回到为父身边,那该多好啊!对于你此前为国家做出的诸多贡献,政府决定赠予你每年一千杜卡特金币[1]的终身年金。有了这笔收入,我们一家人在一起生活的梦想终于也能成真了吧。

安德烈·古利提

致 埃尔维斯·古利提

十人委员会起草这封信时,马可并不在场。

尚未正式回归十人委员会的马可自君士坦丁堡归来后,虽然时常向委员会进行单独报告,但是对于这个问题既没有发言权,也没有决议权。不过,由于他迄今为止的任务性质,待这封以父亲的名义起草的书信完成并得到十人委员会一致认可后,才告知了马可其中的内容。

通读一遍后,马可的第一感觉是威尼斯政府的最高决策机构十人委员会对此事已无其他意见。然而他也觉得奇怪,事情不可能这么简单。尤其是信的末尾那一段,简直令他哭笑不得。十人委员会的那些人也许真不知道埃尔维斯在君士坦丁堡过着怎样奢靡的日子吧。而且,他们对他的性格也一无所知。

---

[1] 杜卡特金币是意大利威尼斯铸造的金币,12—13世纪起在威尼斯共和国开始使用,因便于铸造和携带,在欧洲很受欢迎。——译者注

威尼斯共和国政府发行的国债具有相当高的信用度。首先，债权人的本金有着绝对保障；其次，政府一直准时支付高达5%的年利。最重要的是，不少他国君主也出于财产保全的目的购买威尼斯国债。国王的背书对普通百姓来说无疑是一剂强心针。因此，同样由政府支付的年金也因为超高的信用度成为欧洲首屈一指的钢铁饭票。

而且，这份终身年金的金额高达一千杜卡特金币。在威尼斯，一家五口人一年的生活费加上房屋租金最多只需要三十杜卡特金币就足够了。当时名扬海外的人气画家提香画一幅画的酬金，即使是教会这种超级大客户给的，最多也不会超过两百杜卡特金币。无所事事就能白拿一千杜卡特金币，还是威尼斯政府掏腰包，这就相当于下半辈子衣食无忧了。一般人听到这样的奖励条件，应该做梦都会笑醒吧。

然而，马可觉得，比起衣食无忧的安稳生活，危险以及隐藏在危险背后更大、更甜美的果实，才是埃尔维斯的心之所向。马可实在无法像十人委员会的委员们一样过于乐观地看待埃尔维斯这个人，尤其是在他看到隐藏在好友眼底的黑暗光芒之后。

威尼斯打算利用埃尔维斯，而且想要一边完美地控制他，一边不断榨取他的价值。可是，埃尔维斯究竟又能做多久威尼斯的忠诚国民呢？深深了解埃尔维斯在君士坦丁堡活得多么肆意畅快的马可心中那种不祥的预感越来越强烈。

古利提总督寄给儿子埃尔维斯的书信最终被译成两种不同形式的加密信，分别走陆路和海路被送往君士坦丁堡。由于眼下已经进入了禁航的冬季，埃尔维斯的回信要等到次年，也就是1529年春天才能收到了。

马可在约定的时间走进了佩利留宅邸的大门。作为威尼斯数一数二的大富豪，佩利留家大宅的外观虽然不算特别奢华，但进门之后就会发现，里面这一片绿意盎然的庭园大得惊人。马可被仆人引到夫人专用的小客厅。不同于面向大运河敞开的主会客厅，这间小客厅靠近庭园，午后的阳光透过深浅不一的绿叶间隙洒落在地板上，舒适而静谧。

稍待片刻，佩利留夫人便现身了。今天的她一副威尼斯贵族女子常见的居家打扮，随意却不随便。紫红色的天鹅绒长裙拖曳至脚边，这种紫红色有一个好听的名字——"灯笼海棠"。裙子背后至胸口敞开着，裸露出女主人细腻的肌肤。精致纤巧的纯白蕾丝从领边露出，宛如排列在以唯美著称的威尼斯宫殿最上方的阿拉伯风格装饰"梅莉尔"。梅莉尔这个词原本就是蕾丝的意思。

佩利留夫人的长发编成了数股麻花辫，整齐地盘在后脑勺。这种盘发若是搭配卷曲的刘海，就是非常地道的古罗马风格，而佩利留夫人更喜欢把头发全部梳整齐，露出光洁的额头。这样一来,她那过于完美的容颜更显得淡漠、疏离,仿佛不食人间烟火。马可虽在庆典和宴会等社交场合与夫人打过照面,可如此面对面说话却还是头一遭。由于关系生疏,加上夫人那高贵而清冷的美貌,马可一时间不知该如何开口。

然而,夫人的态度却相当亲切。"我从埃尔维斯的信中得知,您在君士坦丁堡与他非常亲近。"

原来如此,马可暗忖,今天自己的来访也许早在夫人意料之中吧。既然如此,就无须多言了。

马可掏出埃尔维斯交托给他的那个小盒子,递给夫人。夫人接过盒子,几乎不假思索就打开了它。

然而,在看到盒中物的一瞬间,这位宛如千年冰山一般的冷美人崩溃了,晶莹的泪水一下子从眼眶里涌出,顺着脸颊流淌下来。她哭得难以自持,却没有发出一丝声音。在静默的泪水中,她从盒子里取出那枚祖母绿戒指,如爱抚恋人的肌肤一般反复抚摸,迟迟不肯放手。

一刹那,马可脑海中有一道闪电划过,他发现了端倪。

这枚戒指并非馈赠,而是这对恋人之间早就约定好的某种信号。夫人料到自己会登门造访,却没猜到小盒子里的东西。她以为这只是一件普通的礼物,所以才满不在乎地打开,可是盒子里的东西完全出乎了她的预料。而且,这枚戒指必然有着极为重大的含义,才令夫人在瞬间情绪崩溃,甚至忘了马可在场。

马可不想放过这驱散迷雾、找到真相的大好机会。此时，他冷静得甚至有些残忍。

"这是埃尔维斯给您带的口信吧？"

佩利留夫人抬起了布满泪痕的脸，头一次认真凝视自己最爱之人的至交好友马可。而后，她忽然恢复了理智，说出的话也是完美的标准答案："是的，那个人想告诉我，他爱我胜过一切。"

马可清楚，这绝非真相。可他未继续追问夫人，因为他知道，此时他无论怎么问也问不出真相了。这位夫人即使遭受最残酷的拷问，也绝不会吐露半个字。

埃尔维斯自君士坦丁堡寄来的回信直到次年，即1529年才抵达威尼斯。这封表面上由儿子写给父亲的信，同样满纸流露着真切的感情，只是对于他自己是否会参与匈牙利远征一事只字未提。

而后，就在同一年5月，一封来自驻君士坦丁堡威尼斯大使的加密信函令十人委员会全员大惊失色。

抉择初年

1529年5月,一封加密信令威尼斯的十人委员会上下震惊。

这封来自君士坦丁堡的急件由威尼斯大使手书,传来了埃尔维斯·古利提正在为出征维也纳筹措军队的消息,那将是一支人数高达七万五千人的庞大队伍。

此举一出,十人委员会无异于被一条自以为已经养熟的狗反咬了一口。

对于在一个月前重新加入十人委员会的马可而言,从君士坦丁堡传来的这个消息同样令他始料未及。

他实在没想到,埃尔维斯居然如此突兀地将自己隐秘的抉择公之于众,可能就连他也对埃尔维斯那一半威尼斯血统过于乐观了。

在十人委员会的会议室里,端坐在中央的古利提总督表情沉痛,一言不发。位列于总督左右的六位辅政官原本无论大小事宜皆唯总督马首是瞻，此时却一个个低着头不去看总督，面色铁青。他们对面的十位委员中，甚至有人向总督投去了前所未有的冰冷视线。屋里的空气仿佛凝固了一般，让人几乎无法呼吸。

可因年轻而位居末席的马可感到，此时正是自己登场的时刻。现在的十人委员会中，只有他一人通晓君士坦丁堡近期的局势。

马可·丹多洛从座位上站了起来，走向总督、辅政官座席与其他委员席位之间数米宽的走道，这里是发言的位置。马可低沉却冷静的声音传遍了会议室的每个角落。

"假设埃尔维斯·古利提大人的确做出了他的选择。然而，我们威尼斯共和国也可以做出另一个选择去摧毁他的企图。

"只有在军事实力上拥有绝对优势的国家才能决定是战是和，如今的威尼斯早已失去了决定权。我们必须先承认这一点，否则任何对策都只是无用功。"

阐明前提后，马可提出了一个方案。

"从埃尔维斯在奥斯曼土耳其帝国所处的地位来看，与他切断关系对威尼斯来说并非明智之举。

"但是，在如今法国与西班牙签订了友好条约，西班牙国王又与罗马教皇缔结和平同盟、双方关系逐步改善的大局之下，无论从地理位置上还是历史文化上都属于欧洲世界的威尼斯共和国如果对外暴露自己与欧洲公敌奥斯曼土耳其帝国的密切关系，同样非常危险。

"因此，威尼斯应当仅向西欧诸国公布总督安德烈·古利提与其子埃尔维斯·古利提断绝父子关系的消息。"

自从两年前，也就是1527年查理五世的铁骑一手制造了震惊欧洲的"罗马之劫"事件后，罗马教皇就成了查理五世的手下败将。而此时，这对赢家和输家的特使们正在西班牙巴塞罗那讨论和平条约的细节。在"被孤立等于亡国"这一点上始终保持一致意见的十人委员会全票通过了马可·丹多洛的提案。

接下来，十人委员会具体要怎么做呢？

首先，十人委员会致信威尼斯驻君士坦丁堡大使，令其游说埃尔维斯·古利提——为远征征兵一事也就罢了，但是希望埃尔维斯放弃领军的念头。这封信自然经过加密处理。

与此同时，针对西欧诸国的信息战也悄悄开启。散布这类消息，切忌直截了当，讲究的是"迂回"二字。

威尼斯既不会让威尼斯驻西班牙大使跑去向查理五世报告古利提父子断绝关系的消息，也不会请西班牙驻威尼斯大使前来，请他向查理五世转达这件事。

威尼斯是这么处理的：古利提总督在威尼斯的元老院议会场上当着近两百名元老院元老的面宣布了这个消息，并且宣布时机选择得极为自然而巧妙。当时元老院正在推选接替驻君士坦丁堡的现任大使皮特洛·詹的人选，而元老院在会前就已邀请总督就人选一事给出建议，总督也早已许诺会发表自己的意见。

"如今我不愿去想有关埃尔维斯那逆子的事，也不想再多说什么。因为在我心里，他已经不是我的儿子了，我无法认一个忤逆不孝之人为儿子。诸位既是元老院的成员，也都是父亲，希望诸位能够理解我。"

如果说对外交涉只占驻外大使工作的一半，那另一半便是情报搜集。在这一点上，不论是外交强国威尼斯还是在外交上有些后进的西班牙都一样。一直以为威尼斯共和国的对外政策皆由元老院拍板的西班牙驻威尼斯大使，很早以前就收买了一名元老院元老，总督的这番话自然很快就传到了他的耳朵里。这位大使毫不犹豫地将古利提总督的原话一字不落地翻译成西班牙语，并将其火速报告给了查理五世。

就这样，十人委员会不留一丝痕迹地对奥斯曼土耳其帝国及西班牙两大强国"暂且"下了手。

接下来，就要等待那个让计策运转起来的时机了。

在此之后不出一个月，即1529年6月，罗马教皇克雷芒七世与神圣罗马帝国皇帝兼西班牙国王查理五世会面，两人共同发表了和平条约。

条约内容令包括威尼斯在内的整个意大利震惊不已。

出身于美第奇家族的教皇克雷芒七世居然承认了彼时业已成为欧洲最强君主的查理五世对意大利全境的统治权。而作为回报，查理五世将全力帮助美第奇家族重夺佛罗伦萨的霸权。

佛罗伦萨共和国的政府不吃这一套，拒绝了美第奇家族重新入主的要求，换来的则是西班牙大军压境的危局。

威尼斯共和国也包括在"意大利全境"之内。今天是佛罗伦萨被人逼入存亡堪忧的绝境，岂知明天死神的镰刀会不会挥向威尼斯呢？

不仅如此，查理五世为了正式加冕成为神圣罗马帝国皇帝，宣布将造访意大利，前往教皇所在的梵蒂冈，由教皇亲自为他举行加冕仪式。前来加冕的皇帝自然不可能微服出巡，一般来说随行数万人的大军也不为过。

如果查理五世带两万人前来，加上此前进攻佛罗伦萨的军队，以及很早以前就一直劝说兄长查理五世拿下威尼斯的奥地利斐迪南一世的兵力，就算在海上号称欧洲第一，在陆地上并无优势的威尼斯，在面对如此大军时也根本无力招架。

当然，虽说没有什么优势，拥有陆军战力的威尼斯共和国比毫无防备的佛罗伦萨还是略胜一筹的，更别说在积极外交这一点上，威尼斯早就甩友邦佛罗伦萨好几条街了。

而此处，还能挖掘出埃尔维斯·古利提的不少利用价值。

集结十万兵力对奥斯曼土耳其帝国来说也并非易事。5月开始的大征兵直至7月才结束,又过了一个月,苏丹苏莱曼一世御驾亲征,大军朝西北进发。

9月,进入布达佩斯的苏莱曼一世拥当地亲奥斯曼土耳其帝国派的领主扎波尧伊·亚诺什为匈牙利国王。这位新鲜出炉的匈牙利国王立马任命埃尔维斯·古利提为国王的特别辅政官。

在这次远征中,埃尔维斯本人并未领军,这说明他听取了父亲,也就是威尼斯政府的忠告。然而,接受匈牙利国王特别辅政官这一官职的行为,似乎在宣告接下来无论做什么都是他个人的自由了。

自觉已将匈牙利牢牢捏在手里的苏莱曼一世很快便朝着距离布达佩斯不过两三百公里的维也纳进发了。

出发前,苏莱曼一世唤来埃尔维斯,告诉他自己会留下可观的兵力供其差遣,令他务必守住布达佩斯。

可惜这一年,苏莱曼一世并未如愿在第二次进攻维也纳时拿下这座城池。不利于战事的凛冬将至,10月中旬,苏莱曼一世下令撤军,维也纳围城解除。

在返回君士坦丁堡的途中,苏莱曼一世再一次来到布达佩斯。这一次,他授予埃尔维斯匈牙利王国财务大臣及亚得里亚主教的职位。

事到如今,再后知后觉的人也看出来了,基督教国家威尼斯总督的儿子在以伊斯兰教立国的奥斯曼土耳其帝国的帮助下，一举掌控了匈牙利王国的大权。

就在同一时刻，曾与威尼斯一同代表着华美绚烂的文艺复兴时期的佛罗伦萨已被敌军团团包围，包围圈就在临近市集街道的城墙之外。

佛罗伦萨因卓越的经济实力在公元 13 和 14 世纪捏住了西欧的钱袋子，又在 15 世纪时借由美第奇家族的高明统治成为国际政治的话事人。这个孕育了但丁，培养了列奥纳多·达·芬奇、米开朗琪罗，被誉为文艺复兴花都的城市，创造了璀璨文明的国家，如今却几乎要从地图上消失了。

残存在意大利半岛上的独立国家，眼看只剩下威尼斯一家了。

而身处危机之中的威尼斯，却在 1529 年时因埃尔维斯·古利提得以死里逃生。

让我们把时钟往回拨，故事回到那一年的 8 月。当时的埃尔维斯在说服宰相易卜拉欣和苏丹苏莱曼一世后集结大军，接下来只等苏丹亲自率军，开启布达佩斯及维也纳远征。

同一时间，明明离次年春天的加冕仪式还差大半年，查理五世已经率领一万四千人的大军自热那亚港登上意大利半岛。他一路北上来到米兰，而后率军向东，已踏上了威尼斯共和国的领土。加上佣兵队后超过两万人的西班牙大军在威尼斯境内杀掠一番后继续向东前行。

另一边，身处维也纳的查理五世之弟斐迪南一世正为进军南方做准备。这对兄弟秘密商定了从北面和西面分头夹击威尼斯的战略。

如果哈布斯堡兄弟的计划成功，那威尼斯人从此只能流落海上了。

然而入秋之后，一名来自维也纳的特使造访了正在意大利北部向东进军的查理五世的营帐，他随身带来了斐迪南一世的亲笔信。在信中，斐迪南一世告诉兄长，奥斯曼土耳其人侵入匈牙利，眼下正朝维也纳杀来。为了自保，他无法调动军队夹击威尼斯。

与海军相比，威尼斯的陆军军力虽然显得有些羸弱，但在依旧强大的经济实力的加持下，也并非不堪一击。因此，即使是身为神圣罗马帝国皇帝兼西班牙国王的查理五世，仅凭手头这点兵力，也很难拿下威尼斯。

查理五世领兵折往南方，威尼斯就此逃过一劫。

然而，查理五世终归已经站在了意大利的土地上，而且在明年的加冕仪式之前，他肯定会一直待在意大利。威尼斯虽然脱困，也只是暂时解除了危机而已。

明年必须让奥斯曼土耳其帝国军队再次进攻维也纳。只要查理五世在意大利一天，就必须把斐迪南一世的军队钉死在维也纳。

若是单纯面对查理五世的军队,威尼斯有信心凭借自身实力击退敌人。等查理五世离开意大利,就算维也纳一方出兵南下,奥地利哈布斯堡家族的军力也不足为惧。

威尼斯要防范的只有一条,那就是奥地利和西班牙两国哈布斯堡家族的兵力合流。

奥斯曼土耳其帝国在其中扮演的角色极其关键,埃尔维斯·古利提也一样。为此,十人委员会给埃尔维斯寄出了一封加密信,信中要求埃尔维斯提供奥斯曼土耳其帝国宫廷及军队的动向,仿佛此前那些断绝亲子关系的戏码从未上演过一般。

这封信被送到了身在匈牙利的埃尔维斯手上。这意味着威尼斯共和国已经承认了埃尔维斯现在拥有的地位,即便这种承认只是默认。

虽然尽力维持着平衡,但时刻战战兢兢、仿佛走在独木桥上的威尼斯外交不可能永远不跌跤。果然,一直企图吞并威尼斯、占领全意大利的查理五世要求威尼斯加入欧洲同盟。

过去一直战斗在反西班牙前线的法国也低下了高傲的头颅,加入了同盟。从避免被欧洲诸国孤立的角度来看,至少在查理五世逗留意大利期间,威尼斯必须选择站队,不能再和稀泥了。

在这一年临近年末时,威尼斯政府接受了查理五世的邀请,同时表示会派出官方使团参加定于意大利中部城市博洛尼亚举行的加冕仪式。

威尼斯政府这个决定本是为自己属于欧洲世界竖起鲜明的旗帜，但在敌视欧洲的奥斯曼土耳其帝国眼中，这却成了"威尼斯也成了敌人"的信号。

得知西欧诸国抱团玩起了结盟，奥斯曼土耳其帝国立即发声指责威尼斯破坏了奥威两国之间缔结的友好通商条约。想要让奥斯曼土耳其帝国息怒，还要请埃尔维斯出马。

被这一连串事件逼着连轴转的马可在某个下午无意中听到了十人委员会两位同僚的一番对话。

十人委员会的业务范围也包括探查威尼斯贵族的消息和动向，两人所谈的这件事可能就来源于日常工作中得到的信息吧。

"我听说佩利留家的夫人进了修道院。"

"那位夫人可是美貌无比啊，没想到她如此虔诚。"

这两位委员显然对这个话题没有更多兴趣了。无论男女，出身高贵之人突然看破红尘的事虽说罕见，却也不是什么石破天惊的奇闻。

然而，马可却觉得非常诧异，这是他始料未及的发展。这背后一定有什么原因。不祥的预感在他的心中笼罩，难以消散。

能够揭示真相的，大概只有那枚祖母绿戒指了，他想。

海上修道院

时光飞逝,转眼时间来到了1530年。威尼斯共和国的国际立场变得越来越艰难。

随着危机加重,对威尼斯来说,埃尔维斯·古利提的存在也变得越来越碍眼。曾经在奥斯曼土耳其帝国针对威尼斯的经济制裁中利用自己的商贸网络全力支持威尼斯的埃尔维斯,如今却统率着奥斯曼土耳其帝国的军队作战,这意味着他已经不想再顺从父亲的国家了。

7月,听闻斐迪南一世正在维也纳集结大军预备攻打匈牙利的消息,君士坦丁堡方面也开始准备防守布达佩斯的兵力,苏莱曼一世毫无顾忌地任命埃尔维斯为这次作战的总指挥。

新上任的威尼斯驻君士坦丁堡大使莫塞尼戈约见埃尔维斯,指责他居然接受了苏丹的任命。

"这是什么意思?你是总督的儿子,居然指挥奥斯曼土耳其帝国的军队！若是查理五世知道了会怎么想？你要三思而后行啊！"

相比情绪激动的大使，埃尔维斯显得很平静。"我只是苏丹的仆人罢了。"

此话一出，埃尔维斯·古利提俨然成了基督教世界的巨大丑闻。

前一年年末，罗马教皇克雷芒七世以现任匈牙利国王身为基督徒却借助奥斯曼土耳其帝国的力量取得王位为罪名，将其驱逐出教会。埃尔维斯的身体里流着一半威尼斯的血，他自然也是基督徒。而这位基督徒却为了保护被教皇驱除的叛教者，率领穆斯林组成的军队与同为基督徒的奥地利哈布斯堡家族的骑士们厮杀。这真是滑天下之大稽。

这件事对威尼斯共和国来说可不仅仅是丢脸这么简单，它已经演变成关乎存亡的大事。现如今，加冕成为神圣罗马帝国皇帝的查理五世身边充斥着对威尼斯不利的声音——

"毕竟是亲儿子，没有总督的默许，想必干不出这样的事吧？"

"威尼斯狼子野心，企图通过这个总督之子削弱基督教世界的力量。"

事到如今，已经无法曲线救国，威尼斯必须放弃过去委婉的作风，直接在台面上为自己辩白，否则恐怕难逃被整个欧洲孤立的厄运。

十人委员会向驻西班牙的威尼斯大使发出急函,命大使以最快的速度向查理五世传达以下内容:

> 埃尔维斯·古利提是土生土长的君士坦丁堡人,古利提总督与这个私生子之间不存在任何正式关系。
>
> 因此,古利提的私生子无论从匈牙利国王、奥斯曼土耳其帝国的苏丹那里获得何等地位,或是在他们的授意下做出任何事,皆与威尼斯共和国无关。威尼斯共和国对此从未过问,也无权干涉。以上必须向陛下言明。

急函中还附有一份专门写给大使的指令,要求其在查理五世面前读完上述内容后,务必将书信焚毁。

以上举措究竟能起到多大的效果,尚未可知。

毕竟眼下正与查理五世之弟斐迪南一世陆续从维也纳派出的基督教军队对战的,正是埃尔维斯指挥下的穆斯林士兵。这一次,苏莱曼一世不再是战斗的总指挥,奥斯曼土耳其帝国军队的最高司令正是埃尔维斯·古利提。

整个欧洲的目光都聚焦于这场发生在匈牙利国土上的战事。

战争初期,局势对先行进攻的斐迪南一世一方相当有利,驻威尼斯的西班牙大使毫不掩饰得意之色,甚至在某场晚宴上当着古利提总督的面大放厥词："比起匈牙利的土皇帝，大家更想看到奥斯曼土耳其帝国军队的那个指挥官被俘虏的模样吧？这个人可比傀儡国王亚诺什要危险一万倍呢！好期待他被处以极刑、五马分尸的那一天啊！"

总督只是淡淡地回应道："战事尚未有定论，一切皆有上帝的安排。"

果然，随着冬季临近，斐迪南一世不得不下令撤兵，激战了一整个秋天的匈牙利战线恢复平静，返回维也纳的哈布斯堡军颗粒无收。

为了表彰埃尔维斯在此次攻防战中的优异表现，苏丹苏莱曼一世将其册封为匈牙利总督。傀儡国王扎波尧伊·亚诺什越发变得像个透明人。

到了1530年冬天，埃尔维斯·古利提企图在匈牙利称王的传闻已经甚嚣尘上。

事实上，在大众的目光都被匈牙利战局吸引的当口，欧洲还发生了另一件大事。这件事的话题性不如匈牙利之战，因而并未引起大范围的关注——1530年夏，在查理五世大军的围城中顽强抵抗了十个月的佛罗伦萨，沦陷了。

以胜者姿态入主佛罗伦萨城的美第奇家族迎娶西班牙公主，过去的共和国被改造成由美第奇家族成员世袭公爵的托斯卡纳大公国。佛罗伦萨共和国彻底消亡，取而代之的是一个全新的西班牙臣属国。意大利境内的独立国家，自此只剩下威尼斯共和国一家了。

迄今为止，马可已经数次造访佩利留夫人进入的那家女修道院，可是每一次夫人都请修道院院长出面，委婉拒绝马可的会面请求。

面对"我已斩断了一切世俗羁绊"这样的拒绝理由，马可也无计可施，但他并未就此放弃。这一年，十人委员会的工作变得异常忙碌，马可也几乎没有空闲时间，但他毕竟是单身，想要挤点时间出来也不是完全不可能。一有时间，他就乘着自家的贡多拉驶向修道院所在的小岛。

这座小岛位于潟湖之中，从地理位置上来说仍然属于威尼斯城的范围内，但距离城市中心相当遥远，从市中心出发前往的话，仅单程就需要三个小时以上。

威尼斯本身就是从近海滩涂上建造起来的城市，周边小岛星罗棋布。

威尼斯人早在公元5世纪就开始建设这些露出海平面的小块陆地，在上面修筑房屋和街道。

不久，人们发现里亚托地区的岛屿面积大、地基稳固且较为集中，于是在岛屿之间修建桥梁使其衔接，最终造就了今天我们所看到的威尼斯。所以说，威尼斯的运河也不是传统意义上那种特意规划和开凿的运河，而是利用原本就流淌在岛屿之间的水系，对其两岸进行加固后形成的。

乍看之下与大海无异的潟湖内部,其实也存在着天然的水流网络,合理利用这些水系不仅便于航船通行,在维护卫生环境方面也有重大意义。

来自河流的淡水其实很容易腐坏,而沉积的腐水就是疟疾的温床。配合海上的潮起潮落,让潟湖中的水始终保持流动状态,对住在水上的威尼斯人来说,是性命攸关的大事。

不过,潟湖中的天然水系也没有那么容易对付,既有深达十米、可供大型船只通航的水系,也有深度不足一米的浅流。此外,这里还存在着许多涨潮时不易发觉,但退潮时就会露出水面的礁石浅滩。若是在这里行船,稍不留神,贡多拉就会在泥地里搁浅。

为此,威尼斯人在水中打下木桩用以指示行船路线,木桩上还会贴心地标明此处水路的水深度。这样的水上路标一直从潟湖延伸到海上。

若有外敌来袭,威尼斯人会迅速拔掉这些木桩。外国人在这里只能看到一片宁静的"海面",全然不知内里暗流涌动,危机四伏。即使开着全副武装的大型战船前来,没有指引也很快会触礁搁浅,此时威尼斯海军的小船队便会趁机一拥而上,对动弹不得的敌人发动攻击。

进入20世纪后,威尼斯与意大利本土之间修建了铁路和公路。而在此之前长达一千五百年的漫长岁月中,威尼斯都是一座实至名归的"水上都市"。

威尼斯没有中世纪任何一座城市都拥有的城墙，海洋就是保护威尼斯城的铜墙铁壁。

修道院不只属于将身心奉献给上帝的修女们。

当时，有条件的家庭会把家中的年轻女孩送进女修道院，让她们在没有男人出入的圣洁之地，利用谈婚论嫁之前的这段时间接受教育，学习教养和礼仪。

也许为了顺应父母们不想女儿远离自己的心愿，不少接收年轻女孩的女修道院都开设在距离威尼斯市中心不远的朱代卡岛上。而真正虔诚、不愿沾染世俗烟尘的修女会选择前往那些远离威尼斯的修道院修行。换句话说，真正可以让人一心修行的修道院都建在远离威尼斯的地方。而佩利留夫人所在的，就是一家虔诚、寡欲的女修道院。

马可乘坐的贡多拉顺着大运河一路行至可以看到威尼斯外港——利多港的地方，而后在水深超过十米的海上继续航行。此处多有大型航船往来，只能载运两人的贡多拉必须时刻关注海浪和水流，否则一不小心就会翻船。

等贡多拉向西北方向行进一段时间，大船制造出来的波浪便逐渐消失，平静的大海展现在马可眼前。贡多拉在大船无法驶入的浅水路中悄无声息地航行。

很快，特尔切罗岛高耸入云的钟楼出现在视野左侧。马可坐在迅速前行的贡多拉中，难掩心中的激动。

今天的拜访不同于过往,这一趟他不会再跑空,因为这次安排会面的人正是佩利留夫人本人。就在三天前,服侍夫人的老嬷嬷敲响了马可家的大门,带来了夫人的口信。

在女士们决计不会外出的深夜时分前来造访的老嬷嬷令马可吃惊不小,但是对于夫人"可否请您前来一叙"的口信,马可毫不犹豫地回答"当然"。

约定的会面时间正是今天。

在狭窄的贡多拉里站立或行走相当危险,马可只能老老实实地待在船舱里,可焦虑的情绪令他感觉时间过得非常慢。

佩利留夫人身处的女修道院位于潟湖的最北端。随着贡多拉接近目的地,周遭露出水面的浅滩也变多了。附近几乎没有航船,只能偶尔看到一两条小渔船。这里的海面也像是恪守清规一般宁静寂寥,沙土色的浅滩上栖息着一群群水鸟。

这里人迹罕至,是一个属于海洋、浅滩和水鸟的世界。一座建在此处的修道院,应是虔诚隐士的离群索居之处,而非妙龄红颜的终老之地。一想到仅在三个小时前,自己还被威尼斯那经过精密计算、人工雕琢创造出来的美所包围,而同一片威尼斯潟湖之中却真实存在着这番自然世界,马可不禁感到有些奇妙。

这座岛上除了女修道院再无其他建筑。不过附近还有另外两座小岛,那里的渔夫们负责为修道院提供淡水、食物及其他一切所需。渔夫们居住的岛屿也归女修道院所有,为修女们提供服务就相当于在支付地租。

贡多拉终于靠岸了，狭长的船身横靠在小小的码头上。这只是一座小岛，从码头就能看到包围女修道院的石壁。石壁外侧有一大片菜田，大概是修女们在闲暇时栽种的。

只要拉起大门上的铁环，用力叩响那扇沉重的铁门，门很快就会随着一阵沉闷的声响缓缓开启。也许因为今天的造访是出于修道院中人的邀约，前来开门的修女并未询问马可的来意，直接请他入内。

无论男修道院还是女修道院，修道院的内部结构大抵相同，会面室一般设在大门附近，平日在院内隐修的修士或修女来到这里与外来宾客见面。马可本以为自己也会前往会面室，不料这一次却被带进了更深处的内庭。被回廊包围的庭园中种着数棵柏树，中间有一口石造的水井，周遭寂静无声。带路的修女请马可在此稍等，便翩然离去。

不一会儿，佩利留夫人从马可身后那处走廊的立柱后方现身。她还不是正式的修女，所以没穿修道袍，只穿着一身亚麻色的朴素衣裳。夫人面带轻柔的微笑，缓缓向马可走来。

马可也沿着回廊向夫人那边走去，心中堆积的无数想法和疑问令他不禁加快了脚步。

回廊上有好几处紧挨着墙壁的石头长凳，夫人并未坐下，似乎打算站着与马可说话。马可也在夫人跟前停下脚步，确保两人之间的距离合乎礼节。

夫人抬头注视着身材高大的马可,用低沉而平静的声音说道:"埃尔维斯曾在信里说,若是有事相求,您是最值得依靠的人。这件事连总督大人也不知道,迄今为止一直是我与埃尔维斯之间的秘密。"

仿佛为了舒缓心绪,让自己保持平静,佩利留夫人稍做停顿,片刻后才再次开口:"我有一个女儿,是我与埃尔维斯的,今年八岁了。"

马可惊讶得几乎要喊出来,但终究忍住了。夫人说出了寄养那位小姐的修道院的名字,那是一座位于朱代卡岛上、以培养贵族小姐闻名的知名修道院。

"我们的女儿从出生到现在,都不知道她的亲生父母是谁。过去,我时常去探望那孩子,埃尔维斯也偷偷去见过她两次。看到女儿,埃尔维斯很幸福、很满足。我们的女儿是一个漂亮、聪明的孩子。

"自从我来到这里,随我陪嫁到夫家的乳母,也就是前几日到您府上打扰的那位嬷嬷,负责帮我打理一切,无论跑腿还是采买,一切妥帖。今后她也会一直在身边照顾我,想必不会有什么问题。可是,一旦我有个好歹,又有谁能来照顾我的女儿呢?一想到这件事,我就寝食难安。我左思右想,心想也只能托付给您了。

"金钱方面不劳您费心,埃尔维斯早已为孩子准备了一笔钱，可供她在修道院舒心地生活。只希望您能成为孩子精神上的寄托。请您务必帮帮我。"

马可花了一大半力气掩饰内心的强烈震荡感。半晌，他才终于开口问道："夫人，莫非您身体抱恙？"

听闻此言，佩利留夫人反倒露出了明朗的笑容。"我只是一介凡人，无法预知旦夕祸福，只有上帝才是全知全能的。"

说这些话的时候，夫人面色红润，并无健康状况不佳的迹象。

回威尼斯城的路上，马可才想起来，自己此行希望夫人为他解惑的那个问题，还是没机会问出口。

他想知道，埃尔维斯·古利提的最终目的究竟是什么，佩利留夫人一定知道答案。不过马可心里也很清楚，无论自己怎么问，那位夫人都不会吐露一个字。

迷宫

在公元 16 世纪初，夫妻离婚只有两种方法。

第一种方法是请罗马教皇宣布这桩婚姻无效。第二种则是其中一方进入修道院，在一定时间内担当圣职，通过侍奉上帝、清净隐修来实现事实上的长期分居，从而达到离婚的目的。

这种方法中所谓的"一定时间"其实并无定数，不是非要在修道院待满多少年才能奏效。关键在于留在世俗的那一方究竟想让这段名存实亡的婚姻关系维持到何时。正因如此，有的人仅仅分居一年就给对方自由，可是有些怨偶却能苦苦纠葛五年、十年，甚至更久。

佩利留议员在这件事上应当算得上是位洒脱的君子。宣告佩利留夫妇婚姻终止的报告书于 1531 年早春时节被送到了十人委员会轮值委员的桌上。进入修道院刚刚一年多的夫人便脱离佩利留家族，换回了自己娘家的姓氏柯内尔。

这桩上流社会的离婚事件本应在一段时间内成为人们津津乐道的八卦，然而在这个国际局势极其紧张、国内问题堆积如山的紧要关头，至少在政府内部，几乎没人有闲心去深究这件事。

连马可也觉得，夫人是因自己心中已有至爱之人，无法继续忍受与其他男人一起生活，才选择了离婚。

在马可眼中，最后一次会面时夫人的明朗笑容，是一种直面自己的内心、彻底斩断前尘往事的快意之笑。

的确，夫人干脆利落地选择了自己的人生道路。只不过，这条路并不是马可及其他所有人所认为的侍奉上帝的路。

一个月后，特尔切罗岛女修道院院长报警称夫人失踪，连那位随她进入修道院、始终陪侍在侧的老嬷嬷也消失得无影无踪。

十人委员会立即传唤修道院院长前来问话。院长光是听到十人委员会的名号就吓得六神无主，只得结结巴巴、前言不搭后语地将夫人失踪的经过叙述了一遍。

一周前，夫人称病，自此闭门不出，连饭堂也不去了。她不再前往回廊散步，也不参加早晚的祈祷仪式。

修道院院长担心她的身体，建议找医生前来看诊，但嬷嬷向院长转达了夫人的意思：只是过度劳累，多加休息便能痊愈。

在此期间，夫人的餐食都由嬷嬷送到房内。

事发的那一天清早，老嬷嬷没有像往常一样去饭堂取餐，大家发觉事情有异，前往夫人的房间查看，可此时屋内已经人去楼空。

在威尼斯，只有马可和老嬷嬷两人知道夫人与埃尔维斯的关系。而把夫人的失踪与冬季休战后返回君士坦丁堡的埃尔维斯联系起来的，只有马可一个人。

不过，即便是马可，也无从得知夫人的下落。虽然可以动用十人委员会的力量寻找，可如此一来，埃尔维斯与此事的关系就很难掩藏，而且说实话，马可内心并不想把夫人找出来。

当然，就算想要顺应本心，放着夫人的失踪案不管也不像话。马可下定决心，这一次无论调查到什么都会严守秘密。

首先，马可造访了朱代卡岛的女修道院，就是夫人和埃尔维斯所生的女儿所在的那所修道院。夫人告诉他，女孩的名字叫莉维亚。

坐落于朱代卡岛的这座修道院与其说是隐修之地，不如说是一所女子学校。这里的一切明亮、鲜活，充满着勃勃生机。

接待马可的是修道院院长，或者说是这所女子学校的校长。这是一位头脑机敏、言辞爽利的女士，与马可还有着远房亲戚关系,同样出身威尼斯贵族世家。

马可非常庆幸自己与院长的远亲关系。这所修道院里一共有三位名叫莉维亚的小姐,要搞清楚哪一个才是他要找的莉维亚,修道院院长的帮助至关重要。得知两人之间有这层关系的校长瞬间放下防备,展现出毫无条件的亲近感,这成了马可寻人的最大助力。

马可一说自己想找的莉维亚小姐是前佩利留夫人常常来拜访的那一位,院长马上为他指明了对象,而且热心地保证绝不会向他人透露马可来过的事。

此外,院长还把继夫人之后来访的老妇人的名字和地址告诉了马可。院长问马可要不要见一见莉维亚,马可表示不急于一时,改天再来拜会。对马可来说,寻找那位嬷嬷的下落才是首要任务。

从院长处得到的地址指向远离威尼斯市中心的偏僻区域。这一块面海地带位于圣马可广场的相反方向,也许因为此处偏北,与印象中明朗、温暖的圣马可广场截然不同,处处是一派寒冷萧瑟的景象。这一带也是民用造船厂的聚集地。

马可虽然找到了地址上的房子,但是对于能在这里找到老嬷嬷,他没有抱任何期待。对于贵族小姐来说,从一出生便陪在自己身边的乳母就是实质上的母亲。这位乳母也会一直留在女主人身边,直到终老。这是贵族世界的常识。虽然不知道夫人身在何方，但夫人在哪里，嬷嬷想必也在哪里。马可对此毫不怀疑。

即便如此，马可还是来到这里，想着也许能找到一些蛛丝马迹，对寻找夫人有帮助，毕竟夫人不可能藏身在贫民乳母这所寒酸破旧的房子里。

果然，夫人并不在此处。不过，马可居然找到了那位老嬷嬷。而且嬷嬷打开门看到马可时显得很平静，仿佛早已料到马可会来。老嬷嬷将马可让进屋子后关上了门，她好像一个人住在这里。

"夫人说丹多洛公子这几日一定会来这里，如果您来了，便让老奴带句话给您。"

据嬷嬷说，早在修女们发现夫人失踪的一周前，夫人就已经成功逃离修道院。她登上提前安排好的渔夫小船，横穿威尼斯潟湖到达面向外海的岸边，再由直通耶索洛海岸的运河进入亚得里亚海。

选择从只有渔夫和盐滩工人的耶索洛海岸进入外海，就是为了在通过利多港前尽量掩人耳目，不露出破绽。

耶索洛的海岸边有一个渔船专用的小码头，埃尔维斯派来的船就等在这里。嬷嬷在此与夫人告别，自己再次回到女修道院，制造夫人依然卧病在床的假象，一天三次按时到饭堂取餐，送到夫人的房间，就这样过了一周。

这一周时间对于夫人的逃亡至关重要。夫人从耶索洛海岸坐小船抵达普拉港后将转乘埃尔维斯准备的土耳其船。在几乎被威尼斯完全掌控的亚得里亚海沿岸，只有一个拉古萨共和国保持独立。这艘属于奥斯曼土耳其帝国的船要进入拉古萨港，差不多需要一周的时间。

静待一周过去后，老嬷嬷也从修道院消失了。她在附近渔夫居住的小岛上藏身数日后返回了威尼斯的家中。嬷嬷还担负着不时前往朱代卡岛的修道院，照拂夫人之女的任务。

夫人将女儿拜托给嬷嬷时说："您不用担心我，今后请务必好好照顾莉维亚。"

马可恍然大悟，恢复旧姓柯内尔的夫人去了埃尔维斯所在的君士坦丁堡。

自己受好友之托从君士坦丁堡带回来交给夫人的那枚祖母绿戒指，果不其然是这对恋人之间早已约定好的暗号。

在过去很长一段时间里，这两个人或是通过书信，或是趁埃尔维斯回威尼斯时秘密约会，一点一滴地商量好了双宿双飞的计划。

祖母绿戒指是一个信号，告诉女方时机已经到来。而且，将从不离身的祖母绿戒指赠予女方，也是埃尔维斯在催促心爱的女人做出抉择。跨出这一步，她不但要抛弃丈夫，还有可能从此叛离祖国威尼斯。

此时此刻，夫人乘坐的船正在哪片海域航行呢？马可不由得想。

这条航路必须避开威尼斯的殖民地，想要停靠到奥斯曼土耳其帝国所属的港口，那就只有纳夫帕克托斯或是莫德涅了吧。不过如今奥斯曼土耳其帝国和威尼斯尚且交好，奥斯曼土耳其帝国领有的港口也有威尼斯船出入，即使是中途靠岸休憩，夫人也不能随意离船。

不久前才伪装成重症病人一路从君士坦丁堡躺着回到威尼斯的马可，不禁想象了一下夫人待在那艘埃尔维斯专用船的船舱中的景象。

当初照料马可的那个土耳其青年，此时想必正在全心侍奉夫人吧。将朝夕相处的嬷嬷留在威尼斯、独自上路的夫人，的确是毫无保留地把自己交给了所爱的男人。

话说回来，夫人为何要把一切实情对自己和盘托出，而且埃尔维斯也允许了这样的行为？

没有人比埃尔维斯更清楚，如今的马可在十人委员会中是多么举足轻重的人物，而十人委员会在乎的仅仅是威尼斯的国家利益，这一点埃尔维斯也同样心知肚明。

然而，埃尔维斯还是把他牵扯进来了。难道埃尔维斯吃定了马可重视两人的友情胜过国家利益吗？

如果马可现在就把自己已经掌握的有关夫人失踪的信息上报给十人委员会，那么那条依然行驶在威尼斯掌控海域的船很快会被截停，夫人的寻爱之路将就此中断。难道埃尔维斯不担心吗？

马可想了很久，最后不禁哑然失笑。他忽然发现，原来埃尔维斯真的是在赌，赌自己放不下与他之间的深厚情谊。

"原来，我也是他计划的一部分啊。"

马可苦笑着喃喃自语。

虽然可以在夫人的事上为好友保守秘密，但是对于埃尔维斯在匈牙利的军事行动，马可作为十人委员会的一员，实在难以苟同。

马可决定再次赶赴君士坦丁堡。正好，他在十人委员会的任期将满，十人委员会面对埃尔维斯越来越露骨的行为，也在考虑应该派遣适合人选前往君士坦丁堡牵制一二。马可打算主动申请这个出国的机会。

老嬷嬷家所在的地区相当于威尼斯的贫民窟，在水边自然看不到揽客的贡多拉。

想要返回位于大运河沿岸的自家宅邸，马可只能从北往南步行一大段路程。马可穿过一条小路，紧接着进入另一个巷子，还有那些架在小运河上形似大鼓的石桥，他不知道翻了多少座。

一些小路极为狭窄，刚刚能容纳两人面对面通过，稍不留神肩膀就要撞到一起。小路两侧是各户住家高大的围墙。在土地资源极其有限的威尼斯，这样的小路隐藏在高墙之后，终年不见阳光。

异国人常常简单粗暴地把威尼斯称作"迷宫"。

的确，威尼斯城无论是运河还是小径，从形状分布来看，确实无异于一座迷宫，不过对威尼斯本国人而言并不复杂。

其实，就算是土生土长的威尼斯人，也不见得知道城市里的每一条路，尤其是离自家区域比较远的地方，可能压根儿没去过，更别提熟识了。不过，威尼斯人掌握着破解迷宫的方法。

这个方法并不是随身携带地图，或是动用自己全部的智慧、经验和记忆力对行走路线进行深思熟虑，而是一个简单到甚至有些愚蠢的方法，那就是跟着别人走。

在威尼斯，再小的广场一般都至少有两条向外的通道，有时候，走着走着就会发现其中一条是断头路，或是直接通到了运河边。碰到这种情况就只能折返，重新从另一条路走出去。为了避免这种麻烦的情况发生，一开始就选择跟着别人走是最便捷的。这是居住在复杂迷宫中的威尼斯人的生活智慧。

所以说，在威尼斯非常适合一边走路一边想事情。这些小路上没有车马，最大的危险就是同迎面走来的人撞个满怀。这样的事故只有在双方都陷入苦思冥想，不注意看路时才会发生，概率极低。就步行这一点而言，威尼斯可以说是当时整个欧洲最安全的地方。

马可同样按照习惯，一边下意识地选择有人走的小路前进，一边在脑子里梳理着近期的一件件事。渐渐地，马可走到了大运河附近，周围的行人增多，想要回家就不能再一味跟着人走，也需要关注周围的建筑物和环境。就在这时，马可的脑海中突然闪出一个念头。

他一下子停住了脚步。此时，他身处距离里亚尔托桥很近的圣萨尔瓦多广场。这里开设了不少经营高级纺织品的商铺，附近人来人往，热闹异常。人与人之间交谈的声音汇集在一起，形成了鼎沸喧嚣的巨大噪声。

然而，站在人流中的马可完全没听到这些声音。他直愣愣地看着商铺门口摆放着的绫罗绸缎，以及来此做买卖的人们身上色彩缤纷的衣裳，脑海中一片寂静。刚刚那个念头如惊雷一般在马可的脑袋里炸响，让他一时之间听不到外界的任何声音。

好不容易再次迈开脚步，马可的大脑依然被那个念头占据着：埃尔维斯该不会是故意引我去君士坦丁堡吧？我是他某个计划的关键一环，所以他故意单独把情妇的行踪透露给我。

驻君士坦丁堡的威尼斯大使从与埃尔维斯的父亲古利提总督私交甚笃且偏爱埃尔维斯的皮特洛·詹变成了并不是完全站在古利提派一边的莫塞尼戈。新大使的副官同样不是自己人。

这是威尼斯在埃尔维斯的行为逐渐露骨的时期所采取的拉开其与威尼斯之间距离的策略，可是对于身在君士坦丁堡的埃尔维斯来说，这一变化会导致许多不便。

马可想起了近日好友来信中的一句话："专门服侍你的高加索美女还在宅子里日夜等待，你就不想回来看看她吗？"

初读时以为这只是一句玩笑话，如今看来，这确实是真心的邀约。

马可想要借鉴威尼斯人的生活智慧来破解迷宫。

想得越多，越容易迷失方向。此时，坦率遵从对方给出的信号才是上上之策。明天是十人委员会定例会议的日子，马可决定在会议上向上官们提请前往东方。

谋略

马可的申请并不会立即得到十人委员会的批准。

作为威尼斯共和国外交政治方面实质上的最高决策部门，十人委员会需要谨慎判断派遣身为委员会一员的马可前往君士坦丁堡的方案。毕竟，如今威尼斯不得不考虑查理五世如何看待自己的一举一动。

不过，威尼斯也不能任由埃尔维斯在外为所欲为，这实在是太危险了。最后，十人委员会同意马可以私人名义前往君士坦丁堡。

在以商贸立国的威尼斯，一名贵族要是以私人名义前往国外，最好的理由自然是做生意。马可此行也扮作了商人。

丹多洛家族的资产由叔父负责经营，大部分生意集中在埃及的亚历山大港。此次马可以叔父代理人的身份前往君士坦丁堡管理丹多洛家的分号。马可的任务是把过去委托给当地代理人打理的君士坦丁堡市场做大做强。换句话说，他相当于从总公司空降的市场开拓专员。不知内情的叔父见马可有心学习生意，立马举双手赞成，甚至帮忙在君士坦丁堡的威尼斯银行里开设了丹多洛家的银行账户。

一切准备就绪。如此一来，即使查理五世安插的探子们察觉异样，也找不到任何实质性的证据。

马可独自一人悄悄离开威尼斯。这一次，他不再像上次一样拥有大使副官的公职特权。他手上所持的奥斯曼土耳其帝国国内通行许可证也是派发给商人的版本。

而这一次前往君士坦丁堡的路线也是那些无须押送货物的商人常走的——坐船到拉古萨后改走陆路。这么走的好处是，只要马够快，旅行的日程就能大幅缩短。

出发前夜，马可是在奥琳皮娅家度过的。

除了依依惜别、互道珍重外，奥琳皮娅也是他此去君士坦丁堡的一位重要协助者。

这一次，马可的身份不是公务人员，加密的报告书若是被集中送到十人委员会，实在过于危险。

因此，报告书将被分别寄往三处——一处是十人委员会，另一处是一位委员的私宅。这位委员是赞成古利提总督政治路线的亲信，寄给他相当于直接寄给总督。最后一处便是奥琳皮娅的宅邸。

像这样分散寄送报告书，除了担心书信被集中送至十人委员会可能惹人注意,也与密文的类型有关。

当时有一种密文是乐谱,乐谱上的一个音符对照一个字母。这样的乐谱乍看之下与普通乐谱别无二致,可是照此弹奏的话,就会发现根本不成调。虽然这样一来很容易会被看出破绽,但是仅仅看乐谱就能想象出曲子旋律的人毕竟还是少数。

因此,这种他国无法破解的加密文书成为官方大力推崇的威尼斯间谍战的最新武器。不过,要使用它也存在着不少制约条件。

首先,一个政府工作人员不断收到各种乐谱本身就很不自然,反而容易惹人怀疑。其次,寄件人一定不能是个懂音乐的人。

奥琳皮娅是威尼斯著名的交际花、文艺沙龙女主人,她的身份可以完美解决第一点。奥琳皮娅的音乐才华在交际花圈子里也颇为有名,大量乐谱寄到她手中自然不是什么稀奇事。

不过,如此一来又出现了另一个致命问题,如果奥琳皮娅把收到的乐谱拿来随意弹奏,就会立刻发现其中某些并非真正的乐谱。

为了解决这个问题,马可想到了一个方法。那就是由马可将接收另一种加密文书的委员介绍给奥琳皮娅,成为她的新客人。

马可一边用手指抚摸着女人光滑的裸体,一边在她耳边低声细语:"记住,别把乐谱拆开,连同信封一起交给那个男人。"

在马可的爱抚中浑身颤抖的奥琳皮娅用灵魂出窍般的声音发誓:"一定照您所说的办。"

马可并不相信女人的心,但他相信女人的身体。

自从三年前从君士坦丁堡归来,奥琳皮娅对马可的依恋与日俱增。过去奥琳皮娅在两人水乳交融后总能迅速恢复为众人眼中的那个她,无论交谈和说笑都是经过计算、思考的。可如今,她变了。

只要马可找她,无论原本与多么有权有势的客人有约,她都会直接改约或干脆推掉,穿上不起眼的朴素衣裙,毫不犹豫地敲响马可家的大门。

这个女人对他百依百顺。非但如此,女人还希望为他奉献更多。马可在这一天一天中确实感受到了完全掌控奥琳皮娅的快感。这大概与希腊神话中维纳斯苦苦纠缠相爱后就掉头离去的阿多尼斯一样吧,马可暗忖。

这位社交界的大明星在马可的面前卸下了一切伪装和矫饰。每当她在耳边忧伤又柔情地嗔怪他变了的时候,马可总是忍不住想,这个曾让这座罗马城万人空巷的女人,此时却比君士坦丁堡那个高加索女奴更像个奴隶。

这个女人定然愿意为自己做任何事,马可笃定。"我愿意为您做任何事。"——这原本就是奥琳皮娅趴在马可膝头常发的誓。

最初对马可这个让妓女参与行动的提案没什么好脸色的十人委员会委员们在看到马可坚定的态度后，终于还是点头同意了。仔细斟酌后，十人委员会也觉得这不失为一个好办法。毕竟身为异国人的奥琳皮娅能不能长期在威尼斯讨生活，全凭威尼斯政府的一句话。

再次踏上君士坦丁堡的土地，马可没有了初次造访时的激动。

这次他以商人身份前来，自然不能去威尼斯大使馆借住，于是在位于加拉塔港口附近的威尼斯商馆的一间屋子里卸下了行囊。由于此次是私人行程，马可也未与大使馆取得联络。

商馆一楼除了一座宽敞的庭院，就是堆放货物的仓库和商人们谈生意的地方。二楼的房间则住满了独自出行的威尼斯商人。商馆里设有商旅专用的厨房，是短期寄住的商人们维系一日三餐的"重地"。此外，这里还有理发铺子、银行办事处及预约船票的地方，可谓一应俱全。只不过，如果要寄信回本国，必须跑一趟大使馆才行。

马可在商馆安顿完毕后要做的第一件事就是寻找丹多洛家族在君士坦丁堡的生意代理人。寻人工作进行得异常顺利，商馆的办事处备有一份网罗所有威尼斯商人及其代理人的名单,上面连希腊籍代理人的名字都写得清清楚楚。马可旋即与代理人相约两天后见面。

商人的工作暂时告一段落,马可立马差人前往埃尔维斯的大宅。只要把自己已到君士坦丁堡的消息放出去,相信埃尔维斯会帮他安排好接下来要做的事。马可早就决定,来到君士坦丁堡后一定要借鉴威尼斯人破解迷宫的方法,切忌多虑,只要耐心等待就好。

埃尔维斯那边很快就有了反应。埃尔维斯的心腹忠仆,也就是那位土耳其青年来到威尼斯商馆,一见马可便说:"大人吩咐,请您立即前往宅邸。"

果然,马可心想。他跟随土耳其青年走出商馆,骑上了专门为他准备的骏马。

重访睽违三年的贝约格鲁,宅邸一如往昔,依旧宏伟壮丽,但宅子周遭却变得吵闹嘈杂,宽敞的前院车水马龙,这是三年前不曾有过的景象。

眼前久别重逢的老友也发生了变化,三年前被掩藏在内心深处的激情如今喷薄而出。他拥抱马可的手臂比过去更有力量,笑容里也不再有阴霾,尤其是他那双眼睛,闪耀着灿烂的光芒。

马可被带到了宅邸内那间令人怀念的土耳其风格的会客厅,刚一落座就开口说道:"是你叫我来的,这一次,希望你能把一切都说清楚。"

埃尔维斯重重地点了点头，认真地看着马可的眼睛，如过去一样，用沉静却又干脆的语气说道："我知道你实际上是十人委员会派来的，倒不是我从哪里听到了风声，就我对你的了解，很容易就能推测出来。不过，即使知道消息会被泄露给十人委员会，我还是愿意对你说心里话。老实说，我也不知道这是为什么。也许是因为我自己对于接下来要向你坦白的这一切也没有十足的把握，如果到最后我无法获得胜利，至少也希望你能知道事情的真相。"

与三年前一样，埃尔维斯手边的小桌上摆着玻璃酒杯，杯中盛满了散发着松香气味的希腊产葡萄酒，而马可身旁的小桌上则摆着琥珀色的土耳其酒。这是埃尔维斯不曾忘记马可的喜好，特意命人准备的。两人几乎同时伸手取杯，埃尔维斯喝下了一大口，马可却只是轻轻沾了一点烈酒。埃尔维斯开口打破了沉默："我想要匈牙利的王位。"

马可脸上毫无波澜。他并不去拿酒杯，只是紧紧盯着好友的眼睛，一言不发。

"我想要的就是匈牙利的王位。等匈牙利真正成为奥斯曼土耳其帝国的臣属国，苏丹苏莱曼一世有意把那个国家交给我打理，宰相易卜拉欣对此也非常赞同。"

听到这里，马可开口了。"奥斯曼土耳其帝国把匈牙利给了你，又要从你这里得到什么？"

"他们想要封锁西北的国境线。位于帝国东南方向的波斯最近有些蠢蠢欲动,如果奥斯曼土耳其帝国想要专心对付波斯,就要确保西北的平稳。而以南位置的威尼斯一心求和,无须担心。"

"理论上的确如此。但是,苏莱曼一世为什么要一口气投入大量兵力去占领匈牙利?"

"匈牙利人可比你想象的要难缠得多。苏莱曼担心匈牙利战线拖久了会给波斯人以可乘之机。"

马可换了个角度提问:"你现在已经拿到了匈牙利总督的位子,整个匈牙利王国的财政大权也掌握在你手里。就算现在王座上坐的不是你,可你实质上已经是匈牙利的国王了,你还有什么不满足?"

"我不是不满足,而是条件还不充分。我想要正式娶她为妻。"

马可此时才注意到,那枚祖母绿戒指已经回到了埃尔维斯的手指上。

"你爱的女人已经是自由之身了,无论你是匈牙利总督还是君士坦丁堡的红顶商人,都可以与她结为连理。"

"她出身威尼斯名门柯内尔家族,还曾是佩利留家族的嫡系正妻。"

马可不会被这样的说辞驳倒。

"我与你所爱的这位女士只有数面之缘,谈不上熟悉,但我完全可以断言,她对你的感情早已超越一切物质和虚名,匈牙利王位根本不是你们在一起的障碍。"

"你说的我都明白。她也对我说,只要能在这里一起生活就够了,不在乎结不结婚。"

马可言辞尖锐地追问:"所以说,想得到匈牙利王位不就只是你自己的野心吗?可是你有没有想过,你的个人欲望让祖国威尼斯陷入了何等危险的境地?"

埃尔维斯并未如马可料想的那样露出任何畏缩之意,反而一把抓起马可的双手,仿佛回到了学生时代一般,热切地解释起来:"就算匈牙利是奥斯曼土耳其帝国的臣属国,可是一旦为我掌控,对威尼斯来说不也大有好处吗?匈牙利与奥地利的边境局势越紧张,奥地利的哈布斯堡家族就越没有余力南下对威尼斯边境造成威胁,如此一来,查理五世也只能放弃侵占威尼斯了。"

"外面传言你要改信伊斯兰教,确有此事吗?"

"谣传而已。改信对我没有任何好处,苏莱曼也不希望我改信。"

"此话怎讲?"

"匈牙利是基督教国家,与其让穆斯林来治理,还是信奉上帝的国家领袖更能服众。苏莱曼一世和易卜拉欣对此都心知肚明。而且,国王由我这个基督徒来当的话,很多基督教世界的问题也能轻松解决。尽管奥地利哈布斯堡家族的人整天嚷嚷着要归并匈牙利，但匈牙利只要表面上仍然是基督教国家，不论罗马教皇还是查理五世就都没办法轻易承认他们的意图。"

马可的脸上渐渐泛起微笑。

"好像从小就是这样，每次和你说话都会在不知不觉间被你带着跑，就像那句老话说的，盗墓者自己变成了木乃伊。过去也就罢了，你一向胸有成竹，从不失手。可这一次事情没有那么简单，这盘棋下得太大了，很多事你根本控制不住。在刚刚你所说的计划里，根本没有把任何突发因素考虑进去，这实在太危险了。"

可是，埃尔维斯好像没听到马可的话一样，继续编织着自己的幻梦。

"近一百年前，柯内尔家的小姐代表威尼斯共和国嫁给了塞浦路斯国王，直到现在，塞浦路斯还臣服威尼斯。更早之前，摩罗西尼家的女儿不也嫁给了匈牙利国王吗？威尼斯十人委员会总有一天会领悟到联姻策略的有效性。而我，终于也能回报她这些年的深情了。"

马可看着好友的脸，无言以对。

金角湾的夕阳

四天后,马可再次受邀拜访埃尔维斯的宅邸。埃尔维斯即将返回匈牙利,当晚有一场送别的宴会。

然而到场之后,马可才发现今天宴会的嘉宾好像只有自己一人,前来威尼斯商馆迎接马可的土耳其青年也来得特别早,完全不是正常出席夜宴的时间。而且,主人埃尔维斯此时居然不在家中,说是会在黄昏时分回来。

无所事事的马可走进庭园,想要前往那个垂柳依依的小池塘,眺望一下暌违三年的君士坦丁堡城区。过去他常常在此消磨时间,不过此时池水边已经有人了。

柳树下铺着毡子,曾经人称佩利留夫人的女子坐在那里。她并未坐在椅子上,而是像土耳其女人一样席地而坐。

她身上穿的依然是欧洲式样的衣裙,不能像穿裤装的奥斯曼土耳其帝国女人那样盘腿坐下,因而她将宽大的裙摆优雅地铺开,双腿并拢,斜靠在毛毡上。

她手中拿着书，身上穿着款式清简的红缎长裙，首饰只有脖子上小小的金色十字架。

她的视线偶尔会离开书本，移向高台之下的君士坦丁堡城，若有似无地眺望远方的街景。马可不忍打破这一刻的静谧唯美，于是静静地站在原地，远望着绿柳荫下的红裙女子。

马可想起曾经在一本书上读到过这样一句话："百米开外就能一眼看到幸福的女人。"眼前这位端坐在绿荫中的夫人虽未露出任何得意忘形的神色，却让远远注目的马可也感受到了她浑身上下宛如火焰般炽热燃烧的欢愉和喜悦。

夫人与埃尔维斯同年出生，也是马可的同龄人。对于这个三十多岁才终于得到真正幸福的女人，马可实在难以开口要求她做些什么，就算是为了祖国。

夫人终于注意到附近有人。她转过头来，松松盘成髻的丰沛黑发随之颤动。看到马可，夫人毫无惊诧之色，她露出笑容，优雅地向他招招手。

马可上前，也坐到了毡子上。靠近看，夫人的变化令马可不禁心中一动。

那位令整个威尼斯惊艳却又不敢造次的贵妇人消失了。如今的她不但美丽依旧，还流露出包容一切的温柔。她不再是清冷疏离、孤芳自赏的冰山美人，而是变成了盛开在原野里的春日花朵。

"埃尔维斯又给您出难题了吧？"

"埃尔维斯从小就给我出难题。"

话音刚落,两人不约而同地笑了起来。

马可一面笑着,一面还是下定决心做最后的尝试。若不尽力一搏,这次君士坦丁堡之行意义何在?

他看着夫人,露出认真的神情,声音也恢复了沉静。

"夫人,埃尔维斯正在一步步踏入一个从未有人挑战过的巨大赌局。

"这场豪赌是输是赢虽有上帝安排,可是凡人要多么胆大包天才能身处其中?老实说,我非常不安。

"现在回头还来得及。而您,亲爱的夫人,您有能力让埃尔维斯回心转意。

"总督大人以父亲的身份写信给他,可是无济于事。我作为威尼斯共和国的一员,同时也是一个真正关心他的朋友,同样无法让他改变主意。

"有一点我很肯定,如果不是为了您——他的至爱之人,如果只是为了别的女人,他不会如此执着于王位,毕竟不是所有女人都适合王后之位。

"如今唯有恳求您出手相助了。您也是真心希望他一生平安幸福的人,现在能够说服他的人,只有您了。"

马可并未把自己作为十人委员会一员的想法和动机透露

给夫人。

在一味追求威尼斯国家利益的十人委员会委员们眼中,埃尔维斯·古利提的野心如果能在短时间内实现便是一桩好事,值得他们在私底下拍手相庆。

可若是埃尔维斯·古利提无法迅速上位,时间拖得久了,奥地利及西班牙哈布斯堡家族就会疑心渐起,慢慢把怀疑的目光投向威尼斯。这样一来,就完全演变成了一场极其危险的豪赌。威尼斯是一个国家,没有国家会拿自己去做赌注。

夫人听着马可的话,眼神沉静。马可说完,她也没有立即回答,沉默在两人之间蔓延。马可的话似乎没能让她的内心掀起波澜,她放在书上的纤细手指不见一丝颤动,低垂的视线也始终停留在绿色毡子的某一个点上,不曾挪开。终于,夫人开口道:

"我在十五年前就对他说过,只要两个人能在一起,地位和名分这些我都不在乎。就我而言,现在的生活已经让我心满意足,我非常幸福,也无法再期望更多的幸福了。

"如今这份幸福是我从认识埃尔维斯的那一天就开始日日期盼的。如果说我有罪的话,罪名应该就是我一直恳求他至少能与我朝夕相伴吧。

"丹多洛大人,金名册上有您的大名,却没有埃尔维斯的。埃尔维斯还主动放弃了名列银名册的机会,他说那不是荣誉,而是巨大的屈辱。

"您怎能要求背负着古利提这个姓氏、拥有总督父亲的埃尔维斯，把自己的名字放进银名册里呢？"

威尼斯有记载金名册和银名册的传统。金名册是一份记载威尼斯贵族名字的名册，当时在外国也颇有影响力。但凡年满二十岁，即到了可以参与国政的年龄的贵族家嫡子，都会被记入该名册。

而银名册所网罗的人则属于贵族以下的市民阶层，其中包括供职于政府机关的书记官等事务官员以及造船技师、玻璃工坊等手工作坊的坊主等。换句话说，他们都是威尼斯共和国的中坚力量。

即便无法参与国政，这些人也能凭借自身高超的专业技能跻身银名册。对于威尼斯的普通百姓而言，这可谓光宗耀祖的荣誉。

马可非常理解埃尔维斯拒绝名列银名册的理由。然而，这是威尼斯共和国传承千年的传统。在没有明文法律的威尼斯，只要传统和惯例不产生严重弊害，一般都会倾向于尊重和遵从。

"夫人，埃尔维斯是想要报复他的父国威尼斯吗？"

"报复？"夫人笑了，然后用几近于快活的声音说道，"什么是报复？我不知道人究竟会因为恨而报复，还是因为爱而报复，但有一点我很肯定，如果人心中怀有难以挣脱的执念，同样会走向复仇之路。稍微劝说就能放下的事就不叫执念了。复仇也是一件麻烦的事,没有人会为了一点点烦心事去报复。"

"听您这么说,埃尔维斯所做的事,果然还是在报复。"

"您要这么想,我也没办法,虽然我觉得埃尔维斯并没有想过要报复谁……"

话说了半句,忽然从宅邸的方向传来了埃尔维斯的声音。

"莉维亚!"

马可瞪大眼睛看着夫人。原来这对苦命鸳鸯是用女方的名字为两人之间秘密诞下的女儿命名的,母亲与女儿的名字一模一样。此刻身在君士坦丁堡的夫人名叫莉维亚,而寄养在威尼斯修道院中的小女孩也叫莉维亚。

威尼斯的贵族小姐一般出嫁前对外仅使用家族姓氏称呼,结婚后则冠夫姓。因此,马可一直不知道夫人的闺名。

埃尔维斯从远处走来,看起来心情极佳。他从背后抱住心爱的女人,拉起她的手亲吻,接下来就一直保持这个姿势,不愿与她分开一秒钟。身份高贵、富有教养的男性一般不会在人前如此赤裸裸地流露真情,但马可对埃尔维斯来说是关系亲近的自家兄弟,无须避嫌。

在莉维亚身边坐下的埃尔维斯紧握着爱人的手,心情愉悦地对马可说:"苏莱曼打算在两天后为我饯行,地点定在了托普卡珀宫的内庭。你也会来吧?不,你一定要来,不来就糟了。你也需要搜集一点情报才好回威尼斯交差吧？"

这略带嘲讽的玩笑话证明埃尔维斯的心情真是非常好。马可苦笑着表示同意，他早就想好了，这趟君士坦丁堡之行要跟着埃尔维斯指的方向走。

莉维亚·柯内尔的脸上却露出一丝遗憾之色，倒不是因为她并非埃尔维斯的妻子，所以无权参加。在奥斯曼土耳其帝国，但凡正式的活动和仪式都没有女人参加的份儿，无论正妻还是情人。她只能在柳荫下等待爱人及其好友的归来。

这一天，托普卡珀宫宽阔的内庭挤满了人。苏丹苏莱曼一世的宝座装饰华丽，宝座背后是通往位于内庭深处的另一个苏丹专属庭园的入口。宝座左侧是伊斯兰教的高阶长老们，右侧则是以宰相易卜拉欣为首的文武百官。君士坦丁堡城的权贵们在卫兵的指挥下整齐地站在长老和高官们的外围。以上这些人都是出席奥斯曼土耳其帝国首都各种例行公开活动的固定班底。

不过，这几年，托普卡珀宫的后宫中发生了不同寻常的变化。这一次，靠近苏丹宝座的右后侧设有一个被波斯式百叶门包围的座位，看来，罗克塞拉娜在后宫的地位越发稳固了。

不同于以往的节日庆典，今天在此举行的是维也纳远征军的出征仪式，连苏莱曼一世本人都要随后率军御驾亲征。在女性地位与西欧有着天壤之别的奥斯曼土耳其帝国，即使

金角湾的夕阳

罗克塞拉娜已经贵为皇后，参加今天这种专属于男人的出征仪式也是极为罕见的。

马可时隔三年再次造访奥斯曼土耳其帝国，如今眼前的一幕幕令他不禁瞠目结舌，然而，周围的人似乎对此已经司空见惯。

注意到这一点的马可把视线投向了宰相易卜拉欣。宰相过去充满自信的言行举止，如今似乎蒙上了一层阴霾。马可觉得，他好像非常在意背后百叶门内的动向。

随着最后入场的苏莱曼一世就座，身着奥斯曼土耳其帝国军服的埃尔维斯上前行礼。他单膝跪地，向苏丹庄重地行武者之礼。苏莱曼一世从宝座上起身，走近埃尔维斯，将指挥杖赐给了他。随后苏莱曼又把绿色军旗交给埃尔维斯，旗面上用洁白的丝线绣满了《古兰经》的经文。出征仪式到此结束，不过接下来还有一个在威尼斯看不到的环节。

随着埃尔维斯一声令下，一百二十个奴隶排成一列，端着镶金边的银盘从旷阔内庭的另一边鱼贯而出，朝着苏丹宝座的方向走来。奴隶手中的银盘中堆满了金币，一片金光璀璨，令人眼花缭乱。

这是军队总指挥官埃尔维斯·古利提对苏丹的献礼。目睹此景的人们瞬间沸腾了，连马可也惊叹不已。不过当他趁奴隶队列靠近之际看清了盘中是杜卡特金币时，不禁面露

威尼斯的抉择

微笑。

杜卡特金币天下无人不知无人不晓，这种由威尼斯共和国铸造的金币以其含金量高及通行时间长达三百年而闻名，如今是整个欧洲及近东地区信用度最高的通用货币。比起每年有涨有跌的奥斯曼土耳其帝国货币，献上威尼斯金币更实在，也更能讨人欢心。马可暗忖，此刻罗克塞拉娜皇后应该比苏莱曼一世更开心吧。站在马可旁边的两人正在小声讨论这些金币的总额，据他们推测，银盘上的金币加起来估计能达到二十五万杜卡特。

一百二十个奴隶的队列在苏丹御前放下献礼后就退下了。随后，又有三百个奴隶走向苏丹宝座，他们每个人手里都捧着一卷银线镶边的金色布匹。

"这可真是无价之宝！"

马可身后的希腊商人发出感叹。此人能受邀进入皇宫，想必也是一位大富商，眼见那三百名奴隶每个人手中高举过头的绸缎中混织着金线，似乎分量十足，连这位富商也无法估计这份赠礼的价值。

待臣下的献礼结束，苏丹苏莱曼一世也对军队总指挥官赐下宝物。

那是再一次令内庭众人发出惊叹之声的十二匹纯种阿拉伯骏马。每一匹马都身着红色绸缎制成的马衣，马鞍的左右两侧悬挂着皮革袋子，里面装满了军用资金。

周围夹杂着欢呼声,所有人都在说,如今埃尔维斯·古利提是继苏丹苏莱曼一世、宰相易卜拉欣之后,奥斯曼土耳其帝国的第三号人物,马可此刻才觉得事实的确如此。

三天后,埃尔维斯出发前往匈牙利,身后跟随着五万大军,剩余五万大军将于一个月后,在苏丹苏莱曼一世的率领下出发。

其实,马可此时大可以返回威尼斯。他当初前来的目的是阻止埃尔维斯领兵出征,显然任务已经失败了。虽然他一开始就没觉得这件事能成功,但是要立马返回威尼斯,向十人委员会报告如此直截了当的失败,也未免太令人沮丧了。

而马可也不愿正中埃尔维斯的下怀,让自己看上去像是埃尔维斯的代理人一样,将他那番深谋远虑报告给十人委员会的委员们。

马可决定先在君士坦丁堡逗留一阵子,用加密信传达近期的情报即可。而且,待在君士坦丁堡更方便第一时间掌握奥斯曼土耳其帝国军队攻打维也纳的真实消息。

听说通晓一切的皮特洛·詹将再次以外交官的身份赴任君士坦丁堡,而且这座城市里还有莉维亚·柯内尔可以陪他说话。

悬崖

这是埃尔维斯在出发前往匈牙利之前拜托马可的事。他请马可从威尼斯商馆搬出来,住进贝约格鲁的大宅。"这样一来,莉维亚就不会觉得太寂寞了。"埃尔维斯说。

马可虽然感谢老友的好意,可还是拒绝了。他表示自己对外宣称此行的目的是打理生意,住在商馆才能掩人耳目。埃尔维斯闻言也同意了他的观点,没有再坚持。不过,马可还是答应好友会时不时拜访贝约格鲁,让莉维亚不那么孤独无聊。

实际上,马可的这一选择也是遵照了威尼斯共和国十人委员会的指示——与埃尔维斯·古利提保持若即若离的关系。对实质上由十人委员会派遣而来的马可来说,用这样的方法与埃尔维斯保持距离,可能是眼下唯一能做的了。

马可的谨慎很快有了回报。奉十人委员会之命再次走马上任的詹大使向客居于威尼斯商馆的马可发来邀请函。马可顶着商人的身份，暗地里再一次担负起大使副官的工作。

马可最先享受到的特权是可以接触到威尼斯大使馆下辖的线人们递上来的情报。比起自己在君士坦丁堡的大街小巷四处打听，这些信息更快，也更准确。不知潜伏在何处的间谍们连埃尔维斯进入匈牙利首都布达佩斯时的衣着打扮都探听得一清二楚。

埃尔维斯·古利提骑着苏丹赐予的十二匹阿拉伯骏马之一入城。骏马披着缀满珍珠和宝石的金黄色丝绸马衣。埃尔维斯则身穿深红色的土耳其缎袍，腰间佩着黄金大刀，缠绕在头上的纯白特本头巾的凹陷处装饰着一颗惹人注目的大宝石，那是被称为"鸽子血"的顶级红宝石。埃尔维斯身后紧跟着苏丹赐给他的两百名耶尼切里禁卫军的勇士。

一行人抵达布达佩斯的第一教堂，多亏奥斯曼土耳其帝国扶持才得以登基的傀儡国王扎波尧伊·亚诺什在此迎候。埃尔维斯下马，在扎波尧伊·亚诺什的带领下进入教堂。他气质高贵、衣着华丽，与扎波尧伊·亚诺什站在一起让人几乎分辨不出谁才是真正的国王。

站在大主教身旁的扎波尧伊·亚诺什将国王的徽章及绣有同一徽纹图案的军旗交给驻足在祭坛前的埃尔维斯，然后庄严宣誓。

"正式任命此人为匈牙利王国总督，及匈牙利防卫军最高司令。"

没过多久,埃尔维斯便把负责布达佩斯城防护的守备队成员由基督徒全部替换成了奥斯曼土耳其帝国的士兵。

几天后,目标直指维也纳的苏丹苏莱曼一世在埃尔维斯率领的奥斯曼土耳其帝国军队及匈牙利民众的欢呼声中进入了布达佩斯。苏莱曼心中将匈牙利战线交给埃尔维斯的计划,正在一步步趋于完美。

刚刚三十五六岁的埃尔维斯·古利提就此攀上了权力的巅峰。

在王位上苟延残喘的傀儡国王扎波尧伊·亚诺什亲切地叫他"我最重要的宰相大人"。苏丹苏莱曼一世赐予他"守护匈牙利之剑"的名号。

定居君士坦丁堡的每一个西欧人都已经认定埃尔维斯便是奥斯曼土耳其帝国的第三号重要人物。而在匈牙利,所有人都知道他是匈牙利的无冕之王。

傀儡国王为了保住王位,从埃尔维斯那里借了三十万杜卡特金币。要返还这笔巨款,只能把匈牙利王国的税收权拱手让给埃尔维斯。即便如此,要还清借款还需要很多年。所以扎波尧伊·亚诺什虽然顶着国王的名号,但是在埃尔维斯面前完全抬不起头来。

埃尔维斯本人对于自己无冕之王的地位也没打算藏着

披着。

比如，他若是没有五百骑兵和两百步兵随行，就不离开总督官邸。他那个正在施工中的私人宅邸选址就在王宫附近，占地面积极大。甚至有传言说，他打算向波兰公主求婚。

在君士坦丁堡那个对八卦流言极其敏感的西欧人圈子里，埃尔维斯·古利提光彩夺目的发迹史俨然成了成功标杆和人间传奇。

不过，一向关注信息准确性的威尼斯大使馆没那么容易被谣言迷惑。他们知道，非穆斯林的埃尔维斯在奥斯曼土耳其帝国的实际地位，远比人们看到的要低。

超级帝国奥斯曼土耳其帝国的首要人物当然是苏丹苏莱曼一世，其次是四大臣之首宰相易卜拉欣，紧随其后的是四大臣中的另外三位，然后是希腊总督、安纳托利亚总督、耶尼切里军团的总司令，座次排到这里才终于轮到埃尔维斯。

眼下风头正盛的埃尔维斯实际上在帝国排名第九，地位实在称不上安全稳固。

马可每隔几天就会前去贝约格鲁的大宅拜访。

出入埃尔维斯私宅的最大目的是搜集大使馆情报网无法触达的消息。不过除此之外，与莉维亚见面和交谈也是马可近来的一大乐事。他心中逐渐对这个女人产生了敬佩之情。

不知是因为时常收到埃尔维斯从匈牙利寄来的书信，还是打从心底信任对方，这位前佩利留夫人面对任何流言蜚语都岿然不动。关于埃尔维斯与波兰公主的传言，马可原本还犹豫着不知该不该告诉莉维亚，可她对此却只是粲然一笑，让马可觉得自己瞻前顾后的样子简直像个傻瓜。

"如果埃尔维斯认为此事有必要，那他尽管迎娶波兰公主为妻就好了。不过，我知道他这么做都是出于政治上的考虑，他真心所爱的只有我一个人，我对此毫不怀疑。"

马可决计从此不在莉维亚面前提起此事。除此之外，但凡不是机密情报，有关埃尔维斯的事，他都会一一讲给莉维亚听。只要是有关埃尔维斯的事，无论多小，莉维亚都能听得喜笑颜开。

即使坚信自己得到了爱，女人仍然希望有第三人能见证这份爱，独自将被爱的喜悦隐藏在心中是一件非常难熬的事。正因为莉维亚经历过多年独自保守秘密的痛苦，如今在马可这个知根知底的人面前，才更愿意谈论自己所爱的男人。

马可知道了夫人的想法后，便不时说起她所不知道的石弓兵时代的故事。莉维亚就像回到了双十年华，一边发出阵阵银铃般的笑声，一边催促他继续讲下去。就连马可也不得不承认，在与莉维亚相处的时间里，他常常忘了自己是十人委员会的一员。

但快乐的时光总是短暂的，很快，马可就不得不面对自

悬崖

己是十人委员会成员的现实。这一年的夏天特别短,秋季又一下子冷得仿佛冬日。苏丹离开前线,由埃尔维斯做前线指挥的奥斯曼土耳其帝国军队还是怎么也攻不破维也纳的城墙。面对早早来袭的凛冬,苏莱曼一世意识到继续围城已经毫无意义,下令立即撤兵。冬季是休战期,考虑到匈牙利边境有埃尔维斯驻守,苏丹安心地返回了君士坦丁堡。

作为拥有广阔领域的大帝国,奥斯曼土耳其帝国一而再,再而三地铩羽而归,虽然称不上战败,但仍然给世人留下了战败的印象。而战败,正是让那些潜藏在水面下的内部矛盾一一爆发的导火索。

宰相易卜拉欣并没有眼巴巴等着苏莱曼一世归国,他秘密约见威尼斯大使皮特洛·詹,会面的地点就在加拉塔高地上距离埃尔维斯大宅不远的易卜拉欣本人的别墅里。

接到密会邀请的大使悄悄差人从威尼斯商馆找来了马可。詹大使和马可都认为宰相此次会面的目的绝不仅仅是分析局势那么简单。

宰相易卜拉欣的别墅是一座纯土耳其风格的宅子。全屋木质结构,屋顶有层层帐幕作为天篷。不过只要踏入宅邸,其内部的奢华装饰就会令所有人不禁感叹——不愧是奥斯曼土耳其帝国第一权臣的住所。一般富贵人家都不舍得拿来铺地的绸缎地毯在这所宅子里不但屋里有,甚至连走廊上都铺得满满当当。用于招待詹大使和马可的房间从墙壁到地板也满是价格昂贵的壁毯和地毯。

易卜拉欣很快就现身了。目光扫过站在大使身边的马可时,易卜拉欣停顿了一下,但什么也没说。三年前他们曾见过面,也许他还记得这个人是埃尔维斯的朋友。易卜拉欣走到大使面前,直截了当地开启了话题:"以您老一方的情报搜集能力,无须本官多言,想必也已经对我军在匈牙利战线苦战一事了如指掌了吧。今年的战事已经结束,问题在于明年。明年我们一定要赢得战争,或者说,如果再输就真是大事不妙了。"

宰相易卜拉欣说到这里忽然停了下来。马可以为是女奴抱着水壶进屋服侍的举动令主人中断了话题,没想到易卜拉欣像是猜到了马可的想法,一边笑着一边对马可说:"在本官身边伺候的奴隶都是有耳朵没舌头的哑巴,大可不必担心他们走漏消息。"

马可露出"原来如此"的表情,嘴上却没说话。宰相的视线再次回到詹大使脸上,用夹杂着威尼斯方言的意大利语继续说:

"大使,本官知道在您面前兜圈子是没用的,所以就不拐弯抹角了。

"对于本官这个宰相来说,匈牙利战线的成功极为关键。想必您也知道,反对本官的势力在奥斯曼土耳其帝国宫廷内日益强大。老实说,战败次数越多,本官的处境就越危险。

反之，这样的局势对反易卜拉欣势力则非常有利。您应该早就察觉到了是谁在暗中支持反对本官的势力，这个人很特别，没有女人像她一样懂得伺机而动。她一直在等待机会出现。

"本官想说的是，宰相易卜拉欣的危机就等于埃尔维斯·古利提的危机。贵国总督的宝贝儿子如今与本官是同一条绳上的蚂蚱，我们二人一荣俱荣，一损俱损。"

詹大使凝视着宰相，一言不发。那锐利的目光、耐性及体力，让人完全想不到他已经是个年近耄耋的老人了。

不过，眼前只有詹大使一半年纪的易卜拉欣更不得了，作为长年担负着庞大帝国兴衰的人物，他气势逼人，与前辈针锋相对。

"本官希望您老能上奏威尼斯元老院，提议从南方攻打奥地利。"

在宰相易卜拉欣的认知中，威尼斯政府的方针策略皆由元老院决定。

"只要威尼斯军从南方逼近奥地利，奥地利哈布斯堡家族的军队就必须兵分两路，无法再把全部精力放在匈牙利战线上了。希望威尼斯在明年春天之前准备好这一切。只要您老做到这一点，本官会亲自负责整编奥斯曼土耳其帝国大军，由苏丹率军再次亲征。"

宰相说完，轮到一直保持沉默的詹大使开口了。大使用沉稳冷静却又相当干脆的语气说："不行，做不到。"

易卜拉欣来不及等大使继续说下去便插话道："大使，本官不是在征求你的意见，而是要求你去游说威尼斯的元老院。"

"游说元老院只是在浪费时间罢了，元老们得出的结论必定与老夫刚刚所说的一模一样。"

"这么说，威尼斯共和国已经视我们两国间的和平为无物了吗？"

"对我国而言，与奥斯曼土耳其帝国的和平关系至关重要。但是，威尼斯前不久刚与哈布斯堡的当家人查理五世签订同盟条约，统治奥地利的正是哈布斯堡家族。背离同盟条约对我国来说无异于自杀。不论多么不愿意伤害威尼斯和奥斯曼土耳其帝国的友好关系，我们也不能把自己往死路上送。"

"你们这是要抛弃埃尔维斯公子啊！古利提总督对此应该有不同见地吧？"

"宰相大人可知，我国总督近日萌生退意，他老人家唯恐自己与爱子的羁绊会影响威尼斯共和国的政治策略。即便总督身在此地，与您面对面沟通，您得到的回答恐怕也与老夫我刚刚所说的没有什么不同。"

马可还是头一回听说古利提总督打算引退，这大概是马可离开威尼斯之后发生的事吧。

大使继续说道："总督辞职一事最终并未通过，不过您也可以将其视为威尼斯元老院贯彻国策时并不会考虑总督私人意见的证明。"

听到这里,宰相易卜拉欣似乎有些灰心丧气。他口中喃喃道:

"这么久以来,本官与埃尔维斯为威尼斯做了多少事啊!"

"关于这一点,无论是老夫本人、总督,还是元老院的元老们都心知肚明。迄今为止两国间的和平稳定,可以说是您与埃尔维斯大人一手缔造的。可是,宰相大人,您现在要求威尼斯把国家存亡作为赌注。国家不同于个人,我们输不起。更何况,如今威尼斯的处境已经岌岌可危,就算是您的请托,老夫我也是实在无法点头应允。"

易卜拉欣已经无力掩饰脸上的沮丧,他知道威逼利诱的伎俩对皮特洛·詹没用了。宰相把视线从老外交官移到了旁边的马可身上。

"丹多洛大人与本官年龄相仿,我们的人生还长,得失心自然也更重,想必您的想法应该与本官不谋而合吧?"

可惜,马可的回答也没能让易卜拉欣满意。"我非常赞同大使的意见。"

说出这句话时,不同于斩钉截铁的语调,马可的心中仿佛有一块巨石落下,刹那沉痛不已。

东方之风

转眼一年过去了,马可回到了威尼斯。

马可在苏丹苏莱曼一世返回君士坦丁堡后不久便启程归国了,没能在走之前与埃尔维斯再见上一面。埃尔维斯在苏莱曼一世回国后依然驻守匈牙利,并未返回君士坦丁堡。

不过,马可觉得这样更好。面对宰相易卜拉欣的指责,他仍能干脆回应,可当面诘问他的人若是埃尔维斯,他大概只能用沉默应对了。

如果埃尔维斯对自己说"连你也要舍弃我吗",自己还能义正词严地表达国家立场吗?

大道理有的是,而且道理都在自己这一边。这一点他很清楚,埃尔维斯也很清楚。

然而事到如今,再与埃尔维斯翻旧账,强调"我们早就提醒过你不要自己掺和进去"根本毫无意义,只是单纯的怨天尤人罢了。在马可的字典里,没有"怨天尤人"这个词。

暗自庆幸不用尴尬见面的马可即将离开君士坦丁堡。启程前,他再一次来到贝约格鲁大宅,与在这里等待爱人的莉维亚告别。莉维亚对埃尔维斯柔似蒲苇却又坚若磐石的感情令马可甚感放心,同时也生出了一丝羡慕。

他在君士坦丁堡的任务已经结束了。

回到威尼斯,马可立即回归十人委员会。

这一回上任,他的地位更上一层楼,可以连日接触到最新的机密信息。西方传来的西班牙国王的近况、东部递上来的苏丹苏莱曼一世的动向……精准的情报被接二连三地送到他的桌上。然而,掌握到这些核心情报的马可的心态却变了。

他不再像四年前刚进入十人委员会时那样时刻神经紧绷、充满使命感了。如今的他面对随时变化的局势,每天只有深深的无力感,那是一种怎么努力也得不到掌控权的无力感。

无力就对了,若是觉得可惜,那说明内心还有一团火在燃烧。现在马可已经心如死灰。这一年,"诸行无常"四个字渐渐变成了他解释一切的借口,而这正是这一年威尼斯共和国在国际局势下危险处境的写照。

近东传来了宰相易卜拉欣率军东进的消息。面对越来越不安分的波斯,奥斯曼土耳其帝国采取了军事行动。

苏莱曼一世与易卜拉欣过去总是焦不离孟。苏莱曼一世御驾亲征时会指定易卜拉欣镇守君士坦丁堡,但从未让易卜拉欣独自率领远征军出战。

可这一次,易卜拉欣独自领兵出征。据随后送来的情报显示,易卜拉欣的远征军虽然打了几场胜仗,却没在首都掀起太大的波澜。过去形影不离的两人现如今拆了伙,而且让从未单独行动的易卜拉欣指挥远征军,这番变动迅速引起十人委员会的注意。

莫非那位深得苏莱曼一世宠幸、位极人臣的奥斯曼土耳其帝国宰相易卜拉欣的好运已经到了头?种种迹象不由得人不多想。而苏莱曼一世迎接远征军归国时"再也不与宰相分头行动了"的公开宣言似乎更加坐实了十人委员会的猜测。就过去两人之间的亲密关系而言,这样的公开喊话实在太过刻意了。

宰相易卜拉欣的权势不稳最先影响到的是活动于君士坦丁堡与布达佩斯之间的埃尔维斯·古利提,影响到威尼斯倒是其次。威尼斯的十人委员会最先察觉到他的行为出现了失衡的迹象——某一天,来自威尼斯驻西班牙大使的急函被送至十人委员会委员们手中。

读完驻西班牙大使送来的书信,十人委员会会议室的气氛变得冰冷凝重。这是埃尔维斯直接写给查理五世的一封信。

埃尔维斯在信中通过自己统治匈牙利的事实,向查理五世力陈伊斯兰世界与基督教世界共存共荣的可能性。为了实现欧洲的长治久安,埃尔维斯希望查理五世能说服弟弟斐迪南一世,封锁奥地利与匈牙利之间的国境线,两国可签署互不侵犯条约。

在场的十人委员会半数的委员都毫不掩饰自己对古利提总督的怀疑和责怪。其中一位委员,也就是前一任驻君士坦丁堡大使莫塞尼戈甚至起身说道:"这个问题像一道无法卸下的枷锁,永远折磨着我们。这位埃尔维斯大人,也许根本没有资格出生在这个世上。"

古利提总督神色哀戚,无言以对。那位曾经令别国国王也黯然失色、象征着威尼斯一切华美锦绣的总督大人如昨夜幻梦一般消失殆尽,人们眼前只剩下一个为儿子的乖张行为深深苦恼的普通父亲。

驻西班牙大使的密函中还记录了这封信的后续——查理五世无视了埃尔维斯的请求,连回信也没写。

马可担心的还不仅限于强大的查理五世对此做何反应,在东方与西欧霸主查理五世遥遥相对的苏莱曼一世很快也会得到消息。如果自己是查理五世的话,把消息散布出去比秘而不宣更加有利。

埃尔维斯的垮台将直接影响到匈牙利驻军的战斗力。一旦匈牙利的奥斯曼土耳其帝国军队出现乱象,形势会迅速倒向统治奥地利的哈布斯堡家族一方。

埃尔维斯已经自己走上了国际政治的公开舞台。然而，这种登场方式可能真是错了。一想到这里，马可就觉得心如刀绞。

然而，出乎威尼斯十人委员会，特别是马可的意料，查理五世也好，苏莱曼一世也罢，都未对埃尔维斯采取任何行动。这两位都是动一动手指就能让埃尔维斯挫骨扬灰的人物，可是一切平静如常，什么也没有发生。

仅从现有的情报难以找到答案，那就只能靠推测了。而此时在座的十人委员会委员中，有资格对此事进行分析推断的只有马可一人。所有委员都对此毫无异议。

马可首先告诉其他委员，自己早前对此事的预测也错了。然后，在他分析自己预测失误的原因时，尝试着站在查理五世及苏莱曼一世的角度去看待此事，于是有了以下发现。

马可说，自己生于威尼斯，长于威尼斯，从未质疑过自己威尼斯人的身份。

他出生于建国以来堪称威尼斯共和国支柱的贵族世家，而且还是属于超一流名门的丹多洛家。他是嫡子，一出生就被赋予了未来担负国家大事的光荣使命。直至今日，他都对自己的这份责任和义务深信不疑。

他也从未对自己基督徒的身份产生过动摇。虽然他从心底里喜爱君士坦丁堡这座城市，但是他从未忘记，君士坦丁堡是异教徒帝国奥斯曼土耳其帝国的首都。

自己既是丹多洛家的嫡子，也是威尼斯共和国的嫡子，甚至可以说，自己是包括威尼斯在内的西方基督教世界的嫡子。这样的想法对马可来说理所当然、顺理成章。

在这一点上，无论是仅仅在一国社稷大事中略有发言权的自己，还是查理五世、苏莱曼一世这般所向披靡的强大君主，大家的想法和立场应该没有太大差别。

可是，埃尔维斯·古利提不是这么想的。

埃尔维斯既非威尼斯国民，也非奥斯曼土耳其帝国的正牌臣子。

他是基督教世界的人，却不是真正愿意侍奉上帝的虔诚教徒。同时，他也不信伊斯兰教。

在西方世界眼中，埃尔维斯虽然继承了父亲一方的威尼斯贵族血统，但其母并非西方人。而他母亲的出身在东方世界就显得更为卑微了，在奥斯曼土耳其人看来，埃尔维斯身上流着属于奴隶阶级的希腊人的血。换句话说，埃尔维斯既不属于西方世界，也不属于东方世界。

当然，出身于夹缝中的人并不只有埃尔维斯一个。事实上，地中海世界的混血儿数不胜数，无论是出于自愿的跨国婚姻，还是种种偶然交叠的结果。

也许是这些私生子中的大部分人都早早地屈服于命运，安贫乐道，所以未曾惹出什么风波。如果说埃尔维斯有罪的话，那么他的罪孽应该就是胸怀大志吧。

而这位特殊的私生子自然无法理解嫡子们的想法，因为他从小到大生长和挣扎的世界是每日走着阳关大道的嫡子们无法想象的，所以埃尔维斯才能想到那些习惯于正统正道、黑白分明的嫡子想不到也不敢想的事，并且付诸行动。

基督教、伊斯兰教、西方世界、东方世界……跳脱在重重身份枷锁之外的埃尔维斯是自由的，也只有他这样的人，才能问心无愧地成为臣服奥斯曼土耳其帝国的基督教国家的统治者。话说回来，最早由亚细亚人建立的匈牙利王国同样不属于西方世界，也不是东方国家，埃尔维斯在那里实现野心抱负，真是再合适不过了。

苏莱曼一世和查理五世自然不会想得这么深，实际上他们也理解不了。正因如此，他们暂时无法判断埃尔维斯近乎赤裸裸的表态对自己究竟是利还是弊，于是两位君主很有默契地选择了暂时观望。

两位君主的想法应该很简单，如果观察之后发现埃尔维斯的提议对自己有好处，那就接受，如果没有好处，便毫不留情地摧毁。毕竟，埃尔维斯对他们来说根本不是自己人，他们无须考虑舆论和道义，也没有任何心理负担，手段自然也更加狠辣。

马可的推测到此结束。事实上，他很想再说两句。

马可想说的是，一心创造世界新秩序的"私生子"们不免行事偏激，他们不属于任何一个世界，因此必须逼自己去做嫡子们根本不需要做的一些事。如果走运，剑走偏锋也能打开成功的大门，可是如果背运，这些不守规矩的行动可能会把他们拖入地狱。

然而，这些话马可并未真说出口，对知交好友的感情令他不愿把这些话说给其他人听。

埃尔维斯有一种令男人也为之折服的魅力，而且这些男人大多是出身正统、身份高贵，处境与埃尔维斯截然不同的嫡子，这种现象真是令人不可思议。

苏丹苏莱曼一世把埃尔维斯当作亲弟弟一样对待。马可作为他的儿时好友，自然感情深厚。如果查理五世有机会见到埃尔维斯的话，一定也会喜欢上这个与其年龄相仿的私生子吧。

想到这里，马可忽然想起了君士坦丁堡那位冷静通透的老外交官——詹大使。

大使不可能不知道前佩利留家的夫人藏身于埃尔维斯家的事，可是他从未对外透露，连写给十人委员会的秘密报告书里都不曾提及只言片语，因此十人委员会对此事毫不知情。

也许大使是希望这段秘密恋情能在无人察觉之处继续开花结果吧，马可想。虽然只是一件小事，却也证明了老外交官对埃尔维斯的好感。

其实马可也同詹大使一样将这件事藏在心中，从未泄露给旁人。他也在一旁默默守护，静观其变。

就这样，时间又过去了两年。

年份刚刚切换到1534年，一封加密文书从君士坦丁堡寄到了威尼斯。据这封来自詹大使的密函报告，近期匈牙利国内形势不稳。

埃尔维斯的敌人出乎所有人的预料。

十人委员会这一次立即决定委派马可前往君士坦丁堡。他委员的任期尚未结束，但现在已经顾不得那么多了，眼下詹大使急需一位有能力的左膀右臂。

不过，这一次马可的身份并非大使副官，而是与上一回君士坦丁堡之行一样扮作商人。如此安排主要是不想刺激西欧诸国，同时也能避开奥斯曼土耳其帝国的监视。在这种局势微妙的时期，威尼斯共和国向海外派遣专人的真正用意绝不能被西欧诸国，尤其是查理五世察觉到。通过丹多洛家族开设在君士坦丁堡的分号，马可·丹多洛在奥斯曼土耳其帝国国内的通行许可证很快得到了签发。对真相隐约有所察觉的叔父并未多说什么，只是默默出力。既然当家人隶属于十人委员会，其他丹多洛家的男人们也早已习惯了面对这样的局面。

在三百多年后的1860年刊发的《意大利文艺复兴时期的文化》一书中,作者布克哈特做出如下论述:

> 不曾有一个国家能够像威尼斯共和国这般,用强大的道德力量去约束居住在遥远异国的本国人。假设元老院的某位元老叛变祖国,向他国大使泄露情报,那么定居于他国的每一个威尼斯人都会在瞬间变成本国政府的眼线和间谍,搜集一切信息,以求力挽狂澜。同样,身在罗马的威尼斯籍红衣主教也会把由教皇主持的秘密红衣主教会议的内容一五一十地报告给十人委员会。

威尼斯共和国对身处遥远异国的威尼斯人都有着如此巨大的影响力,怎么会管不好自己国内的人呢?威尼斯人对于国家的归属感之强,堪称罕见。而且,出身于商人之国的威尼斯人拥有与生俱来的精准、客观的市场调查能力及信息搜集能力,做这些事就像血液在身体里流动一样自然,这使得威尼斯"间谍"毫无世人印象中的间谍应有的可憎的特质。据说在过去英国谍报活动兴盛的时代,就连被派往国外的英语教师都是情报机关的一员。威尼斯的情况就与此类似。

此外,被操控的一般老百姓从未向政府要求行使知情权。布克哈特在他这本发行于百余年前、如今在意大利文艺复兴研究领域依然极具权威性的著作《意大利文艺复兴时期的文化》一书中如此写道:"威尼斯共和国所依靠的不是国民的忠诚,而是国民的良知。"

威尼斯人的良知来源于国家的需要,而国家会用公正公平的统治来回馈国民。按照这个理论,大概只有不相信政府的国民才会一味要求知情吧。

马可此行三分之一走海路,剩下的走陆路。这么走的好处是可以在抵达君士坦丁堡之前掌握匈牙利的局势。

1534年的春天伴随着战争的阴影越来越近。

柳树之歌

匈牙利国内的局势动荡，是一个民族被两大强国裹挟着的典型悲剧。

哈布斯堡家族和奥斯曼土耳其帝国无论在宗教还是民族性上都有着天壤之别，因此，这两国之间的问题不同于皆属基督教文明圈的法国与西班牙之间的争斗。

如果奥地利的哈布斯堡家族或是奥斯曼土耳其帝国的任何一方拥有压倒性的军事优势，这个问题也许就不复存在了。

然而，奥地利一方虽然由正统的哈布斯堡家族统领，但现如今家族主力已经转移到了西班牙，奥地利更像是一个旁支。

另一边，奥斯曼土耳其帝国正忙着对付不安分的波斯，无法将全部兵力投入匈牙利战场。尤其在宰相易卜拉欣的权势开始走下坡路之后，这样的倾向越来越强烈。

若是奥斯曼土耳其帝国彻底压制住了匈牙利，这个基督教国家也许会非常顺从地接受奥斯曼土耳其帝国的统治。土耳其人在宗教方面的宽容度有目共睹，而且对于无法向穆斯林收税的奥斯曼土耳其帝国来说，异教徒反而是绝佳的征税对象，所以土耳其并不希望属国的全体国民改信伊斯兰教。

可惜的是，现在不论是奥地利还是奥斯曼土耳其帝国，都无法彻底把匈牙利捏在手里，问题也因此产生。

匈牙利国内有一位颇具权势的大主教，他原本就讨厌那个借奥斯曼土耳其帝国之力上位的国王扎波尧伊·亚诺什。

虽然没有切实证据，但这位主教私下通敌奥地利的传闻一直不绝于耳。毕竟他本人是天主教会的主教，比起以伊斯兰教立国的奥斯曼土耳其帝国，同样信仰上帝的哈布斯堡王朝反倒更像是自己人。不过，支持主教的匈牙利民众心里没有那么多弯弯绕绕，他们只是厌烦了这种一直被各方势力撕扯的状态。

发现局势不稳的埃尔维斯于1534年5月赶赴匈牙利，他打算运用总督的权力去缓和国王与主教之间的矛盾。

除了国王与主教，埃尔维斯还召来了匈牙利的所有贵族参加集会。若是无法妥善解决，埃尔维斯便打算当场驱逐主教。

然而，主教拒绝出席会议，于是埃尔维斯派出五百精兵前去逮捕。

万万没想到的是，埃尔维斯只是下令逮捕主教，可奥斯曼土耳其帝国士兵带回来的，却是这位主教的项上人头。

局势在一瞬间从暗潮涌动变成了整个国家的严重动荡。

最先爆发出激烈情绪的是信仰虔诚的农民，无法接受主教之死的农民们拿起镰刀和锄头冲向城镇。目睹同胞暴起，之前臣服于埃尔维斯的匈牙利士兵也改变了态度。

事情在短短一周内迅速发酵。原本应该将主教控制在手中的埃尔维斯反过来被四万名匈牙利暴民包围，起义者在总督宅邸外高喊着："杀掉土耳其人！"

这就是马可抵达君士坦丁堡时所听到的消息。

马可到威尼斯商馆点了个卯，连衣服都没换就急匆匆赶往威尼斯大使馆。与其等待大使召唤，不如自己上门更有效率。

直接被引入大使办公室的马可稍微寒暄了几句，便立即向大使表达了必须救援埃尔维斯的想法。詹大使在这两年间一下子憔悴了很多，但那沉静而明快的说话方式不曾改变。他平静地看着情绪略显激动的马可说：

"丹多洛大人莫非认为局势恶化之后，老夫依然在袖手旁观吗？

"姑且不论老夫本人对埃尔维斯的钟爱，维护威尼斯共和国的国家利益本是外交官的使命和责任,为此,老夫也必须采取行动。要知道,如果匈牙利真的落入奥地利之手,最为难的就是与奥地利接壤的我国。

"当然,奥斯曼土耳其帝国也不想看到这样的结果。所以,奥斯曼土耳其帝国和威尼斯在这一点上的利害关系完全一致。

"老夫借题发挥,对易卜拉欣施加了压力——如果奥斯曼土耳其帝国此时能派出大军救下被围困的埃尔维斯,就能化危机为转机,一下子拿下整个匈牙利,这对奥斯曼土耳其帝国来说是不可多得的好机会。

"易卜拉欣说他本人非常赞成这个提案,但是苏丹并无此意。老夫本想用激将法,让易卜拉欣想到自己过去对苏莱曼一世的巨大影响力,可惜的是,他已经不是过去的那个易卜拉欣了。罗克塞拉娜皇后反对此事,她觉得区区一个基督徒、威尼斯人,不值得奥斯曼土耳其人流血。而苏丹本人也没有那么关注匈牙利,他的大部分注意力都放在了东部的波斯战线上,那边的战事对眼下的奥斯曼土耳其帝国来说更为重要。

"宰相易卜拉欣也无意对抗宫廷内的这些变化。自己的处境越是微妙,他就越没有自信说服苏丹。"

听到这里,马可并未气馁。

"不过,大使,易卜拉欣人称'托普卡珀宫的威尼斯人',他的亲威尼斯政策鼎鼎有名,而另一个威尼斯人埃尔维斯正是那个在托普卡珀宫外协助宰相执行政策的人。这是众所周知的事实。一旦埃尔维斯垮台，易卜拉欣必遭波及。眼下救助埃尔维斯，不正是在救他自己吗？"

老外交官露出一丝笑容，回答道："易卜拉欣是从底层一路爬上来的人，对一切归零充满了恐惧。我们也许能鼓起勇气去打一场可能让自己变得一无所有的仗，但是他那样的人只会畏缩不前，根本没有背水一战的勇气。"

回商馆的路上，马可满脑子都是黑暗负面的想法。

埃尔维斯在基督教国家匈牙利成了邪恶的穆斯林，为人憎恶，在伊斯兰国家奥斯曼土耳其帝国又变成了威尼斯的基督徒，无人愿意向他伸出援手。就连他出身的基督教国家威尼斯，现如今也认为他是投靠了奥斯曼土耳其帝国的叛徒。

威尼斯无权指责易卜拉欣。毕竟，当初易卜拉欣要求威尼斯出兵奥地利时，威尼斯拒绝得那样干脆。

虽然在加拉塔高台没有太大感觉，但君士坦丁堡的夏天实际上非常难熬。因此，苏丹常常在夏季将宫廷迁往气候宜人的古城阿德里安堡。这一年，苏莱曼一世一如往年，带着与他如胶似漆的罗克塞拉娜皇后，前往阿德里安堡的行宫。宰相易卜拉欣要在苏丹避暑期间代其处理政务，因此驻留君士坦丁堡。

加拉塔地势颇高，虽然风光绝美，但是一到夏天就会惨遭阳光暴晒。只有能吹到来自博斯普鲁斯海峡的海风沿岸才是真正的清凉之地。埃尔维斯在此地也有一处别院，那是一座相当地道的威尼斯式建筑，临水而建，门前有一个小院子，更像是一座疗养院。

莉维亚待在贝约格鲁的大宅里等待消息的日子一天长过一天。到了夏季最炎热的时节，她终于走出宅子，搬来此处暂住。此次马可拜访的，也是这栋吹拂着清新海风的小房子。

莉维亚的容貌并无变化，但是两年前令马可惊叹的、宛如春日原野上繁花盛开一般的喜悦，如今已经无迹可寻。那名土耳其青年并未陪伴在她身边，而是跟随主人埃尔维斯去了匈牙利。莉维亚就这么在异国他乡独自忍受着看不到尽头的日子，身边连一个可以倾诉哀愁的人都没有。

然而，马可的来访也没能让莉维亚展露欢颜。

马可将自己从威尼斯大使馆得到的情报一五一十地告诉了莉维亚。他没有故意隐瞒坏消息，因为越是遮遮掩掩，对方越容易胡思乱想。他希望莉维亚至少能摆脱疑心和猜测可能要面对的折磨。一旦什么都知道了，人就会下意识地做好心理准备。马可相信莉维亚是个内心坚强的人。

而且，情况也并非完全朝着恶化的方向在走。

9月，从避暑行宫返回首都的苏丹苏莱曼一世终于开始认真考虑出兵救援埃尔维斯。苏莱曼一世并不是因为担心埃尔维斯个人的安危才改变了主意，他担心的是，如果再这么拖下去，搞不好奥地利会趁机出手援助匈牙利起义军，那么奥斯曼土耳其帝国有可能从此失去对匈牙利的掌控权。

宰相易卜拉欣派遣密使将此事告知威尼斯大使，马可也因此得报。此时，莉维亚已经回到了贝约格鲁大宅，马可立即策马带去了这个能够让她稍微安心的消息。与此同时，这一重要情报如往常一样被分别写成两份内容相同、密码不同的加密文书，一封直接寄到威尼斯的十人委员会，另一封伪装成乐谱，通过交际花奥琳皮娅传递。

然而，被包围的埃尔维斯无从得知君士坦丁堡的形势变化，奥斯曼土耳其帝国宫廷也无人在意埃尔维斯在孤立无援的情况下内心有多么绝望。

被动守城两个多月的埃尔维斯放弃了等待救兵，决定自行突破重围。他打算用手上仅剩的奥斯曼土耳其帝国军队赌一把。可是事与愿违，守城士兵三度出击，却没能赶跑在人数上具有压倒性优势的起义军，只能丢盔卸甲逃回城内。

与此同时，对埃尔维斯的不满情绪也在守城的奥斯曼土耳其帝国军队内滋生。谁也不愿意打败仗。土耳其士兵不再愿意服从这个不是奥斯曼土耳其人，也不是穆斯林，而且始终等不到苏丹援兵的指挥官了。

完全变成了孤家寡人的埃尔维斯丝毫不知道君士坦丁堡方面已经开始调派援军，深感已经无力回天的他决意带着年轻的土耳其仆人弃城逃亡。

弃城姑且是成功了。至少他们躲过了围城的农民军，跑出了包围圈。

然而，驻扎在农民军外围的原匈牙利军认出了埃尔维斯。不知埃尔维斯是怎么想的，虽然换上了简陋的贫民衣衫，却不愿摘下头上那顶心爱的黑貂皮土耳其帽。就算他用头巾遮掩，也还是被一个曾在近处见过埃尔维斯的匈牙利士兵发现了端倪——粗布头巾下居然露出高级皮毛，而且这顶帽子还相当眼熟。

一队匈牙利士兵迅速包围了埃尔维斯。双拳难敌四手，主仆二人放弃抵抗，被匈牙利人带到了兵营。

多亏间谍日夜兼程策马送信，威尼斯大使最先得到了这个消息，然后就是马可。与大使商量了今后的对策之后，马可前往贝约格鲁的大宅。当时他并不知道，那里还有另一个消息在等着他。

马可在奴隶的引导下进入屋内，莉维亚已经在此等待。除了莉维亚，那名始终跟随在埃尔维斯身边的土耳其青年也在。

年轻的仆人浑身泥泞不堪，显然也是刚刚赶到这里。他跪在莉维亚跟前，好像正在向女主人汇报着什么。看到马可进屋的莉维亚没有说话，只是表情僵硬地指了指椅子，示意他坐下，然后让土耳其青年继续说下去。

土耳其青年为了让并不精通土耳其语的两人能听懂，一字一句慢慢地表述着。他的眼睛并未看着女主人或是来客，仿佛灵魂被抽空了一般，直直地盯着墙壁上的一点，面无表情地说道：

"被带到兵营后，主人并没有放弃。主人对匈牙利人说，如果放我们走，就立刻从君士坦丁堡送十万杜卡特金币过来给他们。

"那些匈牙利人动摇了，特别是那个看起来像队长的人，说十万杜卡特金币是一辈子也挣不到的大钱，他也开始帮着说服那些士兵。

"就在这个时候，两个农民不知为什么突然闯了进来。他们听说情况之后，也不听队长的话就跑出了帐篷。不到十分钟，不远处的暴民们都知道了主人的位置。

"那些暴民围住帐篷大喊着：'杀掉土耳其人！'情况越来越混乱。

"被主人说动的匈牙利士兵一共只有几十个人，抵挡不住外面那些疯狂的农民。主人很快就被农民们拉出了帐篷，带到护城河边。他们在那里砍掉了他的头。

"他们把主人的头插在长枪上,整晚围着它唱歌跳舞。

"他们抢光了主人值钱的东西,然后把他丢在原地,我把他埋在了附近教堂后面的墓地里。

"第二天夜里,等那些农民睡着了,我偷出了主人的头,带了回来。"

青年起身从屋外拿进来一个污迹斑斑的包裹,小心翼翼地将其放在大理石桌上。这是埃尔维斯的头颅。

马可没有勇气看,甚至无法接受这个事实。

走近大理石桌的人,是莉维亚。女人打开包在外面的肮脏布料,一股浓烈的恶臭在房间里飘散开来。马可下意识地抬起视线,他看到莉维亚伸出双手温柔抚摸着眼前这个仿佛正在熟睡的男人的脸,然后轻轻地亲吻男人早已苍白的嘴唇,最后摘下披在肩上的蕾丝披肩,把爱人的头颅包裹了起来。

女人从头到尾都没有流泪。

女人抱着用蕾丝披肩重新包好的头颅,看着土耳其青年,说:"走吧。"

二人从露台走进庭园,朝那个栽种着柳树的池塘走去,一路随二人走出屋子的马可也在这里停下脚步。

在柳树下,土耳其青年正在挖洞。莉维亚站在一边,把爱人的头颅抱在胸口,等待着墓穴准备完毕。

墓穴挖好了,莉维亚亲自将头颅安放在墓穴中,并掩埋

柳树之歌

了起来。她就那样跪在地上,用手一把一把抓着土,慢慢将心爱的男人埋入地下。

结束后,莉维亚似乎无意为爱人的坟墓插上十字架,只是站起身来,一动不动地盯着那片土地看。

马可走到莉维亚身边,轻声说道:"眼下加拉塔港有一艘即时启程的船。马上动身,上船离开吧。留在这里太危险了。最好在苏丹知道埃尔维斯的死讯前离开君士坦丁堡。"

女人转过头来。马可看到一双空洞无物的眼睛,不禁心里一片冰凉。

归乡

由于时间紧迫,马可无法对船多加选择。

若是能乘上既有风帆又有桨、不被风力束缚的桨帆船,自然再好不过,可惜在接近深秋的此时,没有船队会从君士坦丁堡向南进发。

眼下停靠在加拉塔码头的这艘船是只有风帆的帆船。

这还是一艘大船。船越大,装载货物就越花时间。这艘船恐怕就是因为装卸速度慢,才被船队抛下,留在此地的吧。

在土耳其青年的帮助下,马可几乎是半抱着莉维亚上了这艘船。两人是没有预约的不速之客,幸好马可身上十人委员会的证件让他们得以顺利登船。

这艘帆船挂着威尼斯的国旗。船长不但没有问东问西,甚至还把自己用的船舱让给了这一对在开船前一刻匆匆赶来的怪异男女。

等船开始起锚的时候,在船舱中安顿好莉维亚的马可走到甲板上,送土耳其青年离船。

马可头一次张开双臂抱住了这个异国青年的肩膀,然后,他低沉却又一字一句清晰地对青年说:"今后,你想做什么就去做。埃尔维斯一定会同意的,无论你做什么。"

青年望着马可,眼中头一次泛起泪光。好像是为了赶紧风干泪水,他跑着下了船。

船开了,土耳其青年依然站在原地一动不动。马可也一直站在甲板上,他从船下青年的身上看到了埃尔维斯的影子。随着船越开越远,码头上的人影越来越模糊,埃尔维斯站在港口码头与他告别的景象却在脑海中越来越清晰。有那么一瞬间,马可甚至听到儿时好友满不在乎周围人的目光,大声呼喊。

看到十人委员会的证件后决意管住嘴巴的船长并不知晓内情。看到马可在甲板上岿然不动,他心想应当为这位贵为元老,甚至出任十人委员会委员的尊贵客人排忧解难,便走到近旁说道:"虽然只有一艘船,但您大可以放心,等出了达达尼尔海峡,到莱斯沃斯岛附近,就能追上船队啦!在此之前的海域都在奥斯曼土耳其帝国的管辖之下,安全得很,不用担心海盗出没。"

实际上,奥斯曼土耳其帝国的管辖才是马可最担心的事。当然,这件事没必要告诉船长。

所幸,船是顺风而行。这艘估计有五百吨的大型帆船张开四张巨型风帆，在海风的带领下一路前行。中央那根桅杆张开的四角风帆的长度几乎与船身一样。船长介绍说，比起地中海，这种船更多用于大洋航行，尤其是经由英国南安普敦前往佛兰德斯的航线。马可一边听着，一边下意识地点头。

这艘船上还配备了五十门小型炮。虽然没有桨手，可万一出现紧急情况，船上可以立即组织起五十名石弓兵，其余人则可以担当炮兵。能够随船配备充足人手正是大型船的优势，这样的船就算不与其他船只结成船队，也完全可以自己对付海盗。

不过，马可担心的并不是海盗。他实在猜不到，苏丹在得知埃尔维斯·古利提的死讯后，会采取何种行动。

当位高权重者倒下时，那些因畏惧权势而不敢造次的小人就会一拥而上，露出狰狞的面目。贝约格鲁的宅邸很快就会被不怀好意的人占领，让莉维亚一个人待在那里，实在是太危险了。

而且，苏丹苏莱曼一世是掌握绝对王权的封建君主。一旦他发现自己过去对埃尔维斯的宠信居然带来了这样的结局，恐怕整个奥斯曼土耳其帝国没有一个人能平息他的雷霆震怒。

马可担心苏丹愤怒的火焰会烧到莉维亚身上。

自从出任匈牙利总督，埃尔维斯便成了苏丹的家臣。在奥斯曼土耳其帝国，家臣的东西，哪怕是个活人，也一概归属苏丹。若是苏丹要把莉维亚当作奴隶卖掉,全国上下也不会有任何人提出异议。马可心中的恐惧在船离开奥斯曼土耳其帝国海军控制的海域之前无法平息,抵达达尼尔海峡之前的这段航程显得那么漫长。

在外人看来,船舱里的莉维亚毫无异状。

她优雅文静的举止一如往常,面对小心翼翼的船长,她甚至面带微笑与其说话。吃饭时,她虽然算不上食欲旺盛,却也没有拒绝进食。

莉维亚并不是一直躲在船舱里,她会不时来到甲板上,似是饶有兴致地看着船员们升降风帆。

只不过,她时不时投向大海彼岸的视线总是向着船的正后方向。马可在远处看到这一幕,不禁悲从中来。她在望着那个离她越来越远的君士坦丁堡,在想那里的事、那里的人。

而马可心中又何尝不是如此呢?他知道他们在想着同样的事,所以并未上前打扰。

马可并不担心莉维亚会自杀。一般来说,基督徒是绝对不会自我了断的。生命由上帝所赐,无论罪孽深重的人类怎么想,亵渎上帝的行为都是不被允许的。无论威尼斯人表面上对异教有多宽容,归根究底还是上帝的子民,自杀这个念头不会出现在威尼斯人的脑海中。

马可让莉维亚一个人睡在位于船尾的船长专用舱里,他自己则在下一层的小房间里过夜。

马可躺在坚硬的木头床架加薄床垫组成的卧铺上,开始考虑未来的事。

大船被来自黑海的强劲海风推动,穿过博斯普鲁斯海峡驶入马尔马拉海后,就能来到达达尼尔海峡。眼下船速不错,海面也很平稳。对于奥斯曼土耳其帝国海军的恐惧随着船越开越远,也渐渐缓和了下来。马可终于能放下心来考虑接下来该怎么办了。

马可在维罗纳城郊有一处别院,那是母亲留给他的资产。儿时,他每年都跟随父母前去避暑,但是随着母亲去世,自己在政府任职之后,就再也没去过了。在那座别院里,年少的他也曾经与埃尔维斯一起度过了好几个夏天。

他想把莉维亚带到维罗纳的别院去。那里远离威尼斯,不用担心会遇到熟人。别院的位置也不在维罗纳市内,不用与维罗纳的上流阶层打交道,也不必担心传出什么流言蜚语。

从修道院逃走的莉维亚不但与前任夫家佩利留家再无瓜葛,与娘家柯内尔家也就此断了联系。若是她返回故乡认亲,想必柯内尔家是愿意收留这个女儿的。只不过,莉维亚自己应该不愿再回去了。

关于这件事,马可并未直接与莉维亚沟通过。

归乡

两个人在船上并非毫无交流，但一般所谈的，不是海，就是风。威尼斯、君士坦丁堡、埃尔维斯·古利提，这些过去常常挂在嘴边的词忽然不再出现。他们并非故意回避这些话题，就只是很自然地不去提而已。

有些事就算不说出来，马可也心中了然。他知道莉维亚所想的事与自己一样，所以他从未想过要把莉维亚带回威尼斯。

让莉维亚在维罗纳的城郊别院安顿下来之后该怎么办，马可还没想好。老实说，他已经不想去思考这之后的事了。

马可打算让威尼斯丹多洛宅邸里的老仆夫妇前往维罗纳别院，照顾莉维亚的生活，这对老夫妇值得信赖。马可还有政府的公职在身，必须留在威尼斯，无法频繁前往距威尼斯百余公里的维罗纳。若是由这对忠诚的老仆照顾莉维亚，马可也就安心一大半了。威尼斯的宅子只有他一个人住，由老夫妇的侄子，那个曾经跟随他前往君士坦丁堡上任的年轻仆人打理就足够了。

帆船顺利穿过达达尼尔海峡。守备在海峡出入口的奥斯曼土耳其帝国边防官只对船长进行了简单盘问，连甲板都没上就放行了。船在此扬起四面风帆，全速前进。很快，曾在古希腊特洛伊战争中占有一席之地的忒涅多斯岛也消失在船的后方。传说希腊联军将奥德修斯的木马送进特洛伊城后，就藏身于忒涅多斯岛上静静等待时机来临。在这座小岛的东面还能看到特洛伊古战场。

船在此地改道向南,朝莱斯沃斯岛进发。一来,船只必须在此补充新鲜的淡水和食物;二来,船长早就与相约一同前往威尼斯的船队成员约好了在莱斯沃斯岛会合。

接下来,船队往西南方向行驶,在米洛斯岛稍微停留后继续向西南走,绕过伯罗奔尼撒半岛最南端后转向北方行进,接连在赞特岛、科孚岛等威尼斯领有的岛屿停靠后便一路向威尼斯北上。若是顺风,一个月便可抵达;若是逆风,就会拖慢船的速度,大约要一个半月才能到。这个季节的地中海天气平稳,无须担心突如其来的暴风雨。

船长说,船在次日黄昏就能抵达莱斯沃斯岛的港口,船会在此停留两天,这两天可以到港口的旅店休息。无论乘坐的是帆船还是桨帆船,当时的旅客都习惯在中途停靠时上岸住店。

马可将这一日程告诉了莉维亚。莉维亚只是说,一切听他安排。于是,并不熟悉莱斯沃斯岛的马可找到了船长,打听哪间旅店适合莉维亚入住。船长表示,一定会为两位贵人介绍好旅店。

这一夜,马可终于能睡着了。这是自他离开君士坦丁堡以来第一次真正入睡。

在清晨的微光些许照亮海面时,马可被船舱窗户打开的声音惊醒了，可能是风一下子变大的缘故。

从敞开的窗户往外望去，海平线上刚刚透露出的那一丝光亮在视野左侧，此时的船向莱斯沃斯岛前进，船头应当朝着东南方向。

马可没有了睡意，想要出去走一走。熟睡之后，他醒得很彻底，此刻只想登上甲板，让身体吹一吹黎明时分的海风。

甲板上不见人影。船顺风而行，船员的工作很是清闲，估计此刻都在甲板下面的大通铺上呼呼大睡吧。马可抬起胳膊舒展筋骨，深深呼吸了一口清晨冰冷的空气，感到神清气爽。他的身体感受到由心而发的放松感，而此时他的内心，也随着海天交界处渐渐深邃的玫瑰色变得柔和而温暖。

正在此时，他感觉船中央那面被海风吹得鼓鼓的风帆的阴影中似乎有人，前一刻还放眼海平线的马可立即把视线聚焦到了一点。

那里确实有人。之前被风帆遮住了没能立刻发觉，那个靠在船舷边的人，是莉维亚。她一身雪白的衣裙，与黎明的浅白色微光融为一体，从远处看几乎分不清那究竟是人，还是海上大气凝结成的精灵。

脸上洋溢着笑容的马可迈开步子，打算向莉维亚道一声时间过早的早安。然而，他马上就停下了脚步，他看到刚刚还在甲板上的莉维亚的身体仿佛翩翩起舞一般，轻盈地向上一跃。她攀上船舷,站在了船的边缘。马可想喊却又喊不出来,他甚至难以判断自己究竟有没有发出声音,好不容易才从喉咙深处发出一声短促的呼喊。

站在船舷上的女人似乎听到了他的喊叫,转过头来与马可四目相对。此时的她仅靠一只手搭在帆桁上维持平衡。

马可跌跌撞撞地向她跑去,浑身都在颤抖。

可是,他很快就停了下来。是莉维亚脸上展露的微笑阻止了他。她的笑容如此柔美和煦,却也在明明白白地告诉马可:别再过来了。

今天仿佛是她举行婚礼的日子,披散在脑后的乌黑秀发被风吹起,洁白的长裙在浅淡的朝霞中翻飞,宛如一只美丽的白蝴蝶。

莉维亚再次对男人露出笑容,静谧却明朗,淡然又愉悦,马可能感受到此刻她内心的平静。

下一个瞬间,女人的身体飞了起来,在海天的映衬下画出一个优美的圆弧,然后落入海中。

冲到船舷边的马可在刹那看到一朵白花向深蓝色大海的深处漂去,可就在眨眼间,那朵花儿就被波涛吞没,消失得无影无踪。

莉维亚的船舱收拾得非常整齐,马可只在船长的《圣经》下面找到一封信。这是莉维亚写给马可的信。

您应该比任何人都清楚，只有在埃尔维斯身边，我才能活下去。

丹多洛大人，一路行来非常感谢您的诸多关照，也请务必帮我最后一个忙。这些珠宝都是埃尔维斯送给我的，希望您能将这些转交给我们寄养在威尼斯女修道院里的女儿。

如今她年纪尚小，您可以等到您认为合适的时候再交给她。

莉维亚是个幸福的女人，即将要去给予我幸福的人身边了，请原谅我的任性。

这个包裹着象牙色丝绸的盒子是离开君士坦丁堡时，忠心耿耿的土耳其青年交给莉维亚的，他劝说女主人起码要带上一些东西傍身。盒子里装满了各式各样镶嵌着红宝石、祖母绿宝石、海蓝宝石及珍珠的首饰，这是埃尔维斯多年间一件一件赠送给莉维亚的爱情的遗物。

船如期在当天黄昏时抵达莱斯沃斯岛的港口。面对前来介绍岛上旅店的船长，马可说已经没有那个必要了："那位夫人已经投海自尽了。不过，希望船长大人能帮我保守这个秘密。"

船长默默地点了点头。

三天后，帆船驶离莱斯沃斯岛，向威尼斯进发。此时，这艘船上载着的，只剩下了马可的躯壳。

牢狱

马可只在回国的第一晚睡在了威尼斯自家的床上。

他命人在次日清晨给十人委员会送去自己回国的消息。当天不是十人委员会例会的日子,马可打算两天后召开例会时再去报到。

如果放在过去,无论当天有没有会议,马可一下船就会直奔总督官邸。可是这一次他实在筋疲力尽,全身像是被抽空了一样。他在利多的外港就下了船,乘着雇来的小船从大运河逆流而上,直接回到了家里。这天夜里,他没有告诉任何人回国的消息,也没去找奥琳皮娅,像是死了一样陷入沉眠。直到第二天下午,他仍然觉得困顿不堪。

就在这一天的深夜,当夜晚的静谧让白日里船只往来不绝的大运河也陷入梦乡,一条船身上印有CDX字样的黑色贡多拉横靠在了丹多洛家临近大运河的门口。

一觉睡过了三餐时间的马可刚刚吃完今天的第一顿饭。

他还是不太想见人，就这么坐在面向大运河的房间里，漫无目的地眺望着外面的风景。也因此，他比任何人都更早注意到那条顺水而来，停在他家门口的漆黑的贡多拉。

首先浮现在马可脑中的想法是，反正我明天就会去报到，何必赶着来找我。而后，他听老管家说，刚刚上门的官爷请他立即动身前往总督官邸。应该是有紧急的会议吧，马可如此推测。

经过一昼夜的睡眠补充，马可的身体恢复了一个三十几岁男人该有的力量。面对急召，重新整理仪容的他不再有之前的颓唐之色，又变成了那个优雅、自信的威尼斯贵公子。

马可所乘的漆黑的贡多拉并未按照一般路径沿着大运河前往圣马可码头。船朝着大运河的上游走了一小段后，向右拐进了圣萨尔瓦多运河。穿过架在河上的两座桥，贡多拉再一次向左转弯，进入了另一条运河。在这条运河上航行一会儿后，贡多拉在岔口右转。这是要从总督官邸的东面走，再到圣马可码头吧，马可心想，应该是为了抄近道吧。

然而，十人委员会的黑色贡多拉的目的地并不是位于威尼斯城正面的圣马可码头，船在拐入码头前就在总督官邸东侧某个临水的出入口停了下来。

下船看到周围景象的瞬间，马可脑中警钟大响。他被押着走过仅仅点着几盏灯的昏暗走廊，被人一把推进了一间石牢。直到背后厚重的木门被牢牢锁上，他也没能回过神来。

"为什么？"

这个疑问占据了他的大脑。他一面问自己，一面环顾四周。

这间从天花板到地板全部由石头建造的牢房高2.5米左右，宽度应当与长度差不多。牢房的长度也许是5米，也许更长一些。必须弯腰才能通过的厚重木门的关键部分都用铁皮做了固定，安装着铁栅栏的窗户外面就是走廊，没有可以通向外部的窗户。牢房中还摆着一张长约2米，宽不到1米的木台，可能既是床又是椅子吧。石牢里没有点灯，周围漆黑一片。

马可站在牢房中央一动不动，仿佛一座石像，大脑却飞速转动起来。

他被十人委员会的贡多拉带到这里，罪名肯定不一般。要说与十人委员会相关的罪名，不是叛国罪，就是间谍罪。可是他非常肯定，自己绝对没有犯过这两种罪中的任何一种。

硬要说的话，他的确向十人委员会隐瞒了莉维亚藏身君士坦丁堡一事，但这并不是什么严重的大罪。当然，如果十人委员会真要以此事向他问罪的话，他无话可说，甘心受罚。

马可在脑中冷静地分析着，心里泛起的不安情绪却越来越重。"为什么"这三个字在眼前挥之不去，宛如不断冲刷着海岸的波浪一般苦苦折磨着他。

事已至此，马可脱下因深夜出行随手披上的黑色毛皮衬里斗篷铺在坚硬的木床上，然后躺了下去。

　　不经意间，马可看到床铺左手边的石壁上刻着一些文字，大概是之前住在这里的某个犯人留下的。走廊上昏黄的灯光从窗口的铁栅栏里漏进牢房，马可借着微弱的光，读起了这些文字：

　　　　生而为人，多多少少都心存恶念，若是想要远离这些恶念，保护自己，那就别相信任何人。可以思考，但是不要说出来。

　　　　然后，要记住，在悔恨和慌张之时依赖他人，实则有百害而无一利。此时此刻，正是考验你真正价值的时候。

　　读毕，马可不禁苦笑。原来自己的十人委员会居然把写下如此醒世警句的人物关进了监狱！比起对这些语句的感同身受，这个念头反而让他笑了出来。马可忽觉心头一松，情绪稳定了下来。他对自己的清白很有信心。

　　虽然刚刚睡了一整个昼夜，困倦感还是再次袭来。马可用斗篷紧紧裹住身体。

　　他从小就是这样，一旦遭遇自己无力对抗的事，就会变得很困，过去埃尔维斯常常笑他像头冬眠的熊。

只要一觉睡醒，无论是好是坏，情况总会发生一些变化。马可像过去一样自我安慰着，陷入了沉睡。

然而，第一次醒来后，情况毫无变化。第二次、第三次也一样。

在这期间，马可在醒着的时候也没有任何行动，甚至从未被传唤。他只是偶尔伸出手指，一面抚摸着刻在石壁上的最后一行文字——"此时此刻，正是考验你真正价值的时候"，一面静静等待着事态变化。

被关进监狱的第三天早上，迄今为止从未露面的典狱长现身，让他马上前往十人委员会的房间。

穿过走廊，走下台阶，就能从监狱直达十人委员会的会议室。实际上，这里与十人委员会同在总督官邸内。马可一言不发，跟着典狱长走出石牢。

走进十人委员会的房间，马可三天以来头一次看到了灯光之外的自然光。穿着那件三天没有换洗、满是褶皱的黑色长袍，想到自己脸上没刮的胡须，阳光下的马可在一瞬间感到了害怕。不过，这仅仅是一瞬间。

他的目光迅速扫过屋里的人，今天出现在这里的十人委员会委员有不少是他的老熟人，不过也有新面孔。马可暗忖，看来过去占据十人委员会全部席位的古利提总督一派式微，与之针锋相对的佩利留党开始兴起了。

房间里的其他人都已就位,但马可却连一把椅子都没有。总督对站着的马可开口道:"在座所有人都已经通过我们的驻君士坦丁堡大使得知了埃尔维斯·古利提已死的消息。不过,你才是那个最清楚内情的人。来吧,把一切告诉我们。"

马可开始了漫长的讲述,除了与莉维亚相关的事,他把自己的所见所闻都说了出来,包括从土耳其青年口中听到的埃尔维斯死亡的真实情况。

然而,马可说着,内心却产生了巨大的疑惑。十人委员会把他关进监狱不可能只是为了让他做个工作报告吧?此外,除了十人委员会的十七名委员,"四十人委员会"的三位委员长居然也出现在了这里。马可的疑惑越来越深。

等马可报告完毕,古利提总督的视线仍然停留在自己的膝盖上。他也不看周围的人,直接用沉重的语气说:"各位委员,这件事到此结束。后面的事可以交给直接负责人去办了,他们一定能够最大程度考虑威尼斯共和国的利益,妥善善后。"

委员们纷纷点头。这是一场无须投票和举手的决议。

表决结束后,委员们的视线再次一齐投向了马可。终于要来了,马可心想。

十人委员会有三位逐月轮替的委员长,每一位都身穿绯红长袍,非常醒目。此刻,绯红长袍的其中一位站了起来,向马可发问:"你是从什么时候开始与娼妓奥琳皮娅保持关系的？"

听到这个预料之外的问题，马可在一瞬间有些慌张，但是很快就调整好了情绪。

马可早有觉悟，既然站到了这里，就必须如实回答所有问题。

在十人委员会工作多年的马可非常清楚这个委员会委员追根究底的能力，以及他们对真实性和准确度的要求。在十人委员会面前，任何一个小小的谎言都是在自掘坟墓。要证明自己的清白，最好的方法就是说出事实。

第二个问题是马可与奥琳皮娅对话的内容。马可把自己记得的所有内容都和盘托出了。

接下来，委员会让马可说出他寄到奥琳皮娅那里的、伪装成乐谱的加密信的内容。马可同样如实相告。这些内容属于公务，马可几乎全部背了下来，直到现在也记得很清楚。而且当时为了保险起见，都会通过大使馆寄送另一封内容完全一致的加密信。十人委员会想要证实马可所说的内容，只要去翻一下档案就行了。

第一位红衣委员长的质询到此结束，第二位走上前来继续审问马可。不过，这一次的审问不同寻常。

"你还记得七年前发生的圣马可钟楼的坠楼案吗？"

马可点了点头。

"那不是自杀,已经查明是他杀了。"

马可对此并不意外,当时他就考虑过他杀的可能性。委员长继续说道:

"'黑夜绅士团'判断那是自杀事件,很快就将那人埋进了无名氏墓地。幸好当时有一位正在学习解剖的年轻医生偶然看到尸体,发现了可疑之处。'四十人委员会'非常重视他的意见,于是悄悄挖出尸体,进行了正式的解剖。'四十人委员会'要翻出'黑夜绅士团'已经下定论的案子,自然只能在暗中秘密进行。解剖的结果是他杀,而且死因并不是从高处坠落。接下来的细节,请'四十人委员会'的委员来说明吧。"

"四十人委员会"的全称是"负责罪案的四十人委员会"。不同于出身元老院的十人委员会,"四十人委员会"的委员们都来自共和国国会。

十人委员会是制裁叛国大罪的机构,而"四十人委员会"则负责审判一般的罪案。"黑夜绅士团"虽然拥有调查权,但是没有审判的权力。

"四十人委员会"的委员长从座位上起身,代替绯红长袍说明案情:"根据解剖医生的意见,死者仅后脑部有损伤,脊柱及其他部分均完好无损。凶手应该是用某种钝器反复重击他的后脑勺才导致其死亡。我们根据以上事实推断,死者应该是在其他地方被害后,被人搬到了圣马可钟楼下。如此布置的目的,就是想让人觉得死者是特意登上一般人无法进入的圣马可钟楼,然后跳楼自尽的。"

不过,虽然搞清楚了死因,接下来的调查却陷入了僵局。由于这是"四十人委员会"自行决定跟进的案子,难以开口请求十人委员会的援助。对于委员长的解释,马可只能点头表示理解。

死者是个八卦缠身的男人,要厘清与他相关的人际圈就是一个大工程。而且他树敌颇多,要一个个在暗地里调查,排除嫌疑,着实花费了委员会相当长的时间。

"不过,我们终于在一个人身上发现了破绽。我们逮住了那个人,并且让他说出了实话。然而,这背后的真相已经超越了'四十人委员会'的职权范围,我们认为应当交给十人委员会来处理。"

就着"四十人委员会"的说明,十人委员会的委员长继续说道:

"下手行凶的是娼妓奥琳皮娅从罗马带来的仆人。此人出生于意大利南部,身材高大、体格健硕,是奥琳皮娅家的守门人。

"守门人承认自己杀了人,但是一提到动机就一味强调自己向死者借了钱,因为死者催债逼急了,他才失手杀了人。除此之外,无论我们怎样拷问,他都不肯透露。

牢狱

"我们对这个守门人做了调查，周围人都说他为人和善，从不惹事，这样的人怎么可能一冲动就去杀人呢？于是我们找来了他的雇主奥琳皮娅，我们猜测真正的凶手或许是他的女主人。"

听到这里，马可忍不住问道："连女人都拷问了吗？"

"不，不用拷问，她就全招了。她说那个死者多次敲诈她，就像一个填不满的窟窿，让她实在难以忍受。只不过她从没想过要杀了他。

"被敲诈的理由她也交代了。女人的真实身份是神圣罗马帝国皇帝兼西班牙国王查理五世的间谍，奉查理五世之命刺探威尼斯的情报和动向。在'罗马之劫'事件之后，为了生计从萧条的罗马搬到繁华的威尼斯，这只不过是掩人耳目的借口。

"丹多洛大人，那个女人接近你，也是为了完成任务。"

马可仿佛遭遇了当头一棒，眼前一片漆黑。他居然如此大意，亲手把威尼斯共和国的机密情报送到了一个不怀好意的人手里，就算那只是加密文书，自己也实在是愚蠢至极。耻辱、羞愧、愤怒，各种情绪瞬间涌上心头，马可一下子被击溃了。他像是被人掐着脖子一样发出低沉沙哑的声音："那个女人，你们打算怎么处置她？"

十人委员会委员长的语气忽然变得轻松了："她的自我辩

白相当精彩，而且勇气可嘉，她居然呵斥我们，说我们太小看她了，她可不是那种会出卖情郎的女人。

"你寄给她的信她的确一封也没有拆，她全都按照你的要求交给了收信的那名委员。那名委员也出面为她做证，所以她不用承担任何罪责，毕竟这些密函确实没有传到查理五世手上。我们对那个女人的要求就是离开威尼斯，五天前她就出发了，眼下大概已经回到罗马了吧。"

委员长的话还没说完。

"作为个人，你要爱一个女人，信任一个女人，这都没问题。就算被坏女人骗了，也只能说你的自我控制能力欠佳。然而，这些事放在一个身居国家要职的人身上就会变成大问题，我们只能认为你这个人严重缺乏危机意识。"

闻言，马可只能一味点头。

狂欢节的最后一夜

从那以后,马可整日把自己关在家里。原以为只要回到祖国就能恢复正常生活,却再也没能实现。

无论是十人委员会、元老院,还是共和国国会,哪里都没有了马可的位置。长达三年的免职期,是他必须接受的惩罚。

这在威尼斯共和国的法律中已经属于轻判了。十人委员会内部不乏提出要永久放逐马可的委员,终于在古利提总督的坚持之下,判罚他三年不得担任任何公职。

总督特意将恢复自由的马可叫到了私人房间,对他说了这样一番话:"丹多洛大人,对于如今的威尼斯共和国而言,让你这样的优秀人才就此埋没实在是太过奢侈了。接下来这段时间,请你好好休息,用不了多久,共和国就会再次召唤你。"

眼前的总督早已不复刚刚就任时雄壮华美的风采,然而他从未放弃自己作为威尼斯共和国第一市民的资格和荣耀。衰老的古利提总督虽然从头到尾没再提过心爱的小儿子埃尔维斯,但听着他的那番话,马可觉得好像在听亲生父亲说话一样。

原来这个人与哀愁也无比相称,马可心想。

老实说,停职三年对马可而言并不难熬。他并不觉得离开大众视野有多么可惜,反倒觉得松了一口气,他的身体比脑子更需要休息。

对他的处罚只是停职,并没有被限制人身自由。无论国内国外,他想去哪里都可以,出发前也不必再向十人委员会报告。而且,他在威尼斯上流社会也依然畅行无阻。只不过,马可自己不想出门,也懒得见人。

这一年接近尾声时,马可搬进了维罗纳城郊的那座别院。他锁上了威尼斯的宅子,老仆夫妇及侄子都随他搬到了维罗纳。与地处威尼斯市中心的丹多洛宅邸不同,维罗纳的别院带着宽阔的庭院,光是老夫妇二人实在难以打理。

马可可以从别院俯瞰维罗纳的街景。源于阿尔卑斯山脉的阿迪杰河在这里大转弯,包围维罗纳的城墙沿河岸向远处延伸。也许这座城中此时正在上演无数悲欢离合,可是从马可的别院远远望去,眼前只有一座宁静而优美的古城。

在威尼斯准备搬家时,马可亲手整理的只有书籍,其中夹着一封来自奥琳皮娅的信。虽然信早就寄到了，但马可始终不想打开。

在维罗纳城被初雪覆盖的那一日下午，马可终于打开了这封信。在君士坦丁堡时，他们时不时会通信，所以马可一眼就认出了奥琳皮娅的字迹。

信纸上只有寥寥数行，这简洁精练的行文和充满男性气息的扎实笔迹的确是奥琳皮娅的一贯风格。

致最爱的马可

当你知道一切后，我在你眼里变成了一个怎样的女人？

我不会为自己解释、开脱。如果你愿意原谅我，自然甚好。可你要是不能谅解，那也没有办法。

不过，我们都是一心想要努力活下去的人，不是吗？唯一不同的是，你将人生寄托于祖国，而身如飘絮的我难以做到这一点。

我相信，若是有缘，我们必将重逢。

你的奥琳皮娅

马可当初选择相信奥琳皮娅，并非因为奥琳皮娅对他真心相许。他所相信的，是奥琳皮娅完全被自己掌控的身体。

然而，这是马可犯下的一个错误。

女人的身体无论多么服从男人，都仅限于欢爱的时刻。男人在身边时，女人可能会在他的爱抚下化作春水，任君处置。可是一分开，肉体的魔力就会渐渐消失。如果女人与马可分隔两地依然能按照他的话去做，那么他真正掌控的并不是这个女人的身体，而是心。

马可想，如果有一天能与奥琳皮娅再会，该寻求原谅的人，应该是他才对。

如此想着，马可的脑海中浮现出两个女人的身影。

一个是莉维亚，一个是苏丹苏莱曼一世不惜违背祖制也要正式迎娶的罗克塞拉娜。

这两个女人都让深爱她们的男人离开了原本平坦的大道，走上了一条崎岖的路。

她们并非阴险毒辣、玩弄权术的恶女。相反，她们的感情真挚无比，眼中除了爱再无其他。

苏莱曼一世为了实现奥斯曼土耳其帝国历史上前无古人的一夫一妻制，无意间放开了后宫干政的口子。对于专制君主国家来说，这一点很有可能成为未来倾覆整个王朝的衰败之源。

对一个男人来说，被女人真心所爱是一件无比幸福的事。然而，用全身心去接受这份感情之后，男人的眼睛就会望向本不该奢求的远方。

幸运之神本是一位女神,莫非她也嫉妒这般得天独厚的男人?或者正是因为嫉妒,女神才故意让这些男人深陷于平凡人无法想象的悲剧中吧。

在某个寒冷但晴朗的日子,马可决定暂返威尼斯。人们享受狂欢节的热情让马可忽然想起了寄养在修道院的莉维亚的女儿。平日里住在修道院的小姐们可以在圣诞节、狂欢节等节庆期间回家过节,可那些无家可归的女孩又该怎么度过节日呢?这让马可有些担心。

从维罗纳到帕多瓦的路程中可以骑马。抵达威尼斯共和国最高学府所在的帕多瓦城之后,可以乘坐相当于水上公共马车的布尔基耶洛,顺着布伦塔河穿过潟湖。

不过,马可并未选择乘坐这种船。这个时节,船上挤满了参加狂欢节的人,他实在没心情体验拥挤的公共交通工具,于是在帕多瓦雇了一条带有风帆的小船,直接前往朱代卡岛。

这是马可第二次造访这座修道院,也许是因为大部分寄宿生都回家过节了,修道院内极为安静。修道院院长仍然记得马可这个远亲,非常热情地帮他叫来了女孩。

马可享受着从柏树枝丫间透过的冬日暖阳,一边在回廊上来回踱步一边等待。

不久，身后的大理石地板传来了轻盈的脚步声。马可回头看去，一名少女出现在他身后。

身穿白色制服的女孩面对眼前这位素未谋面的男性访客毫无惧色。她在马可面前站定，努力平复着一路小跑造成的剧烈喘息，同时也没忘了屈膝行礼。

"您是佩利留夫人派来的吧。"

马可犹豫着该不该认下这个身份，视线一直没能从女孩的脸上挪开。

女孩的脸上同时有着母亲莉维亚和父亲埃尔维斯两个人的影子，却并不会特别像父母之中的某一方。她闪耀如星河的眼睛来自埃尔维斯，那头宛如波浪般柔软乌黑的长发则与母亲莉维亚一模一样。她的脸形像父亲，纤长的脖子一定是母亲的遗传。至于她修长而优雅的身体线条，肯定是父母双方共同的馈赠。

马可的脸上不自觉地泛起微笑，他语气温柔地回答道："夫人出了远门，今后不能再来看你了。我会代替夫人过来，只是不能保证拜访的时间。"

女孩露出了纯真的笑容。那天下午，直到修道院关门的时间，她一直待在马可身边，不愿离开。

女孩一直叽里呱啦说个不停。她在修道院的日常生活，与她关系亲近、最近却因为嫁人而离开修道院的格里马尼家的小姐，前往利多海滨远足的故事……女孩的话匣子一旦打

狂欢节的最后一夜

开就关不上了。

很快，话题就从女孩的日常转到了马可曾经造访的海外异国。女孩对君士坦丁堡尤其感兴趣，缠着马可不停问东问西。

马可态度亲切地一一作答，他很喜欢女孩的机敏伶俐。

马可曾以为这个无家可归的孤女会是一个伤感、阴暗、性格内向的女孩，可是眼前的她青春洋溢、活力四射。马可真想让莉维亚和埃尔维斯亲眼看一看他们的女儿。

"哎呀呀，这孩子一说起来就没个完了。"

修道院院长爽朗的声音为这次会面画上了句号，已经是闭院的时间了。女孩带着明亮的笑容，乖乖听从修道院院长的话，向马可道别。院长一边陪着马可向大门走去，一边说道："佩利留夫人不再露面后，代替夫人前来的那位老嬷嬷好像最近也过世了。我原本还担心再也没人来看那孩子了，幸好还有丹多洛大人能继续照顾她，真是太好了。"

今晚，马可打算在威尼斯市内的旅店过夜，于是从朱代卡岛乘船前往圣马可码头。

在贡多拉的摇晃中，一个念头在马可脑海里冒了出来。有朝一日，自己要娶这个女孩为妻。

再过十年，她就到了适婚年龄，等到那时就与她结婚吧。

马可知道埃尔维斯为女儿准备了在修道院富足生活一辈子的资金。然而，一辈子待在修道院，意味着这个尚且年幼的女孩迟早会成为修女。

只有婚姻能够带女孩离开修道院的高墙，但是区区一个孤女很难找到有身份、有地位的结婚对象。

马可本人就是一个有身份、有地位的钻石王老五。对女孩来说，她要嫁的人是威尼斯顶尖名门世家丹多洛家的主人。不论你是玻璃匠人的女儿，还是造船技师家的姑娘，只要嫁给马可，就能一跃成为威尼斯上流社会人人称羡的丹多洛夫人，就算刚出生就被送到修道院的孤女也完全没问题。

想要让埃尔维斯·古利提和他深爱一辈子的女人所生的女儿离开修道院，而且还要以一种合适的方式把她救出来，能做到这一点的，只有自己了！

贡多拉停靠在圣马可码头左侧的栈桥边，这里设有好几条向水面突出的栈桥，专门用于停靠小船。眼前是一个小广场，此刻被身着各色节庆装扮的人们挤得水泄不通。而小广场另一面与其接壤的圣马可广场上同样人山人海，更多参加狂欢的人正穿过一条条小路聚集到此。

直到此时，马可才想起来，今天是"肥胖星期四"，是狂欢节气氛达到最高潮的一天。今夜的面具装扮越发绚烂华丽，面具下的人也越发狂热而迷醉。

朝着旅店的方向斜向走进广场的马可忽然发觉自己身上的日常服装与周围格格不入，自己仿佛是个局外人。那些精力旺盛、花枝招展的狂欢者也没有丝毫矫揉造作之感，在狂欢之夜尽情挥洒青春，讴歌生命之美，这份热情甚至让处于边缘的马可也产生了深深的共鸣。

就在这个时候，马可回想起莉维亚遗书中的一句话。

"如今她年纪尚小，您可以等到您认为合适的时候再交给她。"

马可禁不住笑了起来。

莉维亚在投海自尽之前，已经为女儿的未来铺好了路。她确信马可绝不会对好友的遗孤坐视不理，所以才心安理得地跳进爱琴海，去了埃尔维斯身边。而自己确实也没让莉维亚"失望"，每走一步都在她的计划之内。

算了，这样也好。马可对自己说，脸上依然含着笑意。或许莉维亚的确算计了他，但所有一切也都是他发自内心的选择。所以说，无论身为人母的莉维亚是否为女儿诸多筹谋，女孩最后都会有个好归宿。只是殊途同归罢了，马可心想。

不久前，马可心中萌生了这样的想法——是威尼斯共和国杀死了埃尔维斯·古利提。现在，这个想法变得越来越强烈。

是这个将私生子视为累赘，剥夺他们的贵族身份、不允许他们参与国政的威尼斯共和国杀了他。

四福音书撰写者之一的圣马可是威尼斯共和国的象征。正是"圣马可",让埃尔维斯·古利提被野心和欲望吞噬,诱使他莽撞地追寻不属于自己的东西,又在榨干他的价值之后残忍地将他抛弃。

迄今为止,乃至往后,将会有多少天纵奇才被"圣马可"残杀。

正因为自己的出身与这些人截然相反,马可心中的罪恶感更加强烈。他要赎罪,他要把女孩从修道院中拯救出来,这是马可由心而发的真正愿望。

圣马可广场宛如一片由音乐和色彩组成的海洋。身着狂欢节服装的人们即便素不相识,也会在迎面而来、擦肩而过时亲热交谈,相互致意。威尼斯的狂欢节能让城市里的所有人在一瞬间变成亲密好友。

马可也买了一副白色面具应景。他身上的黑色斗篷虽然随处可见,搭配上白色面具却也是像模像样的节日盛装了。

仅仅戴上面具就能毫无障碍地与陌生人交谈,这真是令人不可思议。马可打消了直接回旅店睡觉的念头,在能够一览广场全貌的回廊旁边停下了脚步。

就在这时,一个黑衣男人突然从石头圆柱的阴影里走了出来,身上穿着的是"耻辱乞讨者"的袍子。这个男人一手扶着石柱，一动不动地盯着马可看。

马可的胸口忽然一紧，心脏控制不住地狂跳起来。两步、三步，他朝着那个男人的方向走去。

"耻辱乞讨者"被他逼着步步后退，直到身体贴在了石柱上。

近似于惨叫的哀求声从黑色头巾下传来。

"老爷，行行好！我是假扮的，今儿是狂欢节呀！"

就像被针扎破的气球一样，马可瞬间丧失了全身的力气。埃尔维斯早就死了，不可能出现在他面前了，他明明比任何人都清楚这一点。马可低声对装扮成"耻辱乞讨者"的男人道歉，而那个倒霉鬼早就连滚带爬地跑远了。

一群奇装异服的狂欢者经过马可身边，向夜空抛撒出一大把彩色纸花。马可的黑色斗篷在五彩缤纷的碎纸花的点缀下，变成了光彩夺目的狂欢华服。

与此同时，圣马可广场周围三个方向的建筑外壁的烛台在刹那同时亮起，狂欢节迎来了最后一夜。

从明天起，静心斋戒的四旬节就开始了。四旬节结束后，人们将迎来欢悦的复活节。所有人都在期盼春天的到来。

尾声

1536年3月,苏丹苏莱曼一世以贪污受贿及叛国罪名,处死了宰相易卜拉欣。此时距埃尔维斯·古利提的死,仅仅过了一年半。

两年后的1538年6月,威尼斯共和国政府无视总督安德烈·古利提的强烈反对,与西班牙联手进攻奥斯曼土耳其帝国。

1553年,奥斯曼土耳其帝国皇太子穆斯塔法因谋反罪被赐死,罗克塞拉娜皇后的儿子塞利姆成为皇太子。

1566年,苏莱曼一世驾崩,新苏丹塞利姆二世即位。

图片来源

插页

华盛顿国家美术馆藏 ©Peter Barritt / Alamy Stock Photo

雅各布·德·巴尔巴里画,科雷尔美术馆藏(威尼斯)©Lifestyle pictures / Alamy Stock Photo

根据 Anna Messinis, *The History of Perfume in Venice*, Lineadacqua(Venice)收录的图片制作。制图协助:Atelier plein

威尼斯学院美术馆藏 ©Peter Horree / Alamy Stock Photo

卢浮宫博物馆藏 ©Ivy Close Images / Alamy Stock Photo

威尼斯学院美术馆藏 ©Hercules Milas / Alamy Stock Photo

科雷尔美术馆藏 ©Granger Historical Picture Archive / Alamy Stock Photo

英国国家美术馆藏 ©GL Archive / Alamy Stock Photo

华盛顿国家美术馆藏 ©incamerastock / Alamy Stock Photo

乌菲齐美术馆藏 ©Historic Images / Alamy Stock Photo

威尼斯学院美术馆藏 ©Heritage Image Partnership Ltd / Alamy Stock Photo

历代大师画廊 ©Artepics / Alamy Stock Photo

乌菲齐美术馆藏 © incamerastock / Alamy Stock Photo

正文

出自 Cesare Vecellio，*De gli Habiti Antichi e Modérni di Diversi Parti di Mondo*

同 p.3 作品

同 p.4 作品